HANS ERNST

Daheim im Hügelhaus

HANS ERNST

Daheim im Hügelhaus

Roman

rosenheimer

6., überarbeitete Auflage 1998

Titelbild: Michael Wolf, München
Satz: Buch-Werkstatt GmbH, Bad Aibling
Druck und Bindung: Ebner Ulm
Printed in Germany

ISBN 3-475-52211-X

Der Bildhauer Andreas Murr und seine Frau Mella gaben ein Abschiedsessen in ihrer Wohnung, denn sie zogen nach Steinkirchen am See, wo Andreas vor kurzem einen kleinen Bauernhof günstig hatte ersteigern können – letztlich dank einer Statue aus Marmor, die ihm endlich Geld und Anerkennung gebracht hatte. Äcker und Wiesen gehörten nicht mehr zu dem Anwesen. Die hatten ein paar Bauern aus Steinkirchen ersteigert. Immerhin hatte das Haus einen sehr großen Garten mit Obstbäumen und Mella war glücklich über diese plötzliche Wendung in ihrem Leben, weil sie sich in dieser großen Stadt nie recht glücklich gefühlt hatte.

Sie stammte aus einem jener lieblichen kleinen Städtchen, wie sie am Lauf des Neckars zwischen Heilbronn und Heidelberg liegen. Dort war ihr dieser blonde, groß aufgeschossene Andreas Murr begegnet. Andreas war sofort gefesselt von ihrem Wesen. Sie war anders als die Frauen und Mädchen, die er bisher gekannt hatte. Sie war heiter, ihr Denken unkompliziert und gerade, ihre Reden kannten keine Seitenwege. Sie musste alles so sagen, wie sie es dachte, auch wenn sie damit manchmal wie ein Rammbock wirkte. Aber man nahm es ihr nicht übel, weil man wusste, dass ihre Veranlagung keine Unklarheiten vertrug. Jedermann mochte sie gerne und schätzte sie. Ihre Züge waren mild, ihr Mund von üppiger Weichheit. Sie war keine Erscheinung, wie der Blick eines Künstlers sie sucht, sondern eine klar ausgewogene Schönheit, die keine Hilfsmittel brauchte, um das zu steigern, was die Natur ihr geschenkt hatte.

So hatte Andreas Murr sie kennen gelernt. Fünfundzwanzig Jahre war sie damals, er zweiunddreißig. Sie war ihm in die Stadt gefolgt, hatte Mansarde, Hunger und Kälte mit ihm geteilt, bis sich die ersten Erfolge einstellten und sie sich diese Wohnung leisten konnten, in der sie ihre Zelte nun abbrachen.

Murr war ein wenig melancholisch gestimmt. Der Abschied von der Stadt fiel ihm doch schwer. Die kurze Pfeife zwischen den Zähnen, saß er da und war mit seinen Gedanken schon draußen bei dem kleinen See, über dem auf einem Hügel das Haus stand, das er erworben hatte. Er sah sich bereits beim Umbau. Ein paar Zwischenwände mussten herausgerissen und große Fenster eingesetzt werden, dadurch würde der Stall zu einer geräumigen Bildhauerwerkstätte werden.

Auf einmal spürte er Mellas Hand auf seinem Arm.

»Du hörst ja gar nicht zu, Andi.«

Er nahm die Pfeife aus dem Mund und griff nach dem Weinglas. »Entschuldige. Ich war jetzt tatsächlich mit meinen Gedanken nicht da. Worum geht es denn?«

»Fred hat gerade von der heutigen Gerichtsverhandlung gegen diesen Handelsvertreter Westhoff erzählt.«

»Was hat er denn gekriegt, der Kerl?«

»Fünfzehn Jahre Haft«, antwortete Fred, der als Journalist der Verhandlung beigewohnt hatte.

»Viel zu wenig«, sagte Frau Hofer, die Nachbarin aus dem ersten Stock, entrüstet. »Wer Menschenblut vergießt, kann dies nur mit dem eigenen Leben sühnen. Die Todesstrafe müsste wieder eingeführt werden.«

Der Handelsschuldirektor Kern widersprach. »Nein, denn die Statistik beweist, dass in Ländern mit Todesstrafe die Kapitalverbrechen deswegen nicht abnehmen. Und im Fall dieses Westhoff muss man doch wohl mildernde Umstände in Betracht ziehen. Ich könnte mir denken, dass es mehr eine Affekthandlung gewesen ist. So ein Handelsvertreter ist manchmal für Wochen unterwegs. Dann kommt er heim und überrascht seine Frau in den Armen ihres Freundes.«

»Ja, darauf hätte er seine Verteidigung stützen können«, räumte Fred ein. »Aber merkwürdigerweise gab er zu, dem Tiefentaler im Stiegenhaus aufgelauert und ihn ohne Wortwechsel niedergeschossen zu haben. Aus reiner Eifersucht.«

»Wer ist Tiefentaler?«, wollte Frau Hofer wissen.

»Tiefentaler war Prokurist bei der Firma, für die Westhoff als Vertreter tätig war«, erklärte der Journalist.

»War denn die Eifersucht begründet?«, fragte Mella.

Fred zündete sich eine Zigarette an und folgte mit den Augen den Rauchwölkchen. Dann sagte er:

»Das war einer der tragischsten Momente bei der Verhandlung. Die Frau des Angeklagten hätte ja die Aussage verweigern können. Aber sie gab offen und ehrlich zu, dass Tiefentaler immer dann bei ihr in der Wohnung erschienen sei, wenn ihr Mann länger als vorgesehen auf Reisen war und sie mit dem Geld knapp wurde. Sie rief dann die Firma an und Tiefentaler brachte ihr daraufhin jeweils einen Vorschuss auf das Gehalt ihres Mannes. Man habe dabei eine Tasse Kaffee getrunken und ein wenig geplaudert und sonst sei nicht das Mindeste zwischen ihr und Herrn Tiefentaler gewesen. Aber das wollte ihr Mann einfach nicht glauben. In diesem Augenblick sprang der Angeklagte auf und schrie tränenerstickt: ›Doch, Erika, ich glaube dir. Oh, was habe ich bloß getan …‹«

»Das hätte er sich früher überlegen sollen«, sagte Frau Hofer ohne Mitleid.

»Konnte man den Aussagen der Frau auch Glauben schenken?«, fragte Kern.

»Ja, durchaus. Sie machte einen guten Eindruck und wurde auch als gute Mutter bezeichnet.«

»Die Leidtragenden sind immer die Kinder. Oder sind die Westhoffs kinderlos?«, erkundigte sich Frau Hofer.

»Sie haben einen Sohn von drei Jahren«, antwortete Fred.

Frau Kern fand, dass mit solchem Gespräch keine rechte Stimmung aufkommen konnte. Sie ergriff daher das Wort »Kinder« wie ein Rettungsseil. Sie hatte selbst zwei und nahm jede Gelegenheit freudig wahr, die Vorzüge ihrer Lieblinge ins Blickfeld zu rücken.

»Denkt euch bloß, was heute unsere beiden wieder angestellt haben. Das habe ich dir noch gar nicht erzählt, Robert«, wandte sie sich an ihren Mann und zupfte dabei ein Fädchen von seinem Ärmel.

Und nun folgte die Erzählung eines harmlosen Kinderstreiches, den Frau Kern in mütterlichem Stolz berichtete.

»Na ja, es sind halt Kinder«, schloss sie glücklich lachend. »Soll man sie deswegen gleich immer bestrafen? Herr Murr, was meinen Sie darüber?«

»Ich kann da leider nicht mitreden, weil wir keine Kinder haben«, antwortete Andreas Murr.

»Ach ja, natürlich«, plapperte Frau Kern ohne Hemmung weiter. »Schade, schade. Kinder sind für eine Ehe doch so wichtig. Wie das Salz für die Suppe. Als wir im ersten Jahr unserer Ehe noch keines hatten, begann es langweilig zu werden, nicht wahr, Robert?«

Robert Kern bemerkte, dass Mella Murr auf einmal wie versteinert dasaß und dass ihre Hände nervös mit dem Weinglas spielten. In der Hoffnung, dass seine Frau das peinliche Thema änderte, stieß er sie unterm Tisch warnend an. Frau Kern aber begriff nicht, was er wollte, und schwatzte munter weiter.

»Gib nur zu, es wurde langweilig. Wir hatten uns kaum mehr etwas zu sagen an den langen Winterabenden. Dann aber meldete sich zum Glück Elisabeth an und die Brücke war geschlagen. Wenn man heiratet, dann müssen so schnell wie möglich Kinder herbei, wenn die Liebe nicht eintönig werden soll.«

»Jetzt wurde es ihrem Mann zu viel und er unterbrach sie. »Nun lass auch andere mal zu Wort kommen!«

Aber es war nichts mehr zu retten. Mella rannte hinaus und da erst begriff Frau Kern, wie taktlos sie gewesen war, denn es war ja bekannt, wie sehr die Murrs sich ein Kind wünschten.

»Ach so«, sagte sie gedehnt. »Darum hast du mich vorhin unterm Tisch angestoßen! Ach, ich habe doch niemanden kränken wollen und es war überhaupt nicht böse gemeint. Was nicht ist, kann noch werden. Denkt doch an die Familie Kleist, gleich um die Ecke in der Sieglindenstraße! Bei denen kam nach sechs Jahren Ehe das erste Kind und dann wurden es noch fünf!«

Es half nichts mehr, die Stimmung war verdorben, der allgemeine Aufbruch kam daher jedem recht. Mella hatte sich mittlerweile wieder gesammelt und bot allen zum Abschied ein mildes Lächeln, das wie eine große Verzeihung aussah, obwohl sie außer Frau Kern niemandem etwas zu verzeihen gehabt hätte.

Als sie allein waren, legte Murr den Arm um die Schultern seiner Frau. »Du musst nicht traurig sein, Mella. Diese dumme Gans scheint aus lauter Unvernunft zu bestehen.«

Mella öffnete ein Fenster, damit der Rauch hinauszog.

»Aber im Grunde genommen hat sie Recht, Andi. Ich habe es dir bloß noch nie eingestanden, dass ich in ständiger Angst lebe, unsere Ehe könnte dir auch einmal langweilig sein, weil wir keine Kinder haben werden.«

Sie standen beide vor dem offenen Fenster. Der immerwährende Lärm einer Großstadt drang zu ihnen herein. Autos hörte man vorbeifahren und das Klingeln der Tram.

»Mella«, sagte er, »du sollst dir nicht immer Sorgen machen um etwas, das wir nicht wissen können. Wie oft geschehen völlig unerwartete Dinge!«

»Vergiss aber nicht, Andi, dass Professor Steiner mir jede Hoffnung auf ein Kind genommen hat.«

»Auch der kann sich täuschen. So sagte mein Zeichenlehrer immer: ›Murr, aus dir kann nie etwas Gescheites werden.‹ Und im Übrigen, Mella, habe ich dir jemals einen Vorwurf gemacht?«

»Bis jetzt noch nicht. Aber, Andi, ich sehe doch, dass du von Kindern ganz begeistert bist.«

Sein aufkommender Unwille verflog sofort wieder. Sie tat ihm Leid, unendlich Leid. Er sah ihr zerquältes Gesicht, die von Trauer umschatteten Augen.

»Ich verstehe es doch selbst nicht«, sprach sie leise klagend weiter. »Ich bin doch gesund! Wir waren sieben Geschwister und zwei meiner Schwestern haben ebenfalls Kinder. Warum bloß ich nicht?«

»Du sollst nicht so viel danach fragen«, versuchte er sie zu trösten. »Vielleicht hilft uns schon die Luftveränderung! Das soll schon öfter der Fall gewesen sein.«

Sie schloss das Fenster und drehte ihm ihr Gesicht zu. Es war jetzt wieder aufgehellt. »Ja, meinst du?«

»Natürlich, so ganz sollten wir die Hoffnung nicht aufgeben.«

Andreas Murr lag noch lange wach und lauschte in die Stille. Manchmal schien der Atem neben ihm zu stocken. Er richtete sich auf und beugte sich über Mella.

»Du schläfst ja gar nicht, Mella. Warum nicht?«

»Doch, doch, ich war gerade im Einschlafen«, sagte sie und schluchzte leise auf.

»Was ist denn los, Mella?«

»Ich bin so unruhig, Andi.« Ihre Stimme klang ganz verschleiert.

»Das sollst du aber nicht. Es wird alles gut werden.«

»Ich wünsche mir doch bloß, dass alles so bleibt zwischen uns beiden, wie es ist. Dass du mir immer gut bleibst, Andi, so wie du es mir am ersten Tag unserer Ehe versprochen hast.«

»Ich bleib dir doch gut, Mella.«

»Ja? Gib mir deine Hand, Andi.«

Er gab sie ihr gerne. Sie schob seine Hand unter ihre Wange und schlief bald darauf ein.

Die Murrs hatten es gar nicht so leicht in Steinkirchen, wie sie es sich vorgestellt hatten. Obwohl Andreas Murr ein Mensch war, dem es nicht schwer fiel, Anschluss zu finden, nahmen die Ortsansässigen fast durchweg eine ablehnende Haltung ein. Er blieb für sie ein Fremder, auch wenn er nicht nur für einen Urlaub gekommen war, sondern ein Steinkirchner werden wollte.

Das erste Mal bekam er die Ablehnung bereits zu spüren, als er sich beim Toni-Bauern, dem Bürgermeister, anmeldete.

»So, so, Bildhauer?«, fragte der ohne sonderlichen Respekt. »Ist das so etwas wie ein Steinmetz?«

Murr konnte das Lächeln nur schwer verbeißen. »Also gut, wenn Ihnen das besser passt, dann meinetwegen Steinmetz.«

»Oh mei, oh mei«, seufzte der Toni-Bauer. »Dann seh' ich schwarz. Die paar Grabsteine, die wir in Steinkirchen brauchen, die macht der Steinmetz Lechner von Bichl. Sie werden keinen Verdienst haben hier und das Ende vom Lied ist dann, dass Sie der Fürsorge zur Last fallen. Womöglich haben Sie auch noch einen Haufen Kinder?«

»Noch nicht. Aber ich habe mir sagen lassen, dass sie in dieser gesunden Luft hier recht gut gedeihen.«

»Ja, unsere Luft«, schmunzelte der Bürgermeister geschmeichelt. »Bloß schade, dass man sich die nicht bezahlen lassen kann. Jeder Atemzug wäre fünf Mark wert.«

»Dann habe ich ja das Anwesen da oben billig ersteigert.«

»Allerdings. Ich kann heut noch nicht verstehen, dass nicht einer von unseren Leuten es ersteigert hat. Ein Fremder hat kommen müssen!«

»Ich hoffe aber, dass wir uns bald nicht mehr fremd sein werden.«

»Sie, sagen Sie das nicht. Bei uns hier muss einer schon einen Zentner Erdäpfel gegessen haben, bis er sich bloß halbwegs heimisch fühlen darf.«

»Das dürfte bei meinem Bedarf an Kartoffeln in einem halben Jahr erledigt sein. Aber noch eine andere Frage: Wie steht es hier mit einem Fischwasser?«

Der Bürgermeister schaute den anderen an, als habe er von ihm verlangt, er solle ihm seine beste Kuh schenken.

»Da ist überhaupt nichts zu machen. Im See ist nicht viel drin und was die Ammer betrifft, so hat der Besitzer des Sägewerks, Distoller, das Fischrecht schon seit zwanzig Jahren auf zehn Kilometer hin.«

»Aha! Dann müsste ich mich also an den wenden?«

Nun musste der Bürgermeister laut herauslachen. »Ja, an den wenden Sie sich. Dann werden Sie schon hören, was der Ihnen sagt.«

Nun wurde Andreas Murr von jenem heftigen Trotz gepackt, der ihm immer zu Hilfe kam, wenn er irgendwo auf Widerstand stieß. Sich zu seiner ganzen Größe aufrichtend, sagte er mit verhaltenem Ernst:

»Hören Sie einmal zu, Herr Bürgermeister. Ich bin mit den besten Absichten hierher gekommen. Und Sie müssen sich damit abfinden, dass ich hier bleibe. Damit wir uns nicht falsch verstehen: Mich kann niemand wegekeln. Und damit Sie es ganz genau wissen: Ich bin auch auf niemanden angewiesen. Mein Bestreben ist es, mit jedem gut auszukommen, ich lege Wert auf gute Nachbarschaft. Und das sollten Sie nicht so ohne weiteres von der Hand weisen. Niemand kann wissen, wie einer den anderen braucht.«

In seinem bürgerlichen Misstrauen gegen alle Fremden, die sich in Steinkirchen niederlassen wollten, hätte der Bürgermeister am liebsten gesagt: Wir sind bis jetzt ganz gut ohne dich ausgekommen. Aber irgendwie hatte dieser gertenschlanke Mann mit dem hellen Blondhaar doch etwas Imponierendes, etwas, das Respekt einflößte. So sagte er abschließend nur:

»Na ja, wir werden ja sehen. Bis jetzt hat es da oben beim Brugger geheißen. Jetzt heißt es halt –«, er warf noch einmal einen Blick auf das Anmeldeformular, »Murr heißen Sie?«

»Andreas Murr, jawohl.«

»Also dann, Herr Murr, schauen Sie nur, wie Sie zurechtkommen mit dem alten Gelump dort oben.«

»Ich werde schon zurechtkommen. Nur keine Angst. Und einen recht schönen guten Abend, Herr Bürgermeister.«

Vom Fenster aus sah der Toni-Bauer dem »Steinmetz« nach, der bedächtigen Schrittes, die Hände auf dem Rücken verschränkt, die Dorfstraße hinunterging und vor der Kirche stehen blieb. Mit schief gehaltenem Kopf schaute er zu dem Satteltum hinauf, auf dem der Wetterhahn in der Abendsonne glänzte.

»Ja, geh nur hinein, das schadet dir nicht«, murmelte der Toni-Bauer hinter seinem Fenster.

Und als ob Andreas Murr dies vernommen hätte, stieg er tatsächlich die schiefen Steintreppen mit dem wackeligen Eisengeländer hinauf und betrat die alte Kirche. In der achten Bankreihe von vorn stand auf einem halb verrosteten Blechschild der Name Brugger. Also würde dies künftig sein Kirchenstuhl sein. Man würde sehr darauf achten, ob er und Mella sich hier an den Sonntagen zeigten.

Es erwies sich in den nächsten Tagen, dass der Toni-Bauer dem Neuen gegenüber noch recht lammfromm gewesen war, denn kaum vernahm Distoller, der Besitzer des Sägewerks, dass der »Reingeschneite« sich für ein Fischrecht interessiere, lief er schon krebsrot an.

»Dem wird aber der Schnabel sauber bleiben! Kommt daher und meint, er braucht nur zu sagen: Und ein Fischwasser will ich auch haben.«

Bürgermeister war zwar der Toni-Bauer, aber es geschah nichts in der Gemeinde, was gegen den Willen des Sägewerksbesitzers gewesen wäre. Sie duckten sich alle vor ihm, bis auf den Hahner, der sein Schwager war und dessen Hof gegenüber dem Haus lag, das Andreas Murr ersteigert hatte. Er war es auch, der Äcker und Wiesen des Bruggeranwesens an sich gerissen hatte, weil sie an seine Grundstücke grenzten. Und als sie nun am Samstagabend am Stammtisch saßen, meinte der Sägewerksbesitzer zu seinem Schwager in polterndem Vorwurf:

»Hättest die Hütte gleich mit ersteigert, dann hätten wir jetzt den unsympathischen Kerl nicht am Hals!«

Der Hahner, im Gegensatz zu seinem wohlbeleibten Schwager lang und dürr, begehrte auf: »Warum ich? Das hättest du genauso gut machen können.«

»Was tät denn ich mit der alten Bruchbude!?«

»Genau das, was der macht. Umbauen. Du hättest es ja dann vermieten können oder abreißen, dann braucht ich mich nicht zu ärgern, wenn ich beim Hinüberschaun sehen muss, wie die zwei stundenlang im Liegestuhl faulenzen und dem Herrgott den Tag stehlen.«

»Schau halt nicht hinüber, dann brauchst dich nicht zu ärgern. Im Übrigen muss einmal nachgefragt werden, ob die zwei überhaupt verheiratet sind.«

»Wie kommst jetzt darauf«, fragte der Hahner gespannt.

»Weil ich sie jetzt schon ein paar Mal durchs Dorf hab gehen sehen, Arm in Arm wie zwei Verliebte. Wenn man verheiratet ist, tut man nimmer so verliebt. Wenn sich rausstellt, dass die zwei nicht verheiratet sind, dann muss richtig aufgemischt werden. Wir können in unserem Dorf keine so unmoralische Sache dulden.«

Hier war aber nichts zu machen. Die beiden waren verheiratet. Der Distoller bekam es schwarz auf weiß zu sehen beim Bürgermeister. Die beiden schienen sogar an Gott zu glauben, denn am Sonntag sah man sie miteinander zur Kirche gehen, und die Weidnacher-Josefa hatte genau gesehen, wie beide tief die Knie beugten, bevor sie ihre Betstühle aufsuchten, er auf der rechten, sie auf der linken Seite, wie es üblich war.

Die Weidnacher-Josefa war eine stille wachsbleiche Näherin, die mit lispelnder Stimme auf den Bauernhöfen, wo sie zur »Stör« war, von den Dingen, die sie beobachtete, erzählte. Und dazu gehörte auch, dass sie erzählte, dass die Murrs in der Kirche dort den Platz einnahmen, wo auf dem Schild noch der Name Brugger stand.

Ein paar der Blütensamen von der weißen Hand der Näherin Josefa, hineingestreut in das misstrauische Abwarten der Leute von Steinkirchen, gingen auf. Beim Metzger Hirl zum Beispiel wurde Mella in der dritten Woche schon recht freundlich gegrüßt, weil sie nie anschreiben ließ. Und beim Bäcker Reindl war es jetzt auch auf einmal möglich, dass der Lehrbub jeden Morgen sechs frische Semmeln zum Murr hinaufbrachte und dort an die Türklinke hängte.

Ja, ganz langsam zerbröckelte die Ablehnung. Die Weidnacher-Josefa wurde von Mella Murr gebeten, Vorhänge zu nähen. Sie kam gerne und nahm alles in sich auf, was es an Schönem und Neuem dort zu sehen gab. Dazu gehörte auch, dass der Mann nach dem Mittagessen aufstand und seiner Frau einen Kuss auf die Wange gab, bevor er ins Atelier ging, in dem vorerst außer ein paar Flaschenzügen und ein paar Leitern noch nichts zu sehen war als in der Ecke ein altes Sofa, auf das der Herr des Hauses sich zum kurzen Mittagsschlaf hinlegte.

Josefa erzählte das überall und schmückte besonders den Kuss nach dem Mittagessen innig aus. Und vielerorts blieb etwas hängen von den ehrlichen Bemühungen der Weidnacher-Seffi, die Murrs in ein freundlicheres Licht zu heben. Langsam gewann man Vertrauen zu den Fremden da oben.

Aber dann kam die Sache mit der Straße. Ein ausgefahrener Feldweg, mit Schlaglöchern und Wasserrinnen, führte zum Murr-Haus und die vier Pferde des Spediteurs von Bichl gerieten in Schweiß, als sie den schweren Marmorblock hinaufzuziehen hatten, der mit der Bahn aus Italien gekommen war.

Der Sägemüller Distoller sah von seinem Bretterlager aus, dass dieses Ungetüm von einem Stein neben der Stallmauer abgeladen wurde.

Distoller war in schlechtester Laune. Gestern hatte er erst erfahren, dass der »Reingeschneite« beim Landratsamt eine Fischkarte beantragt und auch erhalten hatte. Er durfte zwar nicht in der Ammer fischen, sondern nur auf zwei Kilometer Länge in dem viel kleineren Kupferbach, in dem es Forellen gab. Aber jede, die von dort nicht mehr in die Ammer schwimmen konnte, war ihm, dem Sägewerksbesitzer Distoller, verloren. Diese unerfreuliche Tatsache hatte ihn bereits eine schlaflose Nacht gekostet. Nun stand er zwischen seinen Bretterstapeln und starrte zur anderen Höhe hinüber.

Es war ein heller Frühlingstag. Über dem See lag tausendfaches Lichtgezitter und der Wind flüsterte geheimnisvoll im Uferschilf, in dem ein Schwarm Wildenten gurrte.

Die Obstbäume blühten in ihrer ganzen Pracht, aus dem dunklen Bergwald schossen wie helle Flammenbündel die jungen Birken und Lärchen und die Berge standen mit einem herrlichen Blau unter dem hellen Himmel.

Inmitten dieses Friedens stand mit friedlosem Herzen der Sägemüller Distoller und überlegte, wie er dem Murr da drüben eins auswischen könnte. Plötzlich ging ein hämisches Lächeln über sein rundes, rotes Gesicht.

Die Hose hochziehend, schlurfte er in Pantoffeln über den Lagerplatz, bellte ein paar Befehle in das Kreischen der Sägegatter und ging dann die kleine Anhöhe hinauf, auf der sein schöner Bauernhof stand.

Eine der vielen Türen im Flur stand offen. Es war die Küche, aus der der Geruch von frischen Schmalznudeln kam.

»Meine Schuh her«, knurrte der Sägewerksbesitzer und stieß seine Pantoffel unter die niedere Bank neben dem Herd.

Dann rieb er sich die Hände. »Jetzt weiß ich, wie ich dem da drüben beikommen kann.«

Die Sägemüllerin, eine stattliche Frau mit silber glänzendem Haar, zeigte recht wenig Interesse und sagte nur: »So, so.« Dann fischte sie mit einer großen Gabel die Schmalznudeln aus der Pfanne mit dem siedenden Fett.

Sabina stand gerade vor dem Spiegel und ordnete ihr dichtes blondes Haar. Sie war die Tochter des Sägemüllers Distoller, eine hoch gewachsene, schöne, junge Frau von dreiundzwanzig Jahren. Sie hätte eigentlich um diese Zeit drüben im Büro sein müssen, wo sie die Bücher zu führen hatte. Aber Sabina war die einzige in diesem Haus, die sich nicht widerspruchslos dem Willen des Vaters unterordnete.

»Wem willst du denn beikommen, Vater?«

»Dem Murr da oben. Schnür mir die Schuhe zu.«

Sabina tat es.

»Ich werde ihm das Leben hier schon so verleiden, dass er gern wieder geht.«

Langsam richtete Sabina sich auf und strich ein paar locker gewordene Härchen hinters Ohr. »Was hast du eigentlich gegen diesen Mann?«

»Allerhand! Kommt daher und spielt sich auf, als sei er weiß Gott wer.«

Sabina lächelte. »Ich glaube, Vater, dass er immerhin auch jemand ist«, sagte sie.

»So? Was denn?«

»Ein Künstler.«

»Dass ich nicht lache«, polterte der Sägewerksbesitzer heraus. Er hatte keine Ahnung von der Kunst und ihrer Schönheit. »Wo ist meine Jacke?«

»Dort, an der Tür, hängt sie«, sagte seine Frau.

Nun war er fertig. Bevor er die Küche verließ, drehte er sich nochmals um.

»Dass du dich für den so warm ins Zeug legst?«, fragte er seine Tochter. »Was gehen denn die Leut uns überhaupt an? Und wieso stehst du mitten am Vormittag hier herum und bist nicht in deinem Büro?«

Das Büro lag gegenüber der Küche und von seinem Fenster aus hatte man einen herrlichen Blick über den kleinen See auf die Höhen, auf denen verstreut die Häuser und Höfe lagen. Sabina sah zum Beispiel vorm Murr-Häuschen den Marmorblock liegen. Und sie sah jetzt, wie ihr Vater mit seinen Säbelbeinen ziemlich schnell den Fußweg zum Hahnerhof hinaufging, manchmal stehen blieb, sich den Schweiß von der Stirn wischte, rastete und dann seine Schritte wieder beschleunigte.

Er fand seine Schwester, die ihm ziemlich ähnlich sah, im Pflanzgarten beschäftigt und fragte ohne zu grüßen:

»Wo ist denn der Martl?«

»In der Werkstatt hab ich ihn gerade klopfen hören«, antwortete die Hahnerin ohne sich aufzurichten.

Der Hahner war beschäftigt, eine neue Lehne für die Hausbank zu zimmern. Es muss gesagt werden, dass er darin einiges Geschick bewies, und wenn ihn jemand lobte, erzählte er gerne, dass er am liebsten Schreiner geworden wäre. Aber er habe ja den Hof übernehmen und die Schwester des Sägewerksbesitzers heiraten müssen.

»Ah, da steckt er ja, der Herr Schwager«, lächelte der Sägemüller dünn, als er in den Schuppen trat. »Steht hier und sieht nicht, was draußen in der Welt vorgeht.«

Das Schnitzmesser fuhr ein paar Mal über die eingespannte Latte und nahm ein paar scharfe Kanten weg.

»Was soll denn schon los sein?«

Der Distoller setzte sich auf die Hobelbank und sagte: »Hast es schon gehört? Der Murr hat tatsächlich eine Fischkarte bekommen. Aber wart nur, wenn ich wieder mal nach Bichl komm. Dem Beamten werd ich einen Marsch blasen, dass ihm die Ohren wackeln.«

»Da wirst gar nichts machen können«, meinte der Hahner. »Gestern war übrigens sie da und hat gefragt, ob sie nicht jeden Tag einen Liter Milch haben könnte.«

»Und?«

»Ich hab gesagt, sie soll zum Lebensmittelgeschäft gehen. Aber wie ich gesehen hab, ist sie zum Lechner gegangen und dort haben sie anscheinend nicht nein gesagt.«

»Der Lechner ist immer schon ein Schleicher gewesen. Aber was anderes jetzt, Martl. Wie ist das eigentlich mit dem Fahrweg da hinauf? Das ist doch dein Grund und Boden?«

»Seit ich die Grundstücke da drüben ersteigert habe.«

»Also dann hat der Murr doch kein Recht, den Weg zu benutzen!«

»Eigentlich nicht. Aber –«

»Was aber? Nur nicht weich werden jetzt, Schwager. Heute früh hat der Spediteur von Bichl mit einem Transporter einen schweren Felsbrocken hinaufgefahren. Willst du dir deinen Weg zuschanden fahren lassen?« Der Distoller rieb sich vergnügt die Hände. »Da können wir ihn jetzt packen!«

Der Hahner legte das Schnitzmesser weg und suchte in der Hosentasche nach seiner kurzen Pfeife. »Schließlich müssen sie aber doch einen Weg ins Dorf herunter haben!«

»Dann sollen sie hinten hinuntergehn, aber nicht durch dein Grundstück.«

»Das ist ein Umweg von einer Stunde.«

»Ja, und? Die haben Zeit. Tun ja sowieso den ganzen Tag nichts. Soviel mir bekannt ist, ist der Weg da hinauf nicht als öffentlicher Weg eingetragen und niemand kann von dir verlangen, dass du ihn durchlässt.«

»Ich kann mich aber doch nicht hinstellen und den ganzen Tag aufpassen.«

»Du brauchst gar nichts zu machen, das überlass nur mir.«

Der Hahner sah eine Weile durch das Schuppentor hinaus auf den Hof, auf dem sich die Hühner tummelten.

»Mach, was du willst, mir soll es recht sein.«

Der Distoller rutschte von der Hobelbank. »Behüt dich, Schwager. Und sei nicht zu fleißig.«

Am Pflanzgartenzaun blieb er wieder stehen. Die Hahnerin war immer noch im Garten beschäftigt. Nur dass sie jetzt den Kinderwagen neben sich stehen hatte, in dem der jüngste Hahnerspross lag.

Der Distoller sah hinein, betrachtete das kleine Menschenkind eine Weile und meinte dann: »Jetzt habt ihr fünf, nicht wahr?«

»Sechs. Eins ist doch gestorben.«

»Richtig, ja. Es langen auch fünf, sonst kann man später keinem was Anständiges mitgeben.«

»Wir waren bloß zwei und du hast mir auch nicht übermäßig viel ausbezahlt«, sagte die Hahnerin und setzte eine neue Weißkrautpflanze in den schwarzen Boden.

»Es waren immerhin hunderttausend«, antwortete der Distoller.

»Was ist das schon gewesen? Das Sägewerk und der Hof sind zwei Millionen wert.«

Der Distoller schob seinen Hut in die Stirn und ging grußlos davon.

Am Abend standen am Beginn des Weges zwei schwere Eichenpfosten mit vierfach gezogenem Stacheldraht. Daneben eine Tafel, auf der geschrieben stand: »Benutzung des Weges streng verboten!«

Als Andreas Murr die Absperrung mit dem Stacheldraht sah, schrie er dem Hahner voll leidenschaftlichen Zorns ins Gesicht, dass er sich das nicht bieten lasse und dass er sich erstreiten würde, was man ihm mit gutem Willen nicht zugestehen wolle.

Den Prozess verlor er. Das Recht war auf der Seite des Hahner. Es war dessen Grund und Boden, durch den der Murr gehen und fahren wollte. Von diesem Recht ließ er sich nichts abzwicken.

»Es geht ja von der anderen Seite auch noch ein Weg hinauf«, meinte er.

»Ja, aber das ist eine Stunde Umweg.«

»Das macht doch nichts. Die Murrs laufen ja so auch stundenlang spazieren, während unsereiner arbeiten muss.«

»Das gehört nicht hierher«, sagte der Richter und sah wieder in die vor ihm liegende Planskizze. »Herr Murr, könnten Sie sich dazu entschließen, für das Fahrrecht eventuell ein kleines Entgelt zu entrichten?«

»Unter Umständen, ja. Aber das müsste dann notariell festgelegt werden.«

»Also, Herr Hahner, Sie haben es gehört. Sind Sie damit einverstanden?«

Der Hahner legte den schmalen Kopf zur Seite und überlegte. In seinem Innern mahnte ihn eine Stimme zum Nachgeben. Aber dann sah er das Gesicht seines Schwagers Distoller vor sich und er schüttelte heftig den Kopf. »Auf die paar Mark bin ich nicht angewiesen.«

»Das heißt also, dass Sie nicht wollen?«

»Genau das.«

Der Richter schlug zornig mit der flachen Hand auf den Schreibtisch. »So eine Sturheit! Dann lassen Sie es bleiben.«

»Ich bin so frei.«

Bis hierher hatte sich Andreas Murr standhaft zurückgehalten. Jetzt aber brach es leidenschaftlich aus ihm heraus:

»Gut, ich nehme es zur Kenntnis, dass ich es mit keinem Nachbarn zu tun habe, sondern mit einem Menschen, der mir einen unverständlichen, blinden Haß entgegenbringt. Ich war immer der Meinung, dass man in der Nachbarschaft gut miteinander auskommen soll, weil man nie weiß, wie einer den anderen einmal braucht.«

Der Hahner kicherte laut heraus.

»Sie brauchen gar nicht zu lachen«, schrie Andreas Murr und ballte die Fäuste. »Sie sind von einem Hochmut besessen, der schon sträflich ist. Mir wird Feindschaft geboten. Gut, ich nehme sie an. Was auch im Laufe der Zeit geschehen mag, vergessen Sie dann nie, dass Sie es gewesen sind, der die Saat zu allem Bösen gelegt hat. Und damit Sie es wissen, Hahner: Ich biete Ihnen und allen die Stirn. Bis jetzt habe ich alles geduldig geschluckt, eure Kälte, eure Gehässigkeit. Jetzt werde ich mich wehren, und wenn es sein muss, auch mit den Fäusten. Das merken Sie sich ganz genau und sagen Sie es vor allem auch Ihrem Schwager Distoller, vor dem ihr alle kriecht. So, mehr habe ich nicht zu sagen.«

In seiner Erregung vergaß er, sich von dem Richter zu verabschieden. An der Tür drehte er sich noch einmal um. »Ich danke Ihnen, Herr Richter, für Ihr ehrliches Bemühen um eine Vermittlung. Aber wo nur Stein ist, geht kein Same auf. Leben Sie wohl.«

Auf dem Stadtplatz von Bichl lag warmer Sonnenschein und die Glocken der Stadtkirche läuteten Mittag. Schlagartig quollen aus den Türen der Ämter die Angestellten, um von der kurzen Mittagspause recht viel zu haben.

Andreas Murr ging in das Gasthaus »Zur Krone« und sah dann von seinem Fensterplatz aus, wie der Hahner auf der anderen Seite drüben den Gasthof »Zum letzten Heller« betrat, wo es zu einem günstigen Preis Schweinsbraten und Knödel gab und einen Wein, der ein bisschen sauer schmeckte.

Der Hahner aber ging nicht wegen des Schweinsbratens und des Weines in den »Letzten Heller«, sondern wegen der Wirtin Isabella, die er in seiner Jugend geliebt hatte und deren Zuneigung er sich noch immer bewahrt hatte.

Dort blieb er sitzen, bis Isabella Zeit fand sich neben ihn auf die Bank zu schieben.

»Hast in der Stadt zu tun gehabt, Martl?«

»Ja, am Gericht.«

»Hast du gewonnen?«

»Freilich! Wär ja noch schöner.«

»Natürlich, du gewinnst ja immer.«

Er zog die dünnen Brauen hart zusammen. »Nicht immer. Dich habe ich zum Beispiel damals verloren.«

»Du hast es deswegen auch nicht schlecht getroffen. Trinkst du noch einen Schoppen?«

»Ja, einen noch, dann muss ich schauen, dass ich heimkomme.«

»Zu Frau und Kind«, ergänzte die Wirtin.

Um halb drei Uhr fuhr der Hahner heimwärts. Sonderbar, er konnte sich seines Sieges nicht recht erfreuen. Irgendwie hatten ihn die Worte des Andreas Murr doch getroffen und er hatte nur zu gut gemerkt, dass der Richter ihn mit Verachtung betrachtet und dann auch so verabschiedet hatte. Und wenn er ein wenig in sich hineinhorchte, dann stieg ihm doch so etwas wie Schamröte ins Gesicht. Es konnte aber auch sein, dass er rot wurde aus Zorn gegen seinen Schwager Distoller, der ihn zu der Sache verleitet hatte. Ihm wäre es wahrhaftig nicht eingefallen, den Weg zu sperren. Aber es war ja nicht das erste Mal, dass der Distoller ihm seinen Willen aufzwang. Es hatte damit begonnen, dass der seine Schwester an den Mann bringen wollte. Der Hahner hatte umgebaut und war in Schulden geraten. Gerade, dass er die Zinsen zusammenbrachte. Einmal musste er sich auch diese stunden lassen. Drei Tage nach Neujahr kam der Distoller bereits auf den Hahnerhof und fragte, ob man denn vergessen hätte, dass der erste Januar gewesen sei.

Sie hatten Unglück im Stall gehabt. Der Hahner versuchte, dies dem Sägewerksbesitzer zu erklären. Der Distoller wollte das lange nicht verstehen und fragte dann in seiner schonungslosen Art:

»Soll das heißen, dass du nicht zahlen kannst?«

»Wart halt noch ein Vierteljahr. Bis dahin geht es mir besser«, hatte der Hahner gebeten.

Daraufhin hatte der Distoller bloß gelacht. »Ja, wie stellst du dir denn das vor? Ich brauche mein Geld und möchte das Darlehen jetzt überhaupt kündigen. Das heißt, ich kann dir auch einen anderen Vorschlag machen. Heirate meine Schwester, die Burga.«

So war die Sägewerks-Burga die Frau vom Hahner geworden und die Kinder brachten Sonnenschein in diese Ehe. Aber immer stand wie ein grauer Schatten der Distoller im Leben des Hahner. Gewiss, er hatte sich durch die Mitgift der Burga von allem Belastenden befreien können. Burga hatte in allem eine glückliche Hand. Der Hof stand heute als einer der besten im ganzen Tal da.

Der Hahner fuhr noch weiter die Landstraße entlang. In der Ferne sah man bereits den See blitzen. Die Wiesen waren ein gelbes Meer von Dotterblumen. Weit hinten leuchteten die jungen Birken im Moor.

Vor dem Dorf zweigte der Hahner ab, zu seinem Hof hinauf. Er sah die zwei Pfosten mit dem Stacheldraht und hatte dabei das Gefühl, dass er dessentwegen noch manchen Ärger haben würde.

Darin sollte er sich auch nicht getäuscht haben. Am anderen Morgen schon war einer der Pfosten herausgerissen und mit dem Stacheldraht zur Seite gelegt, weil der Lehrbub vom Bäcker Reindl mit seinen sechs Semmeln nicht den weiten Umweg machen wollte.

Nicht der Hahner setzte die Sperre wieder ein, sondern mit unverdrossenem Eigensinn der Distoller, so als wäre es sein Weg, den er versperren müsste, obwohl Andreas Murr und seine Frau Mella ihn nicht mehr benutzten und lieber den weiten Umweg ins Dorf machten.

Um diese Zeit war es, dass in der großen Stadt eine junge Frau durch das Tor eines Krankenhauses auf den Raum zuschritt, über dessen Tür das Wort »Aufnahme« stand.

»Nehmen Sie Platz«, wurde ihr bedeutet. »Wie ist Ihr Name?«

Die junge Frau setzte sich unbeholfen und krallte die Hand wie in einem ziehenden Schmerz um die Lehne. Auf ihrer Stirn stand Schweiß.

»Erika Westhoff«, stieß sie mühsam hervor.

»Name des Mannes?«, fragte der Verwalter Höcherl.

»Eugen Westhoff.«

»Beruf?«

Die Frau stockte einen Augenblick, bevor sie sagte:

»Handelsvertreter.«

»Und wer hat Sie eingewiesen?«

»Mein Hausarzt, Dr. Schweiger.«

»Haben Sie die Papiere dabei?«

Die Frau öffnete ihr Handtäschchen und legte die Papiere hin.

»In Ordnung. Abteilung drei.«

Die Frau griff nach ihrem kleinen Koffer und wankte zur Tür. Eine Schwester sprang herbei um sie zu stützen und geleitete sie über die Stiege hinauf zur Abteilung drei.

»Westhoff, Westhoff?«, murmelte der Verwalter Höcherl

vor sich hin und las immer wieder den ausgefüllten Aufnahmeschein. »Wo hab ich bloß den Namen vor kurzer Zeit gehört?«

Er schreib weiter und legte nach zwei Stunden den Federhalter weg.

»Jetzt hab ich es. Eugen Westhoff, Handelsvertreter. Das ist doch der, der einen Prokuristen namens Tiefentaler erschossen hat. Ja natürlich, ich hab damals den Fall genau verfolgt. Darum hat die Frau vorhin gestockt, als ich nach dem Beruf des Mannes fragte.«

In diesem Augenblick begrüßte oben im Kreißsaal ein piepsendes Stimmchen die Welt.

In sonderbar müder Erlöstheit schaute Erika Westhoff zu, wie das Kind, ein Mädchen, gewogen, gebadet und gewickelt wurde. Dann banden sie dem Kind ein dunkelblaues Bändchen um das Handgelenk und trugen es hinaus.

Erika Westhoff dachte an die Geburt ihres ersten Kindes. Das war ein Bub gewesen, der jetzt dreijährige Manfred, den sie inzwischen in Pflege gegeben hatte. Damals war alles noch ganz anders. Draußen vor der Tür war der Mann aufgeregt auf und ab gegangen. Und dann war er zu ihr ans Bett gekommen, hatte sich über sie gebeugt und in seiner Freude die unsinnigsten Worte gestammelt. Jetzt war der Vater ihres Kindes kein Handelsvertreter mehr, sondern ein Häftling.

Aufschluchzend schlug sie die Hände vors Gesicht und hörte kaum die tröstende Stimme der Schwester, die sich über sie beugte.

»Sie müssen doch nicht weinen, liebe Frau. Es ist ein so gesundes und hübsches Mädchen.«

»Ja, ich bin undankbar«, schluchzte Erika Westhoff und ließ es dann teilnahmslos geschehen, dass man sie wieder in ihr Zimmer zurückbrachte.

Am vierten Tag wurde das Mädchen in der Kapelle des Krankenhauses auf den Namen Lena getauft. Am neunten Tag verließ Erika Westhoff mit einem Bündel im Arm und einem Koffer in der Hand das Krankenhaus.

Es regnete ein wenig und sie zog das Wolltuch über die

Stirn des Kindes. Sie ging langsam dahin. Der Regen fiel auf ihren gesenkten Nacken. Einmal blickte sie flüchtig auf. Der Himmel hing grau und schwer über der Stadt. So grau wie die Zukunft, von der Erika Westhoff nicht wusste, wie sie sein würde.

Der Frühling hatte alles Blühen schon verschenkt und ging in den Sommer über. Die Bauern arbeiteten auf den Feldern. Die ersten Sommerfrischler kamen nach Steinkirchen und bei günstigem Wind hörte man von den Almen herunter die Herdenglocken bimmeln.

Mella Murr blühte mit diesem jungen Sommer auf. Auf ihrem Gesicht lag Sonnenbräune. Sie war immerzu im Freien beschäftigt, arbeitete im Garten, ging an den Kupferbach fischen oder auch in den Wald, um Kleinholz zu sammeln.

»Pass auf«, mahnte Andreas scherzhaft. »Eines Tages wird man dich wegen Schwarzfischens anzeigen!«

»Nein, Andi. Niemand wird das tun. Du ahnst nicht, wie sehr sich die Stimmung im Dorf schon zu unseren Gunsten gewendet hat.«

»Da brauch ich mich nur an die Wegsperre da unten zu erinnern!«

»Vielleicht gerade deswegen, Andi. Kein vernünftiger Mensch kann diese Bosheit begreifen.«

»Mag sein, aber glaube mir: Wenn ich nicht für dich auch eine Fischkarte besorgt hätte, dieser Distoller hätte dich längst schon angezeigt.«

Mella hatte ihm verschwiegen, dass sie mit Sägewerksbesitzer bereits hart aneinander geraten war. Sie wollte ihren Mann mit diesen Dingen nicht belästigen, seit er wieder arbeitete.

Bei dem Wettbewerb einer rheinischen Stadt für eine überlebensgroße Brunnenfigur hatte Andreas Murr den ersten Preis erhalten. Nun hatte ihn der Rausch des Schaffens wieder befallen. Die Figur wuchs zuerst in Ton unter seinen Händen, eine Frauengestalt von edlem Wuchs, das Antlitz niedergebeugt auf das Kind in ihrem Arm.

Manchmal saß Mella eine ganze Weile ganz still in einem

Winkel der Werkstatt und sah mit Erschütterung zu, wie er plötzlich ganze Fetzen aus dem Ton wieder herausriss und neu einsetzte. So sehr sie sich ihm sonst nah fühlte, hier konnte sie ihm nicht folgen. Sie dachte in erster Linie an die finanzielle Seite der Sache und ihre Gedanken kannten nur den Kehrreim: Das bringt was ein. Vielleicht springt dann endlich ein neues Wohnzimmer heraus!

Andreas bemerkte es nur selten, wenn sie da hinten saß, die Hände im Schoß verkrampft, mit weiten, staunenden Augen. Er war ganz vertieft in sein Werk. Er lebte bereits mit seiner Figur. Nachts träumte er von ihr.

Eines Tages, die Gesichtszüge waren schon ziemlich deutlich herausgearbeitet, trat Mella an die Staffelei, beschaute sich schweigend das Tonmodell und fragte schließlich:

»Wie alt soll denn das Kind schon sein, Andi?«

Er wandte den Kopf zu ihr. Das blonde Haar hing ihm wirr in die Stirn. »Vier Monate, denke ich, warum?«

»Dann kann es noch nicht so aufrecht im Arm der Mutter sitzen.«

Augenblicklich schoss ihm das Blut ins Gesicht. Was fiel ihr denn ein, ihn zu korrigieren?

»Wie willst denn ausgerechnet du das wissen? Da müsstest du ja zuerst einmal Mutter gewesen sein.«

Wenn er einen Stein nach ihr geworfen hätte, es hätte sie nicht schmerzlicher treffen können. Sie war nicht fähig, einen Laut von sich zu geben, warf nur stumm die Hände vors Gesicht und taumelte hinaus.

Ernüchtert strich er sich die Haare aus der Stirn und stieg von der Staffelei. Wie hatte er sich nur so hinreißen lassen können?

Er ging hinaus und sah Mella mit gesenktem Nacken, das Angelzeug über der Schulter, den Weg hinuntergehen.

»Mella«, schrie er ihr nach, »du gehst auf dem Weg, der für uns verboten ist!«

Sie blieb stehen und drehte langsam das Gesicht über die Schulter zurück. »Ich geh überhaupt einen verkehrten Weg!«, schrie sie zurück und ging weiter.

Sie kam erst zurück, als über den Bergen schon wildschön das Abendrot brannte, und hatte armselige drei Forellen gefangen.

Andreas saß auf der Hausbank und sah ihr erwartungsvoll entgegen. In seinem Herzen war bittere Reue. Als sie seine Augen so bittend auf sich gerichtet sah, stieß Mella ihren Vorsatz, seine Taktlosigkeit mit eisigem Schweigen zu ahnden, sofort wieder über den Haufen und zwang sich ein Lächeln auf.

»Höchstens zwei Pfund«, sagte sie. »Aber zum Abendessen reicht es.«

»Ich habe sowieso keinen Hunger«, meinte er.

»Doch, doch, Andi. Du nimmst dir bloß keine Zeit mehr zum Essen.« Sie setzte sich neben ihn und wickelte das Tuch auf.

»Willst du sie blau oder gebacken?«

»Wie du es willst, Mella.«

»Also blau.«

»Aber wenn es zu viel Arbeit macht, Mella, mir reicht auch ein Wurstbrot.«

Seine Stimme hatte schon wieder den schönen, tiefen Klang, den sie so liebte. Sie stand auf und trug die Forellen ins Haus. Zwischenhinein erschien sie wieder draußen, deckte den Tisch und legte die Bestecke auf.

Dann kam sie mit den Forellen. Der Abend war tiefer gesunken. Die Kirchenglocke läutete und der See lag wie ein großes dunkles Auge in der Tiefe. Beim Distoller drüben wurde die Hoflampe angezündet und sie warf ihren Schein über das ausgedehnte Bretterlager. Sie brannte immer die ganze Nacht und sollte den Diebstahl von Brettern verhüten.

Mella stand auf und wollte abräumen. Andreas fasste nach ihrem Arm.

»Bleib noch ein wenig sitzen, Mella.« Er zündete seine Pfeife an. »Ich möchte mich bei dir entschuldigen.«

»Schon gut, Andi.«

»Nein, es ist noch nicht gut. Ich sehe es ja deinem Gesicht an.«

Ein tiefer Seufzer. »Reden wir nicht mehr davon, Andi.«

»Doch, das muss ausgeredet werden, Mella. Ich habe dich angeschrien, ganz ohne Grund.«

»Das Anschreien allein war es nicht, Andi, bloß der Sinn deiner Worte.«

»Ich habe es nicht so gemeint, Mella.«

Sie drehte ihm das Gesicht zu, schaute ihn schweigend an. Ein Glühwürmchen gaukelte vor ihm, hob sich aber schnell davon, als er den Pfeifenrauch ausstieß.

»Es ist mir eben so rausgerutscht, weißt du«, fuhr er fort. »Ich bin auch zur Zeit ein wenig nervös. Du verstehst das vielleicht nicht so ganz. Ich stehe zu sehr unter Zeitdruck. Am ersten September soll der Brunnen eingeweiht werden. Wie ich die Arbeit bis dahin schaffen soll, weiß ich nicht. Ich glaube, ich brauche ein paar Mann zur Hilfe.«

»Kannst du denn Guido oder Fernando, die beiden Italiener, nicht einspannen?«

»Vielleicht. Ich weiß nicht, ob sie frei sind. Müsste einmal schreiben.«

»Ja, tu das, Andi. Überhaupt meine ich, solltest du ein paar Tage ausspannen. Du kannst nicht ungestraft täglich vierzehn Stunden arbeiten.«

»Das allein ist es nicht, Mella. Ich habe dir heute wehgetan und habe zugleich erkannt, dass du Recht hattest. Die Armbeuge ist zu unfrei. Das Kind müsste etwas geneigter liegen, der Kopf der Frau müsste um eine Nuance tiefer gesenkt sein. Dreimal habe ich schon neu geknetet, aber immer ist es noch nicht gut genug. Du hast mir heute einen guten Tip gegeben, Mella.«

In ihren braunen Augen leuchtete es ganz hell auf. »Das würde mich sehr freuen, Andi.«

Die Nacht war jetzt vollends da. Im Dorf unten bellte ein Hund und irgendwo klang in der Dunkelheit ein helles Mädchenlachen auf.

Andreas fasste nach der Hand seiner Frau. »Ich möchte dich auch einmal wieder so glücklich lachen hören, Mella.«

Sie schwieg eine lange Weile.

»Dazu muss man so ganz tief von Herzen glücklich sein, Andi.«

»Aber, Mella, du könntest es doch sein. Wir leben heute immerhin in einem gewissen Wohlstand. Früher hast du oft so fröhlich lachen können.«

»Ja, damals, in der Mansardenwohnung«, sagte sie. »Es klingt vielleicht absurd, ich weiß es. Aber damals war ich wirklich glücklich, als ich noch waschen und putzen ging und bloß drei Kleider hatte. Zwei für werktags und eines für sonntags.«

»Ein Glück, dass diese Zeit vorbei ist.«

»Manchmal wünsche ich sie mir zurück, Andi. Versteh mich jetzt nicht falsch. Es ist nicht so, dass ich dir deinen Erfolg nicht gönnen würde. Aber ich glaube, dass ich damals viel tiefer in deinem Herzen gewesen bin.«

»Aber, Mella! Was redest du denn da?« Er legte ihr den Arm um die Schulter. »Ich habe dich doch heute noch genauso gern. Es hat sich manches geändert, aber doch nicht meine Zuneigung zu dir.«

»Noch nicht, Andi. Aber mit dem Erfolg steigen deine Ansprüche an das Leben und ich habe Angst, dass ich dir dann nicht mehr folgen kann und allein zurückbleibe.«

Er rüttelte sie herzhaft an den Schultern. »Aber, aber! Diese dummen Gedanken musst du aus deinem Kopf verjagen. Allein zurückbleiben! Als ob ich dich jemals allein zurückließe. Das kommt doch überhaupt nicht in Frage. Wo ich stehe, da wirst auch du stehen.«

Sie schlang ihre Arme um seinen Hals und küsste ihn. Dann stand sie auf, räumte das Geschirr ab und ging ins Haus.

Um Mitternacht, als sie ganz fest schlief, stand Andreas auf, ging ins Atelier hinüber, knetete an seinem Tonmodell herum und dachte angestrengt darüber nach, wie Mella es gemeint haben könnte. Auf einmal sah er das Urbild der Mütterlichkeit verklärt vor sich. Fieberhaft arbeiteten seine Hände. Es gelang nun alles ganz mühelos.

Die Stunden liefen ihm davon. Der Morgen kam. Die Sterne erloschen in zitterndem Gelb, das hinter den Bergen heraufzog.

Nun war das Tonmodell fertig. Andreas änderte keinen Deut mehr daran. Jetzt mussten zunächst die Handwerker kommen. Tagelang hatte er darüber nachgegrübelt, wie man es machen könne, den Marmorblock in seiner ganzen Größe aufzustellen. Und wieder fand Mella die Lösung.

Die Handwerker rissen das, was früher einmal über dem Stall der Tennenboden gewesen war, herunter. Dadurch entstand nun eine hohe Halle. Unter den Dachquerbalken wurden schwere Eisenträger befestigt, an die man die Flaschenzüge anbringen konnte. Damit es recht hell sei, deckte man sechs Quadratmeter Dachziegel ab und ersetzte sie durch Glasplatten. Nun war es ein imposantes Atelier, eine Riesenhalle fast, wie sie nur selten einem Bildhauer zur Verfügung steht.

Inzwischen hatte Andreas nach Florenz geschrieben und Guido Dellatron und sein Freund Fernando hatten zugesagt zu kommen. Andreas kannte die beiden von München her, als er sie bei der großen Hauarbeit an einem Reiterdenkmal beobachtet hatte, das sein einstiger Lehrer und Förderer in Auftrag bekommen hatte.

Bis zu ihrem Eintreffen konnte Andreas nun fast eine Woche der Ruhe einschalten. Diese Tage waren wie ein Aufflammen des alten, vertrauten Glücks. Mella meinte, dass es wieder genauso sei wie am Anfang ihrer Ehe. Sie stieg mit Andreas in die Berge, wanderte stundenlang mit ihm in den Wäldern umher. Sie badeten im See, lagen in der Sonne oder saßen am Ufer des Kupferbaches und fischten zum Ärger des Distoller. Sie hatten sich abgekapselt von der Welt, lebten nur für sich selbst und ihre Liebe.

Dann fiel es Mella ein, dass sie doch das Zimmer für die Italiener noch herrichten müsse.

»Sollen sie im Gasthaus essen oder meinst du, dass ich sie verpflegen soll?«, fragte sie.

»Im Gasthaus? Nein, Mella. Sie würden sich an die landesübliche Kost im Gasthaus kaum gewöhnen können. Es tut mir ja Leid, Mella, dass ich dir diese Arbeit aufbürden muss, aber es wird wohl so am besten sein.«

»Aber, Andi«, lachte sie herzhaft. »Wie kannst du denn von Arbeit sprechen! Schau doch meine Hände an, wie fein sie geworden sind gegen früher, als sie noch wund und rissig waren von der harten Arbeit.«

Er nahm ihre Hände und streichelte sie. »Sie werden nie wieder rauh und rissig werden, Mella. Wir leben doch jetzt in anderen Verhältnissen. Ich habe schon daran gedacht, ob wir uns nicht ein Mädchen nehmen sollen. Du hättest dann viel mehr Zeit für dich und mich.«

»Eine Haushälterin?«, fragte sie entsetzt. »Auf gar keinen Fall. Was sollte dann ich tun?«

»Nur mehr meine Frau sein.«

Sie schmiegte sich zärtlich an ihn und sagte mit ihrem natürlichen Instinkt: »Das wäre ich dann vielleicht gar nicht mehr so wie jetzt. Es wäre immer jemand um uns, wir wären nie allein. Und dann – ich wäre tief unglücklich, Andi, wenn ich nichts mehr zu arbeiten hätte. Ich habe sogar schon daran gedacht, ob ich nicht am Stein mithelfen könnte. Am Anfang wenigstens. Die groben Kanten könnte ich doch auch abschlagen.«

Ein wunderliches Gefühl durchströmte ihn. Mit dieser Frau konnte er niemals untergehen. Sie würde die schwerste Arbeit auf sich nehmen in ihrer unverbrüchlichen Liebe zu ihm.

Er schüttelte den Kopf und küsste sie. »Das kommt gar nicht in Frage, Mella. Stell es dir nur nicht so leicht vor. Du wirst Arbeit genug haben mit uns drei Mannsbildern. Du vergisst immer, dass wir dann zu viert sein werden.«

»Wenn wir drei oder vier Kinder hätten, wäre es ja genauso.«

Kaum hatte sie den Satz gesprochen, kroch schon eine dumpfe Angst in ihr hoch vor der Antwort, die nun kommen würde. Aber er ging darauf nicht ein und nahm sie in die Arme. Aus ihren Worten hatte er wieder das innigste Verlangen ihres Herzens vernommen. Aber weil er ihr erst vor kurzem so wehgetan hatte, ging er nicht darauf ein.

Sie saßen auf der Bank vor dem Haus. Der warme Abend

war vom Duft frisch gemähten Heues erfüllt. Im Blau des Himmels drängten sich die ersten Sterne um den Mond. Johanniskäfer gaukelten durch die Luft.

Oh, es war alles so schön! Die Vergangenheit war wieder auferstanden, als ihr Glück noch blank und rein in der Armut lag und doch in allen Winkeln wie ein immerwährendes Blühen war.

Am nächsten Tag richtete Mella das große Gästezimmer für die Italiener her.

Andreas war nach dem Mittagessen in den Wald gegangen. Ein großer Friede war in ihm, eine letzte, innere Vorbereitung auf das beginnende Werk. Als er an einer kleinen Waldkapelle vorbeikam, erinnerte er sich an einen großen Chirurgen, der vor jeder schweren Operation die Hauskapelle der Klinik betrat, um zu beten.

Es war der erste große Auftrag, den er erhalten hatte. Ihn zu erfüllen, setzte wahre Begabung voraus und Begabung konnte man nicht erlernen, sie war ein Geschenk. Vielleicht sogar ein Geschenk auf Zeit. Wer konnte das wissen? Da war es doch das Nächstliegende, Gott zu bitten, dass er sie ihm ließ.

Und darum betete er jetzt. Er betete stolz und doch von Demut erfüllt.

Der heilige Sebastian, der mit den Pfeilen in seinem Körper in einer dämmerigen Nische stand, war nur ein kümmerliches Machwerk und Andreas Murr gelobte in dieser Stunde, einen aus Marmor zu schlagen und der Pfarrkirche zu Steinkirchen zu schenken.

Der schöne Nachmittag war bereits im Sinken, als er aus der Kapelle trat. Auf dem Wiesengrund davor äste ein Rudel Rehe. Kein Laut war in der weiten Runde. Er setzte sich zwischen die Wurzeln einer mächtigen Tanne, deren Nadeln wie Silber schimmerten. Die Hände um die aufgezogenen Knie geschlungen, träumte er über die Lichtung hin.

Auf einmal schreckte ihn ein Geräusch auf. Irgendjemand schien auf einen dürren Ast getreten zu sein. Er wandte das Gesicht und sah mit staunenden Augen auf die herrliche Mädchengestalt, die zwischen den Stämmen sichtbar wurde. Dann trat sie aus dem Wald und blieb stehen. Sie war in keiner Weise erschrocken, ein feines Lächeln spielte um den schön geschwungenen Mund.

Sein Blick hing wie gebannt an ihrem Gesicht mit den blau schimmernden Augen, über die sich schnurgerade tief dunkle Brauen spannten. Ihm war, als hätte diese Gestalt schon lange in seinem Inneren gelebt und ihm die Idee zu seiner Brunnenfigur gegeben. Nur dass dieses Mädchen das Haar anders trug, hoch aufgesteckt zu einer Krone, die mit silbernen Kopfnadeln gehalten wurde.

Hatte der Wald denn noch seine Märchen und schickte ihm das Schicksal eine seiner Feen?

»Haben Sie sich heute so weit herauf verirrt?«, fragte das Mädchen lachend.

Einen Augenblick meinte Andreas aufstehen und sich vorstellen zu müssen. Aber dann blieb er sitzen.

»Sie kennen mich?«

»Natürlich! Sie sind doch der Nachbar.«

Ohne von ihm aufgefordert zu sein, ließ sie sich einfach neben ihm nieder.

»Ich habe einen weiten Weg hinter mir und ein wenig Rasten tut mir jetzt gut. Sie werden doch nichts dagegen haben?«

»Aber wie sollte ich!«

»Mein Vater dürfte es zwar nicht sehen«, meinte sie dann, zog die Knie auf und verschränkte die Hände darüber.

»Und warum nicht?«, fragte Andreas.

»Der Sägewerksbesitzer Rupert Distoller ist mein Vater.«

»Ach du mein Schreck!«

Sabina lachte hellauf. »Ja, da erschrecken Sie, nicht wahr?«

»Das gerade nicht, aber ich kann mir kaum vorstellen, dass Sie eine andere Einstellung zu uns haben als Ihr Vater.«

»Ist das wirklich so unvorstellbar? Sie haben mir doch nichts getan, warum sollte ich also feindlich gegen Sie gesinnt sein?«

»Gewöhnlich fällt ja der Apfel nicht weit vom Stamm, heißt es doch.«

»Bei uns steht der Apfelbaum am Hang, da kugeln die Äpfel im Herbst oft bis zur Straße hinunter. Im Übrigen bin ich froh, Ihnen begegnet zu sein. Ich wollte Ihnen schon lange sagen, dass ich mit der Feindschaft gar nichts zu tun habe und dass ich es als Gemeinheit empfinde, den Fahrweg mit einem Stacheldraht zu versperren.«

»Ich habe mich damit abgefunden«, erklärte Andreas. »Aber dass es eine Gemeinheit ist, das müssten Sie eigentlich Ihrem Vater sagen.«

»Hab ich auch schon«, sagte sie frohlockend.

»Und wie hat er drauf reagiert?«

»Er hat mich angebrüllt.«

Andreas wunderte sich nicht. Er griff nach einem Ast, der neben ihm lag und stocherte im Moos herum.

»Darf ich fragen ...«

»Sabina. Sabina Distoller. Dreiundzwanzig Jahre alt, ledig, katholisch, acht Jahre Hauptschule und drei Jahre Internat.

Andreas musste lachen. Ganz laut und fröhlich klang es.

»So genau wollte ich es gar nicht wissen. Aber es ist immer gut, wenn man weiß, mit wem man es zu tun hat. Meinen Namen wissen Sie ja bereits.«

»Und Ihren Beruf auch.«

»Ein besserer Steinmetz, sagt Ihr Vater.«

»Weil er es nicht anders versteht. Das sollten Sie ihm nicht übel nehmen. Ich weiß, dass Sie Bildhauer sind und sogar einer mit Namen. Vor drei Jahren hatten wir ein Schülertreffen und bei dieser Gelegenheit besichtigten wir eine Ausstellung«, erzählte sie dann. »Da sah ich einen Mädchenkopf von Ihnen und den habe ich seither nie mehr vergessen.«

Er lächelte. »Aus schwarzem Marmor, nicht wahr?«

»Ja. Besonders viele Kenntnisse sind mir, was Kunst anbelangt, nicht gegeben«, gestand sie dann. »Aber dieser Mädchenkopf hatte doch etwas an sich. Es war ein so offenes, schönes Gesicht, auf dem das Leben noch keine Runen eingegraben hat.«

Andreas schaute sie verblüfft an. In so einfacher, natürlicher Form hatte er noch nie ein Urteil gehört. Er nickte vor sich hin.

»Das haben Sie gut gesagt. Aber Sie müssen noch erklären, wie ich zu der Ehre gekommen bin, dass Sie sich für mich so einsetzen und sogar dafür in Kauf nehmen, dass Ihr Vater Sie anbrüllt.

»Weil ich das Empfinden habe, dass ein Mensch, der so ein Gesicht formen kann, ein guter Mensch sein muss. Und was das Anschreien betrifft, so brauchen Sie sich nichts dabei zu denken. Ich habe ihn dafür jetzt vier Tage zappeln lassen, bin hinüber ins Tirolerische zu meiner Tante. Was meinen Sie, wie er aufatmet, wenn ich zurückkomme.«

»Hoffentlich!« Andreas seufzte unwillkürlich. »Ich möchte es wünschen, dass es so ist.«

»Es ist schon so. Er braucht mich doch im Büro! Außer mir kennt sich dort niemand aus.«

Immer tiefer sank der Abend. Die Rehe auf der Lichtung waren nur mehr als graue Schatten zu erkennen. Im Wald verstummte der Gesang der Vögel. Im Tal läutete eine Glocke.

»Ich glaube, wir müssen aufbrechen«, sagte Andreas und erhob sich. Bevor er ihr die Hand reichen konnte, um ihr aufzuhelfen, stand auch sie schon auf den Füßen. Sie war genauso groß wie er und genauso blond. Ihr Gang war nicht der schwere Gang von Bauernmädchen, sie tänzelte über den Wiesenweg, der wieder in den Wald führte.

»Ui, schon so dunkel!« Sie lachte und richtete den Blick hinauf zu den Wipfeln, durch die noch ein wenig Licht fiel.

»Angst?«, fragte Andreas.

»Nein, vor Ihnen nicht.«

»Sie sagen das so überzeugt, dabei kennen wir uns kaum eine halbe Stunde.«

»Das macht nichts. Manchmal kennt man einen Menschen jahrelang und weiß doch nicht, wie man mit ihm dran ist.«

»Es scheint mir, dass Sie einen Menschen schon nach kurzer Zeit durchschauen können.«

Sabina lachte wieder, aber es klang diesmal unfrei. »Ich glaube, ganz durchschauen kann man einen Menschen nie. Besonders einen Mann nicht.«

»Und warum nicht?«

»Das kann ich Ihnen nicht erklären. Aber beim Sareiter-Matthias zum Beispiel weiß ich eigentlich nie, wie ich mit ihm dran bin, obwohl ich mir genau vorstellen kann, wie mein Leben als seine Bäuerin einmal ablaufen wird. Es wird sehr eintönig sein, aber wir werden Kinder haben und sie großziehen und dadurch wird es ein erfülltes Leben sein.«

Andreas begriff nicht, warum Sabina ihm nach so kurzer Bekanntschaft das alles erzählte.

»Dieser Sareiter – müssen Sie ihn denn heiraten?«

»O ja, das ist schon seit vielen Jahren der Wunsch meines Vaters.«

»Aber es ist doch in Ihrem Sinn?«

»Im Sinne meines Vaters. Wenn Sie von Ihrem Haus westwärts schauen, in Richtung Bichl, dann sehen Sie auf der Höhe ein großes Bauerngut. Das ist beim Sareiter. Ach, warum erzähle ich Ihnen denn das alles? Es interessiert Sie vielleicht gar nicht.«

»Das müssen Sie nicht glauben!«

»Wissen Sie, ich sehne mich so oft nach einem Menschen, mit dem ich mich aussprechen könnte. Es bedrückt mich manchmal so vieles. Aber wer aus meinen Kreisen würde mich schon verstehen? Meine beiden Brüder sind eingespannt in ihre Arbeit und haben mit sich selbst zu tun. Von meiner Mutter höre ich nie etwas anderes, als dass ich ein unverschämtes Glück hätte und dem Vater dankbar sein müsste, dass er die Verbindung mit den Sareiters früh genug hergestellt habe, so dass ich zu einer solch guten Partie käme.«

»Aber Sie lieben diesen Sareiter-Matthias doch?«

»Ich kann ihn gut leiden, das ist alles. Sonntags kommt er immer, und wenn er nach Stunden geht, haben wir manchmal keine zehn Sätze miteinander gesprochen.«

»Gut leiden genügt nicht zu einer Ehe. Schütteln Sie ihn doch ab.«

»Da kennen Sie meinen Vater schlecht!«

Der Wald lichtete sich. Ihre Wege trennten sich hier. In der Tiefe lag das Dorf, vom letzten Abendlicht umflossen. Auf dem See zog einsam ein Kahn dahin. Sie blieben stehen. Sabina schaute zum Haus der Murrs hinüber.

»Von meinem Bürofenster aus kann ich direkt zu Ihnen hinübersehen. Ich wollte schon lange einmal mit Ihnen reden, damals schon, als der Vater den Stacheldraht zog. Da wollte ich Ihnen sagen, dass ich nichts dafür kann.«

Er lächelte. »Das glaube ich Ihnen, weil ich Sie jetzt kenne, aufs Wort.«

»Ich verstünde es, wenn Sie meinen Vater hassten.«

»Das stimmt gar nicht. Ich hasse ihn nicht, er ist mir nur grenzenlos gleichgültig. Aber eines verstehe ich nicht, dass ein Mann wie er eine solche Tochter hat.«

Damit wendete er sich um und ging davon.

»Gute Nacht«, rief sie.

»Ja, gute Nacht«, erwiderte er und blieb stehen. Blieb sehr lange stehen und sah ihr nach, wie sie jetzt schnell den Hang hinunterlief und in der Dämmerung verschwand.

Ganz sonderbar war ihm zumute. Als sei ein Spuk über ihn gekommen. Seltsam, wie in ihrem Wesen alles voller Leben ist. In ihm war sturmvogelgleich etwas aufgebrochen und auf einmal wusste er, dass seine Brunnenfigur so und nicht anders geschaffen werden musste.

Wenn es möglich wäre, sie als Modell zu bekommen! Aber Mella duldete keine Modelle und dann würde Sabina sich wohl auch niemals dazu bereit finden. Und doch: Sabina, das war die Gestalt, wie sie ihm für seinen Brunnen vorgeschwebt hatte! Sie und keine andere!

Er fuhr sich mit der Hand über die Stirn, wie um etwas fortzuscheuchen. Dann ging er langsam auf sein Haus zu.

Mella hatte den Tisch bereits gedeckt.

»Wo bist du denn so lange geblieben?«, fragte sie.

Schon wollte er ihr von der Begegnung erzählen. Dann aber war ihm, als stoße ihn jemand in den Rücken, dass er es verschweigen müsse.

»Ich bin ein wenig zu weit hinaufgerannt«, sagte er. »Und bis man dann wieder herunterkommt …«

»Es macht ja nichts, Andi. Ich bin sowieso gerade fertig geworden.« Sie legte ihm Röstkartoffeln auf den Teller und Wurst. Frischer grüner Salat stand in einer Schüssel auf dem Tisch. »Du wirst hungrig sein von der frischen Luft«, sagte sie. Dann lachte sie auf einmal. »Weißt du Andi, was ich da plötzlich für einen dummen Gedanken hatte, als die Dämmerung kam?«

»Hast du überhaupt jemals einen dummen Gedanken?«, fragte er.

»Ich meinte, du säßest mit einem Mädchen irgendwo am Waldrand.«

Er blickte überrascht auf. Seine Lider flatterten ein wenig.

»Wie kommst du bloß auf so etwas?«

»Ja, nicht wahr? Das ist seltsam.«

»Ich kenne hier doch kaum jemanden.«

»Natürlich nicht.«

»Am allerwenigsten ein Mädchen«, fügte er hinzu und bemühte sich, seiner Stimme festeren Klang zu geben.

Mella aß mit gutem Appetit, ein Zeichen, dass sie ganz arglos war.

»Du könntest ja auch durch Zufall jemandem begegnet sein«, meinte sie nach einer Weile. »Und das würde doch auch nichts machen. Du kannst dich doch jederzeit mit jemandem unterhalten. Ich habe schon in letzter Zeit überlegt, wen wir vielleicht einmal einladen könnten, denn manchmal habe ich das Gefühl, als ginge dir ein bisschen Gesellschaft ab.«

»Nächste Woche beginnt die Arbeit, da habe ich dann Gesellschaft genug. Aber wenn es dir vielleicht zu langweilig wird, vielleicht findest du gelegentlich jemanden.«

Sie schüttelte lächelnd den Kopf.

»Ich brauche niemanden. Obwohl, die junge Lehrersfrau – ich traf sie letzthin im Metzgerladen – machte mir einen sehr sympathischen Eindruck. Sie fing auch gleich ein Gespräch an mit mir und meinte, man habe es am Anfang in Steinkirchen schwer. Es sei ihnen auch nicht anders ergangen und ihr Mann habe sich nach ein paar Wochen schon wieder wegbewerben wollen.«

»So? Na ja, wenn du meinst, lade sie ruhig einmal zum Kaffee ein. Du weißt, ich rede dir da gar nichts drein. Im Übrigen – ja, das wollte ich dir noch sagen, Mella. Ich werde an der Brunnenfigur doch noch etwas ändern müssen.«

»So? Was denn?«

»Vielleicht das Gesicht. Ich finde, es ist zu flach, es ist zu wenig natürlich im Ausdruck. Der Haarknoten im Nacken erscheint mir zu streng.«

Mella sah eine Weile angestrengt vor sich hin. Dann nickte sie. »Davon verstehe ich zu wenig, Andi. Aber meinst du nicht, dass es so ginge, wie die Mädchen und Frauen hier das Haar tragen? Zu einer Krone aufgesteckt?«

»Vielleicht. Du bringst mich da auf einen ganz guten Gedanken.«

Sie lächelte kindlich. »Siehst du, nun habe ich dir wieder ein wenig helfen können. Nur schade, dass ich kein langes Haar habe. Sonst könnte ich das Modell sein.«

»Das wäre nicht dumm. Aber leider hast du ja kein langes Haar. Und ein anderes Modell ist dir ja nicht recht.«

»Das war einmal, Andi. Hier brauche ich keine Befürchtungen zu haben. Diese Bauernmädchen sind nicht so.«

»Ich glaube auch nicht«, meinte er und schob den Teller zurück.

In dieser Nacht lag er lange wach. Er dachte die Begegnung am Waldrand immer wieder in allen Einzelheiten durch. Wie unkompliziert war doch alles, wie einfach. Sie hatte sich neben ihn ins Moos gesetzt und zu sprechen begonnen. Vielleicht ein bisschen viel gesprochen fürs erste Treffen. Er hatte sich auch nicht alles gemerkt. Nur eines vergaß er nicht.

»Wir werden Kinder haben und sie großziehen ...«, hatte sie gesagt. »Und dann wird es ein erfülltes Leben sein ...«, hatte sie hinzugefügt.

Sie sah also die Erfüllung ihres Lebens nur in ihren Kindern.

Demnach war sein Leben unerfüllt.

Ärgerlich drehte er sich auf die andere Seite. Mellas Atem ging ruhig und regelmäßig. Sie schlief tief und mit ihr schlief auch die immerwährende Sehnsucht nach einem Kind. Ihre Hand lag dicht neben seinem Kopf. Er legte die seine darauf. Aber sie wachte nicht auf.

Dann kamen die Italiener und mit ihnen wieder der Sommer, der sich fast eine Woche hinter Regenwolken versteckt hatte.

Andreas hatte die beiden in Bichl vom Bahnhof abgeholt. Als sie sich Steinkirchen näherten, brach die Sonne aus den Wolken und ließ den See in einem blendenden Licht aufstrahlen, sodass man die Augen schließen musste.

»Serrr schön ...«, sagte Guido, der von den beiden am besten deutsch sprach.

Er war ein kräftig gebauter Bursche, mit breiten Schultern und pechschwarzem Haar. Fernando dagegen war schmal und zierlich. Sein Haar war nicht ganz so schwarz, dafür aber seine Augen; er hatte große, verträumte Augen, die in seinem braunen Gesicht wie zwei seltene Steine funkelten.

Als die beiden den mächtigen Marmorklotz neben der Stallwand liegen sahen, wiegte Guido nachdenklich sein Cäsarenhaupt mit dem wirr gekräuselten Haar.

»Wie das große Stein hineinbringen?«, fragte er.

Fernando stand daneben und erfasste sofort, dass der Block eben zuerst gedreht werden musste.

Am anderen Morgen packten sie an. Die Ketten an den Flaschenzügen knirschten unter dem schweren Gewicht. Aber die Stangen hielten. Der Block drehte sich nach der Längsseite zum Eingang hin. Am Mittag stand er platzgerecht, wuchtig aufragend fast bis unter die Dachziegel, ein Gigant in steinerner Macht. Selbst Andreas mit seinen ein Meter achtzig stand daneben wie ein Zwerg.

Von diesem Tag an war ein anderes Geräusch über den Hügeln zu hören, das sich wesentlich unterschied von dem des Sensendengelns und dem klingenden Hammerschlag der Schmiede. Ein helles, klingendes Läuten war es, wie das lockende Rufen aus einer fremden Welt.

Man wurde neugierig im Dorf. Es sprach sich herum, dass

da oben ein Bildhauer am Werk sei, und die Sommerfrischler meinten nun, man brauche nur hinaufzupilgern, um zu sehen, was da geschaffen würde. Sie hatten wenig Respekt vor dem Stacheldraht unten am Weg und umgingen ihn einfach. Aber Andreas konnte jetzt niemanden brauchen. Er zog einen Zaun um sein Grundstück und Mella musste aufpassen, dass niemand hereinkam.

Nur den Pfarrer konnte sie nicht gut abweisen, und obwohl Andreas zuerst, ärgerlich wegen der Störung, die Stirn runzelte, stieg er doch von der Leiter.

»Sehr erfreut, Herr Pfarrer, dass Sie mich einmal aufsuchen.«

Pfarrer Heider war ein kleiner, unscheinbarer Mensch, der eine große Menschenkenntnis besaß.

»Jetzt haben Sie aber nicht die Wahrheit gesagt«, meinte er mit feinem Lächeln. »Ich weiß ganz genau, dass ein Künstler nicht gestört werden will. Noch dazu am Anfang seiner Arbeit.«

Dann betrachtete er den Marmorkoloss und schließlich das Tonmodell daneben. Den Kopf schief geneigt, schien sich sein Blick an den Linien festzusaugen. Eine lange Weile. Andreas stand neben ihm und dabei fiel ihm der heilige Sebastian aus der Waldkapelle wieder ein, den er in Stein schaffen und zum Geschenk machen wollte.

Endlich richtete der Pfarrer seine von schneeweißen Brauen überzogenen Augen auf ihn.

»Für einen Laien nicht ganz zu fassen«, sagte er, »dass man so einen Marmorkoloss Leben einhauchen kann. Und wie geschickt Sie die Frage der Werkstatt gelöst haben.«

»Die Voraussetzungen waren günstig«, antwortete Andreas, legte Hammer und Meißel weg und klopfte sich den Staub von den Händen. Von der Rückseite her klang Guidos schwerer Schlag. Fernando hämmerte an der oberen Partie.

»Sie haben sich Hilfe kommen lassen?«, fragte der Pfarrer.

»Ja, für die Grobarbeit.«

»Aha, ich verstehe. Und den letzten Schliff müssen dann Sie der Gestalt noch geben. So einfach wird das gar nicht sein.«

»Das Große, Herr Pfarrer, darf nicht einfach sein. Sonst könnte es ja jeder machen.«

»Ja, ja, ich weiß«, lächelte der Pfarrer. »Der schöpferische Funke!«

»Der Funke allein genügt nicht, Herr Pfarrer, wenn man nicht die Sehnsucht hat, in die Nähe der Werkstatt Gottes zu kommen. Von dort muss einem die Kraft zuströmen, so einem Stein Seele einzuhauchen. Noch ist er wie eine geschlossene Knospe, mit Dynamit herausgesprengt aus einem großen Steinbruch. Von selbst entfaltet sich die Seele nicht.«

»Verzeihen Sie, wenn ich da nicht ganz folgen kann. Ich denke, dass man an so einem Stein einfach so lange herumhämmert und klopft, bis er eben die Gestalt annimmt, die dem Bildhauer vorschwebt.«

Andreas ging zu einer Schüssel mit Wasser und wusch sich die Hände. Über sein strenges Gesicht huschte ein Lächeln.

»So einfach ist das nicht. Man geht jedes Mal mit Angst und Scheu an so einen Stein heran. Aber nun kommen Sie mit hinüber ins Haus, Herr Pfarrer und trinken Sie eine Tasse Kaffee mit uns.«

»Nein, das hieße Ihre kostbare Zeit stehlen.«

»Eine halbe Stunde kann ich mich schon freimachen.«

Aus der halben aber wurden zwei geschlagene Stunden. In diesen beiden Stunden erfuhren Andreas und Mella viel vom Dorf Steinkirchen und seinen Menschen. Der Pfarrer war schon dreißig Jahre hier und kannte den Sägewerksbesitzer Distoller wie sonst kein anderer. Er nahm ihn nicht so ernst und meinte:

»Hunde, die immerzu bellen, beißen nicht. Und man muss ihn bellen lassen. Irgendwann wird es ihm zu dumm und er hört von selbst auf.«

»Mich bellt er ganz gut an«, meinte Andreas. Dann begleitete er den Besucher hinaus. Im Apfelgarten, dort wo der neue Zaun gezogen war, blieben sie stehen und der Pfarrer sah in die Zweige, die wild und verworren waren, weil im Herbst niemand die Bäume geschnitten hatte.

»Wenn nichts drüber kommt«, meinte er, »bekommen Sie

eine Menge Äpfel. Merkwürdig, diesen Baum kenne ich nun schon, seit ich hier bin. Er war damals schon alt und es ist bewundernswert, dass er immer noch Früchte ansetzt.« Und dann in einer plötzlichen Wendung des Gespräches: »Kinder haben Sie nicht?«

»Leider nein.«

»Schade. Zwei so prächtige Menschen. Na ja, das kann ja noch kommen.«

»Das ist kaum mehr anzunehmen.«

»Ist das ärztlich festgestellt?«

»Ja.«

»Schade, wirklich schade. Ich kenne eine Familie in Rodering, die jeden Sommer auf einige Monate hierher kommt. Die hat vor zwei Jahren ein Kind adoptiert. Es ist ein schwerwiegender Schritt, das weiß ich. Zugleich aber auch ein Werk der Barmherzigkeit.«

Andreas Murr sah den Pfarrer lange und nachdenklich an. War dies vielleicht der wirkliche Grund seines Besuches gewesen?

»Ein fremdes Kind – ich weiß nicht, das ist doch wohl eine sehr komplizierte Sache. Man kann dabei die bittersten Enttäuschungen erleben.«

»Enttäuschungen gibt es auch bei Kindern aus eigenem Fleisch und Blut, lieber Herr Murr. Kinder sind Rätsel Gottes und es kommt doch viel auf die Erziehung an. Aber ich will Sie jetzt nicht mehr länger aufhalten. Herzlichen Dank für die Bewirtung – und behüt Sie Gott!«

Pfarrer Heider hatte die Gewohnheit, die Themen seiner Predigten so zu wählen, dass er das an den Mann brachte, was ihm besonders am Herzen lag. Das Wort Gottes, dass man niemandem mit Absicht etwas Böses antun solle, erläuterte er so, dass zwei dicke Pfähle mit Stacheldraht, in den Boden gerammt, ganz offensichtlich ein Akt von Feindseligkeit und Boshaftigkeit seien, wenn sie einen bisher benutzten Weg absperrten.

Andreas Murr hob den blonden Kopf und schaute zur

Kanzel hinauf. Aber der Pfarrer sah geradeaus auf die gegenüberliegende Wand, die ein altes Fresko zierte.

Der Sägewerksbesitzer Distoller senkte den Kopf ganz tief und dachte sich: Das gehört doch nicht in eine Predigt! Wart nur, Pfarrer, du brauchst schon wieder einmal etwas von mir, dann mag ich auch nicht.

Der Pfarrer aber predigte weiter, kam vom Stacheldraht auf die Liebe unter den Menschen zu sprechen. Es gäbe so viele Menschen, Kinder vor allem, die ohne jede Liebe aufwachsen müssten. Und er führte ein Beispiel an, wo ein kinderloses Ehepaar sich lieber einen Yorkshire-Terrier zulegte, den sie wie ein Kind behandelten, der ein eigenes Bett bekam und aus Porzellantellern fressen durfte, während im Nachbarhaus drei elternlose Kinder um ein wenig Wärme und Liebe bettelten. Hier könnte so mancher eine gute Tat tun und dürfe nicht immer die Ausrede brauchen, man wisse ja nichts über die Erbanlage solcher Kinder. Hier müssten das Vertrauen auf den Einfluss der Erziehung stärker sein als die Angst vor den Erbanlagen. Es müsste Wunsch und Wille vorhanden sein, selbst etwas nach dem eigenen Charakterbild zu formen und zu erziehen, ohne jeden Egoismus, nur in der Liebe zu den kleinen Menschen. Ist denn nicht auch die Entwicklung der eigenen Kinder unvorhersehbar? Schlägt nicht auch hier zuweilen eines aus der Art und geht ganz andere Wege?

Es war eine ganz andere Predigt, die Pfarrer Heider an diesem Sonntag hielt und mancher konnte sich seinen Teil davon zu Herzen nehmen.

Nach der Messe wartete Andreas Murr bei der Friedhofsmauer auf seine Frau und reichte ihr den Arm, weil die Stufen so brüchig und ausgetreten waren.

Beim Neuwirt unter den schattigen Nussbäumen standen die Dorfburschen, etwas abseits davon ein Schüppel Bauern, darunter auch der Hahner und der Distoller.

»Heut hat er dir ganz schön eine hingehaut, unser Pfarrer«, stichelte der Freimoser den Hahner an. Der verzog beleidigt das Gesicht.

»Wieso mir? Ich hab ja fünf Kinder.«

»Nein, wegen der Wegabsperrung, mein ich.«

Wütend deutete der Hahner mit dem spitzen Kinn auf seinen Schwager. »Das geht auf dessen Konto. Ich hab keine Pfosten hineingeschlagen und keinen Stacheldraht gezogen.«

Der Distoller biss einer Zigarre die Spitze ab. Dann sah er den Hahner mit schmalen Augen an.

»Nein, dazu wärst du zu feig gewesen. Ich frag mich bloß, ob so was in eine Predigt gehört. Der soll sich nicht immer in Sachen einmischen, die ihn nichts angehen. Ich werd mal einen Brief ans Ordinariat schreiben. Vielleicht vergeht es ihm dann, sich in anderer Leut Sachen hineinzumischen.«

In diesem Augenblick kam der Pfarrer vorbei. Die Bauern zogen ihre Hüte. Auch der Distoller.

»Grüß Gott, meine Herren. Schon wieder fest beim Diskurs?«

»Ja, wir haben gerade vom Wetter geredet«, meinte der Dachser.

»Und von der Predigt«, warf der Distoller giftig ein.

»Es ist immer gut, wenn es beredenswert ist, was man von der Kanzel hört. In mancher Predigt glaubt man das Wort Gottes zu hören, natürlich nicht in jeder. Wünsch einen frohen Frühschoppen, meine Herren.«

Währenddessen gingen Andreas und Mella am Ufer des Sees entlang und beschäftigten sich auch mit der Predigt. Das heißt, es sprach nur Andreas. Mella ging mit nachdenklichem Gesicht neben ihm her und hörte zu.

»Sein Vergleich mit dem Yorkshire-Terrier ist gar nicht so abwegig«, meinte Andreas. »Aber ein fremdes Kind anzunehmen bleibt doch ein Wagnis. Was meinst du, Mella?«

»Ich habe bis jetzt noch nicht darüber nachgedacht. Andi.«

»Ob man es lieben könnte wie sein eigenes Kind? Ob es unser Leben reicher und erfüllter machen würde?«

»Dein Leben ist sowieso erfüllt, Andi. Du hast doch deine Kunst.«

»Ich ja, aber was hast du?«

»Dich, Andi. Du bist doch alles für mich.«

Sie gingen ganz langsam. Hin und wieder begegneten ihnen

Fremde. Der See war ruhig. Die weißen Wolken des Himmels spiegelten sich in ihm. Hinter ihnen hörte man vom Dorf her das Gepolter auf der Kegelbahn.

Andreas wollte das Thema nun auf sich beruhen lassen, denn irgendwie spürte er Mellas innere Abneigung dagegen. Das gab ihm eigentlich ein wenig zu denken, weil er um ihre immerwährende Sehnsucht nach einem Kind wusste. Aber wahrscheinlich war es eben doch nur die Sehnsucht nach einem eigenen Kind.

Ohne dass sie es bemerkt hatten, war die Sabina Distoller schon eine Weile hinter ihnen gegangen. Nun war sie auf gleicher Höhe mit ihnen, grüßte sie beim Überholen mit einer leichten Neigung des Kopfes und ging rasch weiter.

Mella wartete noch eine Weile, dann fragte sie:

»Wer war denn das?«

Andreas sah hinter Sabina her, die den Hut mit den langen schwarzen Bändern abgenommen hatte und in der Hand trug. Die Sonne flimmerte auf ihrem Blondhaar und ließ es wie Gold aufschimmern.

»Kennst du sie?«, fragte Mella.

Andreas riss sich zusammen, als hätte er seine Gedanken erst aus weiter Ferne zurückholen müssen.

»Was meinst du?«

»Sie hat gegrüßt, als ob du sie kennst.«

»Sie hat uns beide gegrüßt.«

Sabina bog jetzt weiter vorne nach links ab, wo der Weg zum Sägewerk führte. Einen Augenblick blieb sie stehen und sah zurück.

»Ein sehr schönes Mädchen«, sagte Mella.

»Ich habe nicht darauf geachtet.«

»Aber, Andi«, lachte Mella ganz laut und fröhlich. »Du wärst ja nicht Andreas Murr, der Bildhauer, wenn du das nicht auf den ersten Blick gesehen hättest. Dieses Mädchen ist doch auffallend schön.«

»Man sieht in dieser Gegend überhaupt ab und zu recht gute Gestalten. Das ist hier ein guter bäuerlicher Schlag, unverdorben, kraftvoll.«

»Schau hin, jetzt geht sie zum Sägewerk hinauf. Ob sie vielleicht gar die Tochter vom Distoller ist?«

»Das wäre möglich«, antwortete Andreas. »Obwohl ich nicht verstehen könnte, wie der unsympathische, dicke Mops zu so einer Tochter kommt.«

Er ärgerte sich über sich, dass er seine Begegnung mit Sabina verschwiegen hatte. Wie schön wäre es gewesen, wenn er jetzt hätte sagen können: Das ist Sabina Distoller , du weißt ja, liebe Mella, von der ich dir erzählt habe, dass wir uns getroffen haben.

»Da fällt mir gerade auf«, sagte Mella ganz unvermittelt, »sie trägt ihr Haar genauso, wie du es jetzt deiner Brunnenfigur aufgesetzt hast.«

Er spürte, dass er rot wurde. »Dann ist es reiner Zufall«, entgegnete er erschrocken.

Sie waren nun dort angelangt, wo ihnen der Weg versperrt war, und Mella wollte schon weitergehen. Da fasste er nach ihrer Hand, führte sie an der Absperrung herum und sagte voll grimmigen Trotzes:

»Komm nur! Das wird mir jetzt zu dumm, immer den weiten Umweg zu nehmen. Wenn er Lust hat, soll er mich anzeigen. Und es wird uns ja auch nicht gleich jemand sehen.«

Nein, es sah sie niemand. Der Hahner und der Distoller saßen beim Neuwirt am großen runden Tisch. Nur Sabina stand drüben auf dem anderen Hügel und schaute herüber.

Die beiden Italiener saßen vor dem Haus auf der Bank, und weil Andreas ihnen verboten hatte am Sonntag zu arbeiten, hatten sie Zeit sich ihrem Heimweh hinzugeben nach ihrer mit Schönheit gesegneten und von Armut geschlagenen Heimat. Guido hatte den Kopf tief gesenkt, Fernando zupfte seine Gitarre. Aber die Gesichter hellten sich sofort auf, als der Bildhauer mit der von ihnen tief verehrten Signora auf das Haus zukam.

»Ich habe schon das Feuer angeschürt«, sagte Guido und Mella streichelte ihm lächelnd über den schwarzen Wuschelkopf, wandte das Gesicht Andreas zu und lachte.

»Da siehst du wieder, wie ungeduldig meine Kinder schon

auf mich warten. Du musst dem Herrn Pfarrer einmal klarmachen, dass wir sowieso schon zwei Kinder haben. Auch wenn sie schon so groß sind wie Guido und Fernando. Die machen mir wenigstens keine Sorgen mehr!«

Immer noch lachend, eilte sie ins Haus.

Mella saß am nächsten Morgen wieder einmal am Ufer des Kupferbaches, hatte die Angel ins Wasser gehängt und gab sich ihren Gedanken hin. Es war helles Sonnenwetter. Das Wasser schlängelte sich sacht dahin in sanfter Dunkelheit und dünne Streifenwolken zogen geruhsam über den Grat der Berge, als winkten Burgfräulein aus einer steinernen Festung.

Es waren seltsame Gedanken, die sie bewegten. Das Gespräch von gestern war nicht eindruckslos an ihr vorbeigeglitten, und da sie gewohnt war, in ihr Inneres mit einem grellen Licht hineinzuleuchten, wenn sie daraus eine Antwort brauchte, entdeckte sie, dass ihre Bereitschaft zu dem, was der Pfarrer von der Kanzel verkündete und nachher auch Andi zur Diskussion gestellt hatte, nicht ohne Einschränkungen gegeben war. Aber weil ihr die rechte Antwort nicht kommen wollte, grübelte sie eben weiter und dachte über ihr Zusammenleben mit Andreas nach und sie war erstaunt, als sie plötzlich eine Art von Misstrauen in sich entdeckte.

Warum war Andi eigentlich so bereit zu so einer kritischen Angelegenheit? Was wollte er damit bezwecken? Ihrer beider Leben lief doch in einem wundersamen Gleichmaß ab. Musste da ein fremdes Kind nicht einbrechen wie ein Störenfried? Oder fing er an sich zu langweilen?

Mella wurde aufgeschreckt durch nahende Schritte am jenseitigen Ufer. Sie meinte, dass es wieder der Distoller wäre und wappnete sich sofort gegen die Unverschämtheiten, die er nun wohl herüberschreien würde.

Aber es war nicht der Distoller, sondern Sabina, die barfuß, einen Rechen über der Schulter, über die Wiese kam und nun Mella gegenüber stehen blieb.

»Beißt nichts an?«, fragte sie freundlich.

Mella erkannte in ihr das Mädchen wieder, das gestern nach dem Kirchgang so freundlich gegrüßt hatte.

»Leider noch nicht bis jetzt«, sagte sie.

Sabina hob ihren Rock hoch, watete durchs Wasser und setzte sich neben Mella ins Gras mit einer Selbstverständlichkeit, die verblüffend war.

Mella hob die Angelrute und warf die Schnur von neuem aus.

»Sind Sie vom Sägewerk?«, fragte sie nach einer Weile.

Sabina nickte. »Ja, der Distoller ist mein Vater«, erklärte sie und lachte. »Ich heiße Sabina. Sabina Distoller. Und nun sehn Sie genauso erschrocken drein wie Ihr Mann in der vorigen Woche, als ich ihm sagte, dass ich mit der Feindschaft nichts zu tun haben will.«

Mella war es zumute, als greife etwas Kaltes nach ihrem Herzen und drücke es zusammen. Sie wollte reden, aber in ihrer Kehle schien ein Brocken zu stecken.

Sabina sprach ahnungslos weiter: »Ihr Mann wird Ihnen ja gesagt haben, dass wir uns oben im Wald getroffen haben.«

»Ja, natürlich«, stotterte Mella und bekam einen ganz schmalen Mund vor Schmerz. Eine neue Angstwelle durchjagte ihr Herz. Warum hatte Andreas ihr die Begegnung verschwiegen? Sie sah von der Seite her in Sabinas Gesicht, das wie gemeißelt aussah in seiner Bräune und herben Schönheit. Auf einmal wusste sie, warum die Brunnenfigur jetzt das Haar hochgesteckt trug. Am liebsten hätte sie die Hände vors Gesicht geschlagen und voller Verzweiflung geweint.

In diesem Augenblick zuckte die Angel in ihren Händen. Aber es hing nur ein ganz kleines Fischlein daran. Bevor sie selbst es tun konnte, hatte Sabina es losgelöst und ins Wasser zurückgeworfen.

»Es scheint, dass ich heute kein rechtes Glück habe«, meinte Mella resigniert.

»Um diese Zeit beißen sie auch schlecht. Am Abend wäre es besser.«

Mella wollte aufstehen und heimgehen. Aber es war, als seien ihre Füße an den Boden gefesselt. War es Zufall, dass

Andi dieses Mädchen getroffen hatte? Und warum, warum nur hatte er es ihr verschwiegen? Wieder sah sie das Mädchen neben sich an. Konnte Andreas sich so verstellen? Sie hörte seine Worte deutlich im Ohr klingen, als sie ihm sagte, dass dieses Mädchen auffallend schön sei.

»Ein guter bäuerlicher Schlag, unverdorben, kraftvoll ...«

Seine Brunnenfigur, schoss es Mella in den Kopf. Seine Brunnenfigur. Sie nahm sich vor, das Tonmodell daheim genau zu betrachten. Wenn ihr Verdacht zutraf, dann betrog Andreas sie schon seit längerer Zeit. Fürchterlich, dieser Gedanke!

»Was würde denn Ihr Vater sagen, wenn er Sie hier bei mir sitzen sähe?«, fragte Mella dann und wunderte sich, dass ihr ein so gleichgültiger Ton gelang.

»Wenn!«, lachte Sabina. »Aber er kann mich nicht sehen, weil er heute früh nach Bichl gefahren ist. Ich weiß genau, dass ich es nicht tun dürfte. Aber gerade das Verbotene reizt doch immer.«

Wieder zuckte Mellas Herz wie unter einem Schlag zusammen.

»Das Verbotene, ja. Manchmal kann aber auch großes Unheil daraus entstehen, wenn man sich das, was einem verboten ist, nehmen will.«

Sabina wandte den Kopf, Sie verstand den Sinn der Worte nicht und erwiderte in ihrer unbekümmerten Art:

»Ist es denn etwas Unrechtes, wenn ich mit Ihnen spreche? Sie haben mir doch nichts getan. Das habe ich auch Ihrem Mann gesagt. Übrigens habe ich immer darauf gewartet, dass er mich auffordert, doch einmal zu euch hinaufzukommen. Ich hätte gerne einmal ein Bildhaueratelier gesehen.«

»Wenn Sei durchaus einmal kommen wollen«, sagte Mella mit gepresster Stimme, »bitte, kommen Sie ruhig, wenn Ihnen dadurch daheim keine Unannehmlichkeiten entstehen.«

Sabina schob die Unterlippe vor. »Ich muss es ja daheim nicht unbedingt sagen.«

Mella stand jetzt auf, zerlegte das Angelzeug und schob es ins Futteral.

»Vielleicht haben Sie am Abend mehr Glück«, sagte Sabina. »Oder – warten Sie einen Augenblick.« Sie stand auf und ging zu einem der kleinen Abwassergräben. Sekundenlang verharrte sie auf den Knien, dann tastete sie langsam und vorsichtig unters Wasser und griff blitzschnell zu. In ihrer Hand zappelte eine zweipfündige Forelle, die sie Mella übergab.

Dann watete sie wieder durch den Bach und ging schnell hinter den Erlenstauden in Richtung auf den elterlichen Hof davon.

Mella wusste überhaupt nicht mehr, was sie denken sollte. Sabina machte durchaus nicht den Eindruck, als wäre sie unaufrichtig. Ihr Blick war offen und frei, ihr Reden unbekümmert und ehrlich.

Aber warum nur hatte Andreas nichts davon erzählt? Warum hatte er geleugnet, dass er sie bereits kannte? Was ging in seinem Innern vor?

Langsam, als habe sich eine schwere Last auf ihre Schultern gelegt, ging sie den Hügel hinauf. Aus dem Atelier klang emsiges Gehämmer. Sie ging daran vorbei ins Haus. In irgendeiner dummen Angst wollte sie jetzt Andreas nicht begegnen. Sie sah ihn dann erst beim Mittagessen. Aufgelockert und voller Fröhlichkeit kam er herein.

»Na, Mella, was gefangen?«

»Leider nur eine Forelle.«

»Morgens beißen sie auch schlecht an. Vielleicht gehe ich am Abend selbst wieder einmal in den Bach.«

Sie erschrak und sagte sogleich: »Darf ich dann mitkommen?«

Er sah sie etwas erstaunt an. »Natürlich, warum denn nicht? Wenn es dir Spaß macht!«

Er hatte aber weder an diesem noch an den nächsten Abenden Zeit dazu. Die Arbeit hatte ihn ganz gefangen genommen. Und so kam der Sonntag heran.

Nach dem Mittagessen legte Andreas sich im Atelier für eine Stunde schlafen. Er schlief meist sehr tief und so hörte er nicht, wie Mella hereinkam, eine Leiter neben das Tonmodell stellte und hinaufstieg.

Ihre Finger tasteten das Gesicht der Figur ab, die Augen, die Lippen, das Kinn. Es konnte in jeder Linie Sabina sein. Vor allem war es die hohe Stirn mit dem darüber aufgesteckten Haar.

Weil Mella vergessen hatte die Tür zu schließen, schlug der Luftzug ein Fenster zu. Davon erwachte Andreas und sah Mella auf der Leiter stehen.

»Was machst du denn da?«, fragte er, stand auf und ging zu ihr.

Über Mellas Gesicht flog eine dunkle Röte. »Ich habe mir nur einmal das Gesicht genau angesehen.«

Er streckte ihr die Hand hinauf. »Komm herunter.« Er stützte sie fest und sicher. »Seit wann interessierst du dich denn dafür?«

»Mir ist, Andi, als hätte das Modell vorher anders ausgesehen und du hättest das Gesicht irgendwie verändert.«

Seine Augen wurden zwei schmale Schlitze und sahen sie ein paar Sekunden lang misstrauisch an. Aber dann wurde sein Gesicht wieder ganz offen und frei.

»Es stimmt, ich habe einiges daran geändert. So wie es jetzt ist, wird es bleiben.«

»Hat jemand dich dazu inspiriert, Andi?«

Andreas blieb ihr die Antwort schuldig, griff in seine Hosentasche, suchte nach seiner Pfeife und trat hinaus ins Freie. Mella folgte ihm. So standen sie nebeneinander und schauten auf den See hinunter, wo heute reger Badebetrieb herrschte.

»Wollen wir auch baden gehen?«, fragte er.

»Gern, Andi«, nickte sie. Dann wurden ihre Augen schmal. »Wir bekommen Besuch.«

Er folgte ihrem Blick und erkannte nun auch die Gestalt, die langsam den Berg heraufkam.

Für Sekunden setzte Mellas Herzschlag aus. Dann wurde sie ganz ruhig. »Ich werde an den Zaun gehen und das Mädchen abweisen«, sagte sie.

Auf seine Wangen trat ein hektisches Rot. »Aber warum denn? Heute arbeiten wir doch nicht.«

Immer ruhiger, immer gefasster wurde Mella. Sie hatte bereits genau festgelegt, wie sie sich in allem verhalten würde. »Aber wir wollten doch zum Baden gehen, Andi.«

»Das könnten wir später auch noch«, meinte er und war sichtlich verlegen. »Wenn mich nicht alles täuscht, ist es das Mädchen vom Sägewerk.«

Mella hängte sich an seinen Arm. »Komm, gehen wir ihr entgegen.«

Sabina kam langsam an den Zaun heran. Noch vertraulicher, noch inniger schmiegte Mella sich in Andreas' Arm. Es war geradeso, als wolle sie der anderen bedeuten, wie sehr der Mann ihr alleiniger Besitz sei. Es gelang ihr sogar, ein Lächeln aufzusetzen, von dem nur die Augen nicht berührt wurden. Hinter den Pupillen saß die Angst, die auch ihre Stimme ein wenig umflorte.

»Das ist aber nett, dass Sie meiner Einladung so schnell folgen. Entschuldige, Andi, dass ich vergaß, es dir zu sagen. Ich lernte Sabina Distoller kürzlich unten am Kupferbach kennen. Meinen Mann kennen Sie ja bereits«, wandte sie sich wieder an Sabina und öffnete dabei das Gatter. »Kommen Sie nur herein. Ich kann mir zwar vorstellen, dass es bei Ihnen im Sägewerk mehr zu sehen gibt als bei uns, aber immerhin, wir freuen uns, wenn jemand aus dem Dorf zu uns kommt, zumal wir hier immer noch angefeindet werden. Darum sind Sie uns herzlich willkommen, nicht wahr, Andi?«

Andreas fiel von einem Erstaunen ins andere. Von dieser Seite kannte er Mella gar nicht. Diese bezaubernde Liebenswürdigkeit war doch nur gespielt!

»Ja, natürlich freuen wir uns«, sagte er und seine Verlegenheit wurde immer größer. Es war ihm auf einmal alles so peinlich, Mellas gekünsteltes Lachen und dann vor allem die Anhänglichkeit, mit der sie jetzt wieder nach seinem Arm griff.

»Trinken wir im Wohnzimmer Kaffee oder im Freien?«, fragte Mella.

»Ich denke, im Wohnzimmer.«

»Wegen eines Kaffees bin ich aber nicht raufgekommen«, sagte Sabina.

»Oh, das weiß ich genau«, lachte Mella. »Sie sind meinetwegen gekommen.«

Im Wohnzimmer war es kühl. Die Fenster standen offen und ein leiser Wind bewegte die dünnen Vorhänge.

Mella hatte die Tür zur Küche offen gelassen, so konnte sie einiges von dem verstehen, was die beiden sprachen. Sie konnte aber nicht sehen, wie leuchtend Andreas' Augen an Sabinas herbschönem Gesicht hingen.

»Sie haben ja jetzt ein paar Italiener hier«, sagte Sabina.

»Ja, ich hätte es allein nicht schaffen können.«

»Darf ich nachher einmal einen Blick in Ihre Werkstatt werfen?«

»Aber mit dem größten Vergnügen.«

»Ich verstehe vielleicht nicht allzu viel davon, aber wenn Sie es mir erklären ... Ich hatte fast ein wenig Angst herzukommen. Aber Ihre Frau hat es mir durch ihre aufgeschlossene Art recht leicht gemacht. Ich finde sie so nett.«

»Mella ist reizend in ihrer Art.«

In diesem Augenblick erschien Mella mit dem Kaffee. Kein Muskel in ihrem Gesicht verriet, was sie dachte. Sie bediente Sabina wie einen lieben Gast und nicht wie die Tochter des Feindes Distoller. Sie plauderte unablässig und übersah geflissentlich die strengen Falten auf der Stirn ihres Mannes. Und als Andreas sie einmal unterbrach und meinte: »Aber Mella, das dürfte Fräulein Sabina wirklich nicht interessieren ...«, schaute sie ihn ganz unschuldig an, stand auf, setzte sich auf die Armlehne seines Sessels und streichelte über sein Haar.

»Aber Andilein. Warum denn diese finsteren Falten auf deiner Stirn? Warum soll Fräulein Sabina nicht wissen, wie es früher um uns stand? Es ist doch keine Schande, dass wir einmal gehungert haben und dass ich für andere Leute Hausarbeit gemacht habe. Nein, Fräulein Sabina, es ist meinem Mann nichts in den Schoß gefallen. Er hat sich alles mühsam erkämpfen müssen, den Stuhl, den Tisch, die Vitrine dort, einfach alles. Bei den Künstlern ist es ja meistens so, dass sie erst nach ihrem Tod berühmt werden. Mein Andi hat es aber zu Lebzeiten schon geschafft, gelt, Andilein ...«

Er hätte am liebsten ihre Hand fortgestoßen. Sein Mund lächelte, aber seine Augen waren voller Zorn.

»Darüber ist natürlich niemand glücklicher als ich«, fuhr Mella fort. »Obwohl es mir gar nichts ausmachen würde, wenn ich für ihn noch arbeiten gehen müsste. Mir ist kein Opfer zu groß. So – und wenn es Ihnen recht ist, Fräulein Sabina, dann zeige ich Ihnen jetzt, was es in unserem Haus zu sehen gibt. Du, Andi, kannst ihr nachher das Atelier, und was es dort gibt, erklären.«

Was ist denn bloß in sie gefahren, dachte Andreas verzweifelt, als die beiden hinter der Tür verschwunden waren. Wie konnte sie ihn bloß so blamieren! Der ganze Nimbus war zerstört durch ihr einfältiges Geplapper.

Es gab nicht viel zu zeigen in diesem Haus. Über dem Wohnzimmer war ein Raum von der gleichen Größe, in dem ganz alte, wurmstichige Möbel standen.

»Mit denen haben wir angefangen«, erklärte Mella. »Wir haben sie ganz billig bei einer Versteigerung bekommen. Im Übrigen –«, sie wandte blitzartig den Kopf und sah die andere ganz scharf an, »ich bin die Frau hier und habe die feste Absicht, es auch zu bleiben.«

Sabina erschrak und starrte Mella entsetzt an, bekam beinahe Angst vor diesen düster glänzenden Augen.

»Was wollen Sie damit sagen?«

»Dass ich mir meinen Mann nicht nehmen lasse.«

»Aber wer sollte ihn denn nehmen wollen?«, fragte Sabina mit wachsendem Erstaunen.

Mella machte einen schweren Schritt auf Sabina zu. Sie war etwas kleiner, schien aber in der Erregung, die sie befallen zu haben schien, zu wachsen.

»Du willst es«, sagte sie, die höflichere Form der Anrede vergessend. »Oder glaubst du vielleicht, dass ich so dumm bin und nicht begreife, warum du gekommen bist? Meinetwegen bestimmt nicht, dann also nur wegen meinem Mann!«

»Aber das ist doch nicht wahr«, rief Sabina entsetzt. »Wenn Sie das meinen, muss ich sofort gehen.«

Blitzschnell fasste Mella nach Sabinas Arm. »Nein, bleib!

Wir wollen das gleich gründlich ausreden, damit es keinen Irrtum gibt. Ich werde kämpfen um meinen Mann, und wenn ich darüber zugrunde gehen müsste. Du bist jung und schön – es muss doch nicht gerade mein Andreas sein!«

Jetzt schlug eine helle Röte des Zornes in Sabinas Gesicht. Mit einem Ruck befreite sie ihren Arm.

»Sie sehen ja Gespenster! Wer sagt denn, dass ich von Ihrem Mann etwas will? Sehe ich denn aus wie eine, die sich an verheiratete Männer heranmacht? Sie haben mir gesagt, da unten am Bach, dass ich einmal kommen darf. Haben Sie mich eingeladen, um mich mit diesen ungerechten Vorwürfen überfallen zu können?«

»Warum hat mein Mann mir dann verschwiegen, dass er dich bereits einmal getroffen hat?«

»Hat er denn das? Ich habe es Ihnen aber doch gesagt.«

Mella senkte den Kopf. In diesem Augenblick schämte sie sich tief. Sie fühlte, dass sie dem Mädchen unrecht getan hatte. »Ja, du hast es mir gesagt.« Über ihre Schultern lief ein leises Zucken. In ihren Augen standen plötzlich Tränen. »Du musst mich begreifen, Mädchen. Ich habe ihn über alle Maßen lieb und würde zerbrechen, wenn ich ihn verlieren müsste.«

Sabina wurde von einem tiefen Mitleid ergriffen. Sie legte den Arm um Mellas Schultern.

»Ich glaube, Sie sehen viel zu schwarz, Frau Murr. Meinetwegen jedenfalls brauchen Sie keine Angst zu haben. Es stimmt, ich habe Ihren Mann getroffen, oben am Waldrand. Rein zufällig. Wir haben miteinander geplaudert, ich habe ihm gesagt, dass ich keine Feindschaft gegen euch habe. Warum er Ihnen das verschwiegen hat, weiß ich nicht. Von mir aus hätte er Ihnen das ruhig erzählen dürfen.«

Mella umfasste nun beide Hände Sabinas und sah ihr lange in die Augen. »Gut, Sabina, ich glaube Ihnen.«

»Warum jetzt auf einmal wieder Sie?«

»Weil ich jetzt weiß, dass Sie nicht das sind, wofür ich Sie gehalten habe. Können Sie mir verzeihen, Sabina?«

»Nur wenn Sie wieder du zu mir sagen.«

»Unter der Bedingung, dass das für beide Teile gilt. Mella heiße ich. Und jetzt möchte ich, dass du öfter kommst.«

»Wenn du mir versprichst, nie wieder so einen dummen Gedanken zu haben!«

»Nein, Sabina. Jetzt nicht mehr.«

»Warum jetzt nicht mehr?«

»Ich habe in deine Augen gesehen und weiß, dass du so etwas nicht tun könntest.«

»Oh, sag das nicht, Mella. Man tut oft etwas Unrechtes und weiß es vielleicht gar nicht. Es ist zum Beispiel von meinem Vater aus gesehen unrecht, wenn ich zu euch raufkomme. Und warum tu ich es dann? Weil es mich zu den Menschen hinzieht, mit denen man über mehr sprechen kann als nur über Felder und Wiesen, über das liebe Vieh oder die Bretterstapel vor unserem Sägewerk. Freundinnen? Ich finde einfach keine in unserem Dorf. Vielleicht, wenn ich nie hinausgekommen wäre über Steinkirchen, wäre es leichter. Aber so habe ich vom Leben doch ein bisschen mehr gesehen. Ich habe ja auch deinem Mann erzählt, dass ich eines seiner Werke, einen Mädchenkopf, schon gekannt habe, bevor ihr hierher gekommen seid. Andreas Murr hat mich als Künstler interessiert, nicht als Mann. Das darfst du mir glauben, Mella.«

»Ja, Sabina, ich glaube es dir. Und nachher sollst du dir von ihm das Atelier zeigen lassen.«

»Nur wenn du mitkommst«, lachte Sabina und strahlte Mella mit ihren schönen Augen an.

Mella schüttelte den Kopf. »Das würde ja schon wieder wie Misstrauen aussehen. Aber wenn du im Atelier bist, schau dir einmal die Brunnenfigur ganz genau an. Es ist dein Gesicht, Sabina.«

Sabina sah voll ehrlichen Staunens in Mellas Augen. »Wie könnte das sein?«

»Zuerst war es ein anderes Gesicht. Dann hat er dich gesehen und es wurde deines. Du musst ihn inspiriert haben. Und gerade das hätte er mir ruhig sagen können. Dass er es nicht getan hat, ließ in mir den Gedanken aufkommen, es sei etwas anderes als künstlerische Inspiration. Nun weißt du alles und vielleicht verstehst du mich jetzt auch besser.«

»Doch, Mella, ich verstehe dich recht gut.«

»So – und nun wollen wir hinuntergehen. Vorher aber zeige ich dir noch das Stübchen der Italiener.«

»Ach ja, die Italiener«, lachte Sabina. »Weißt du, dass man sich schon die Mäuler zerreißt, weil dein Mann die Italiener ins Dorf geholt hat?«

Nun musste auch Mella lachen. »Ich glaube, dass denen im Dorf gar nichts recht ist, was wir tun. Aber allmählich gewöhnt man sich daran.«

Als sie etwa zehn Minuten später hinunterkamen, saß Andreas immer noch am Kaffeetisch. Als er die beiden Arm in Arm hereinkommen sah, riss er die Augen auf.

»Oh«, er lächelte und legte die Zeitung weg, »man scheint sich ja bereits gut zu verstehen. Das freut mich.«

»Das darf dich auch freuen, Andi. Und Sabina hat mir versprochen, dass sie jetzt öfter kommen wird.«

»Freut mich, ich habe nichts dagegen.«

Es war ihm nicht ganz wohl in seiner Haut. In Mellas Augen schimmerte etwas, das ihn irritierte. Irgendetwas wie Triumph oder leichte Schadenfreude. Auch ihre Stimme klang jetzt sehr selbstsicher und ruhig.

»Sabina möchte gerne auch das Atelier noch sehen«, sagte sie.

»Natürlich, zeig es ihr nur«, antwortete er.

»Nein, das ist dein Ressort, Andi. Ich könnte ihr das alles gar nicht richtig erklären.

»Aber wenn Sie heute keine Lust haben –«, meinte Sabina.

»Doch, doch. Kommen Sie nur.«

Er stand auf und ließ Sabina den Vortritt bei der Tür. Sabina schaute noch einmal auf Mella zurück, ein bisschen ängstlich, ein bisschen unsicher. Mella aber nickte ihr freundlich und aufmunternd zu. Sie war jetzt ganz ruhig und ausgeglichen, weil sie sicher war, dass dieses Mädchen keine Unruhe stiften wollte.

Im Atelier stockte Sabina wirklich der Atem, als sie den

Steinkoloss sah und daneben das mächtige Tonmodell. So wuchtig hatte sie sich das gar nicht vorgestellt. Dann saugten sich ihre Blicke fest an den Gesichtszügen des Modells. Sie sucht ihr eigenes Gesicht und fand es. Sie starrte Andreas Murr an. Ihr Atem wurde eng. »Sonderbar«, flüsterte sie.

»Was ist sonderbar?«, fragte er. »Für mich ist es nicht sonderbar. Seit wir zwei uns begegnet sind, geht der Stein auf mich ein oder, besser gesagt, er gehorcht mir. Und das danke ich dir, Sabina.«

Ihr Herz klopfte laut, nicht deshalb, weil er sie so plötzlich duzte, sondern mehr vor seinem Blick, den er in ihre Augen senkte. Mit einem scharfen Ruck hatte er sich ihr zugewandt und legte ihr beide Hände auf die Schultern. Sofort spürte er, dass sie sich steif machte und dass ihr Blick hart wurde.

»Ich bin nicht aus Stein, Sabina ...« Er streckte die eine Hand gegen das Tonmodell. »Da – schau dir doch das Gesicht an. Das ist dein Mund, sind deine Wangen und dein Haar. Was sagst du dazu?«

»Gar nichts«, antwortete sie. »Weil ich nichts sagen kann und nicht darf.«

»Ach ja«, stieß er ärgerlich heraus und ließ seine Hände sinken. »Da ist ja dieser Sareiter-Matthias – du siehst, ich habe mir den Namen gemerkt –, dieser Sareiter, den du nicht liebst, mit dem du aber Kinder haben wirst. Gerade das, was mir fehlt.«

Sabina wurde immer ruhiger jetzt. Sie sah ihn offen an.

»Es ist nicht wegen Matthias«, sagte sie.

In seinen Augen leuchtete es auf. »Sondern? Du kannst es mir ruhig sagen, wo du jetzt weißt, dass du mir nicht gleichgültig bist!«

Sabina senkte die Augen und holte tief Atem. Dann sagte sie: »Und der Ring an Ihrem Finger: Bedeutet er Ihnen nichts?«

Unwillkürlich verbarg er die Hand hinter seinem Rücken. »Ach was – ein Symbol, weiter nichts.«

Sie schüttelte den Kopf. »Nein, das ist mehr als ein Symbol. Ich bin nicht mehr jung genug, Herr Murr –«

Entsetzt hob er beide Hände. »Fällt dir denn gar nichts anderes ein als dieses förmliche Herr Murr? Du kannst ruhig auch du zu mir sagen, nachdem ich dich doch immer um mich habe, wenn auch nur in Ton.«

»Das kann ich wohl, zumal es ja bei uns üblich ist, dass man sich duzt. Aber das ändert nichts daran, dass du verheiratet bist.«

Er verzog den Mund und hob ruckartig den Kopf, dass ihm die blonde Haartolle zurückfiel.

»Du brauchst mir das nicht unter die Nase zu reiben. Wie wäre es denn, wenn ich noch frei wäre?«

»Du bist aber nicht mehr frei«, sagte sie. »Du bist verheiratet, und zwar mit einer Frau, die dich mehr liebt, als du es vielleicht weißt.«

»Hat sie dir das gesagt?«

»Unter anderem auch das, ja. Du bist mit einer wunderbaren Frau verheiratet, Andreas Murr. Einer Frau, die alles erfühlt. Auch das dort.« Sie deutete auf das Modell. »Sie weiß, dass es mein Gesicht ist. Aber es tut ihr jetzt nicht mehr weh, seit ich ihr gesagt habe, dass sie vor mir keine Angst zu haben braucht. Einer so sympathischen Frau kann man den Mann nicht wegnehmen.«

Andreas war blass geworden.

»Habt ihr denn auch darüber gesprochen?«

»Ja, und zwar ganz ausführlich. Zwischen uns beiden ist alles klar und ich wünschte mir nur, dass auch zwischen mir und dir alles so klar sei und sauber. Im andern Fall könnte ich nie mehr zu euch heraufkommen. Das würde mir sehr Leid tun, aber bevor ich Unfrieden in eure Ehe bringe, ziehe ich mich lieber wieder zurück.«

Andreas stand eine Weile ganz betroffen und beschämt da. Dann nahm er plötzlich Hammer und Meißel zur Hand und stieg die Leiter hinauf. Hell klang das Eisen in der Stille des Nachmittags. Splitter fielen auf Sabina herab. Es war, als habe er sie vergessen.

Sabina erlebte zum ersten Mal solches Schaffen. Mit großen, staunenden Augen sah sie zu ihm auf. Plötzlich hielt er inne und beugte sich herab. »Vergiss, was ich dir gesagt habe. Aber komm bloß wieder, Sabina. Vielleicht brauche ich dich sogar noch sehr notwendig für die letzten Feinheiten. Die Augen sind noch ohne Blick, ich weiß es. Darum musst du bald wiederkommen, Sabina.«

»Ja, gern, Andreas Murr.«

Dann klang das Eisen wieder. Sie sah die Hingebung, mit der er mit dem Stein rang, begriff mit ihrem Herzen das Wunder dieses Schaffens und fühlte dumpf, dass er ein Großer war in seiner Welt, der fern der ihren lag. Und darum verzieh sie ihm alles, was er gesagt hatte.

Sie konnte gehen. Er nahm keine Notiz mehr von ihrer Anwesenheit. Und das war ganz gut so. Er wandte nicht einmal den Kopf, als sie die Tür öffnete und dann hinter sich schloss.

Sie hielt nach Mella Ausschau, konnte sie aber nirgends entdecken. Vielleicht war sie allein baden gegangen. Dafür begegnete ihr auf dem Weg durch den Garten Guido Dellatron.

Für einen Augenblick stockte ihr Schritt. Guido war stehen geblieben. Sein Blick umfasste ihre Gestalt, ihr Gesicht. Dann glitt ein Lächeln des Erkennens über seine Züge.

»Oh, Signorina Modelle«, flüsterte er und sein nachtschwarzer Blick hing wie verzaubert an ihrem Gesicht.

Sabina spürte, wie sie von etwas ganz Sonderbarem berührt wurde. Einen Augenblick war ihr zumute, als habe ein Bann sie gestreift, unter dessen Gewalt sie sich nicht mehr fortbewegen konnte. Sie wollte ihre Augen wegwenden aus seinem Blick und konnte es nicht. Erst als sie spürte, dass sie bis unter die Haarwurzeln errötete, riss sie allen Willen zusammen und setzte ihren Weg fort.

Andreas Murr stieg von der Leiter, legte Hammer und Meißel weg. Er lehnte sich an den Stein. Der Rausch des Schaffens war verebbt. Sein Gesicht war finster und nachdenklich. Einmal lachte er vor sich hin, kurz und zornig.

Es war wieder das alte Lied. Wer Mella näher kennen lernte, war von der Wärme ihres Wesens sofort eingenommen und schloss sie in sein Herz. Und diesmal schien sie es ganz besonders darauf abgesehen gehabt zu haben, das Mädchen vom Sägewerk für sich zu gewinnen. Darum schon bei deren Eintreffen diese hektische Fröhlichkeit, darum die Eile, ihr das Haus zu zeigen und sie unter vier Augen zu haben.

Wütend stieß er einen Steinsplitter mit dem Fuß von sich. Wenn er nur wüsste, worüber die beiden miteinander gesprochen hatten!

Er wusch sich die Hände und trat ins Freie. Da sah er Mella auf der Südseite des Ateliers auf einer Decke im Gras liegen. Brennend heiß schoss ihm die Zornröte in die Wangen. Sie musste dort jedes Wort gehört haben, was zwischen ihm und Sabina gesprochen worden war.

Als hätte sie seine Nähe gefühlt, richtete Mella sich auf. »Ach, du hast wieder aufgehört zu arbeiten?«

»Ja, wenn du gestattest.«

Ihre Augen wurden schmal. »Was ist denn, Andi? Bist du böse?«

Er war nun ganz herangekommen und sah auf sie nieder, finster, zornig.

»Ist dir jetzt wohl? Musst du eigentlich jedem Menschen gleich erzählen, dass wir früher nichts zu nagen und zu beißen hatten und dass du als Haushaltshilfe gearbeitet hast?«

»Nicht jedem Menschen. Aber Sabina darf es doch ruhig wissen. Und – eine Schande ist es doch auch nicht.«

»Ich will es aber nicht! Verstehst du mich? Und dann verbiete ich dir dieses ›Andilein‹ in Gegenwart Fremder.«

»Sabina ist mir nicht fremd. Jetzt nicht mehr. Was verlangst du denn eigentlich von mir? Hätte ich warten sollen in aller Geduld, dass unsere Ehe in Brüche ginge?«

»Das tut sie schon. Merkst du denn das nicht?«

Mit weiten, entsetzten Augen starrte sie ihn an.

»Dann hast du das herbeigeführt. Eine Ehe beginnt in dem Augenblick zu kranken, wo ein Partner anfängt unehrlich zu werden.«

»Wann bin ich unehrlich gewesen?«, brauste er auf.

»Du hast mir verschwiegen, dass du Sabina oben im Wald getroffen hast.«

»Muss ich dir denn jede Kleinigkeit auf die Nase binden? Wo bleibt denn da die persönliche Freiheit? Wer sagt dir denn überhaupt, dass ich von Sabina mehr wollte als nur ein wenig Inspiration für mein Schaffen?«

»Die hat sie dir ja gegeben. Schau doch deine Brunnenfigur an. Und wenn du dich so sehr im Recht glaubst, warum schreist du dann so? Nur wer sein Unrecht verdecken will, beginnt zu schreien.«

»Ich schreie, wie es mir passt, und ich kann auf deine Belehrungen verzichten!«

»Na gut, dann brauchen wir eigentlich nicht mehr weiter zu reden. Es kommt ja doch nichts Gescheites dabei heraus. Aber wenn du schon zornig sein willst, dann lass das bitte nicht an mir aus. Ich muss doch nicht der Prellbock für deine Launen sein und für deinen Größenwahn.«

Er schaute sie verdutzt an.

»Größenwahn, sagst du?«

»Jawohl! Seit es uns gut geht, verwischen sich bei dir die Grenzen zwischen Recht und Unrecht. Vielleicht bist du dir darüber selbst nicht klar. Aber ich fühle das, eine Frau fühlt das sofort, wenn die Gedanken des Mannes auf Seitenwegen wandern.«

»Ach was, Einbildung ist das, weiter nichts.«

»Einbildung meinst du? Dann hättet ihr vorhin im Atelier schon leiser sprechen müssen. Sie hat dich doch daran erinnern müssen, dass du verheiratet bist!«

Hochmütig legte er den Kopf zurück und blinzelte in die Sonne. »Ach so, du hast gehorcht? Du spionierst mir also nach?«

Sie schüttelte wehmütig den Kopf. »Wie schlecht du mich eigentlich kennst! Ich nehme es dir gar nicht einmal übel, wenn dir auch eine andere gefällt. Das bringt dein Beruf mit sich. Ich wehre mich nur dagegen, wenn ich fühle, dass du Dummheiten machen willst. Sabina ist ein Mädchen, in das man sich verlieben kann. Du solltest bloß nicht in der Einbildung leben, so unwiderstehlich zu sein, dass jede auf dich hereinfällt. Sabina jedenfalls nicht. Das hast du ja erlebt. So wie ich sie kenne, hätte sie dir wahrscheinlich keine andere Antwort gegeben, auch wenn ich vorher nicht mit ihr gesprochen hätte. Sie ist ein anständiger Kerl und weiß genau, was sie will.«

»Ja, zum Beispiel Kinder.«

Mella zuckte zusammen. »Ganz sicher«, sagte sie leise.

»Und sie wird auch welche haben«, zischte er, mit der vollen Absicht ihr wehzutun.

»Ich wünsche es ihr«, antwortete Mella. »Denn wohin eine Ehe führt, wenn keine Kinder da sind, das erlebe ich ja selbst.«

»Meine Schuld ist es doch nicht«, meinte er überheblich.

»Die meine doch auch nicht.«

Ihre Hände verkrampften sich und in ihrem Gesicht schien kein Tropfen Blut mehr zu sein.

Langsam drehte sie sich um und ging durch die Tiefe des Apfelgartens davon. Sie kam erst wieder zurück, als am hohen Himmel schon die Sterne leuchteten und von den Bergen der Nachtwind wehte und den Duft blühender Blumen verschenkte.

Außerhalb Bichl, auf halbem Weg nach Steinkirchen, lag auf einer Anhöhe die kleine Bauernortschaft Attling mit etwa sechs Bauernhöfen und etlichen Privathäusern.

In einem dieser kleinen Einfamilienhäuser lebte der Zimmermann Sebastian Kirchberger mit seiner Frau und vier Kindern.

Seit Anfang des Sommers wohnte dort auch Erika Westhoff mit ihrem kleinen, kaum ein Vierteljahr alten Mädchen Lena. Sie hatte sich hier unter ihrem Mädchennamen Plonner eingemietet. Eine stille, bescheidene Frau, sehr nachdenklich zuweilen und sich nie zu einem herzhaften Lachen aufraffend. Über ihrem Leben musste irgendetwas Schweres liegen. Aber die Kirchbergers fragten nicht danach. Sie bezahlte pünktlich die bescheidene Miete für das Dachstübchen und half auch im Haus mit, wenn die Kirchbergerin auf dem kleinen Acker draußen war, den sie gepachtet hatten, um sich Kartoffeln anbauen zu können.

Das kleine Mädchen war sehr niedlich und hatte eine Fülle blonden Haares auf dem Köpfchen. Es lag oft an den schönen Sonnentagen draußen im Garten auf einer Decke im Schatten des Apfelbaumes und Erika beugte sich über ihr Kind und lächelte ihm glücklich zu.

Auch die Kirchbergers hatten dieses fremde Kind in ihr Herz geschlossen. Es war nie weinerlich und lächelte jedermann freundlich an, der sich über den Kinderwagen beugte, in dem vorher schon die vier Kirchbergerkinder gelegen hatten.

Eines Abends nun fasste sich Erika Plonner ein Herz und erzählte den Kirchbergers, dass sie in Bichl Arbeit bekommen könnte in einer kleinen Textilfabrik, wo Hemden hergestellt wurden. Aber da sei nun das Kind, mit dem sie nicht wisse, wohin. Sei es zu viel verlangt, wenn sie die Bitte ausspräche, ob Lena nicht tagsüber hier bleiben könnte? Sie käme ja abends kurz nach fünf Uhr schon wieder heim.

Der Kirchberger saß am Tisch und schnitt von einer Wurst kleine Stückchen herunter. Dazwischen nahm er immer wieder einen Schluck Bier aus einem großen Krug. Das tat er auch jetzt, nachdem die junge Frau so ängstlich und zögernd ihre Bitte vorgetragen hatte. Dann wischte er sich den Bart ab und schaute sein Gegenüber an.

»Das wäre eigentlich die Sache meiner Frau«, meinte er und deutete, das Messer in der Hand, zum Herdwinkel hin, wo die Kirchbergerin hantierte. »Was meinst du, Mutter?«

Die Frau dachte eine Weile nach, dann sagte sie:

»Na ja, wo schon vier sind, hat ein fünftes auch noch Platz.«

»Ich will es ja nicht umsonst«, meinte Erika eilfertig. »Ich zahle natürlich etwas dafür.«

Die Kirchbergerin kam nun aus ihrem Herdwinkel und trocknete sich die Hände an ihrem Schurz ab. Sie war eine große, hagere Frau, der Armut und Sorge die zweifellos einmal vorhanden gewesene Schönheit genommen hatten. Aber sie hatte ein weiches Gemüt und war voller Güte.

»Das Geld musst aber mir geben«, sagte sie und schaute mit

einem Lächeln zu ihrem Mann. »Der trägt es sonst doch bloß zum Wirt!«

Der Kirchberger hob seinen schon etwas kahlen Schädel. »Da hört sich doch alles auf!«

»War doch bloß im Spaß gemeint«, beschwichtigte die Frau und strich ihm über das schüttere Haar. »Wären alle so sparsam wie du.« Und sich wieder an Erika wendend: »Setz dich doch einmal her zu uns an den Tisch. Bisher haben wir nicht fragen wollen. Bist du eigentlich verheiratet?«

Erika zögerte einen Augenblick. Dann nickte sie. Sie wohnte hier unter ihrem Mädchennamen. Eine weitere Lüge wollte sie diesen beiden Menschen nicht aufbürden.

»Ja, ich bin verheiratet.«

»Und warum bist du so allein? Warum kommt dein Mann nie?«

Wiederum schwieg Erika eine Weile. Nein, es ging einfach nicht ohne Lüge. Und die Wahrheit konnte sie nicht sagen. Sie hatte immer das Gefühl, dass man sich dann sofort auch von ihr distanzieren würde, würde sie die Wahrheit sagen.

»Mein Mann«, begann sie zögernd, »– er ist Vertreter bei einer großen Firma und wurde auf unbestimmte Zeit nach Südamerika geschickt.«

»Aha«, sage der Kirchberger, putzte sein Messer sauber ab und schob es in die Scheide. »Das Glück möcht ich auch einmal haben, dass ich ein halbes Jahr loskäme von meiner Frau!«

»Ach du«, lachte die Kirchbergerin und machte eine wegwerfende Handbewegung. »Nach drei Tagen kämst du schon wieder, weil du es nicht aushalten könntest vor lauter Sehnsucht.«

»Ja, nach den Kindern, aber doch nicht nach dir!«

Es waren zwei gutmütige Menschen, die sich nie zankten und bei denen solche Worte nicht ernst gemeint waren.

Der Kirchberger zündete sich umständlich seine Pfeife an und fragte dann: »Has du noch mehr Kinder?«

»Ja, noch einen Buben von dreieinhalb Jahren.«

Nachdenklich runzelte die Kirchbergerin die Stirn. »Wo hast denn den?«

»Den habe ich bei einer Kusine von mir. Aber wenn ich hier einigermaßen verdiene, möchte ich ihn gerne im Winter auch zu mir nehmen.«

»Aha«, sagte der Kirchberger wieder und nickte schwer. »Klar, Kinder gehören zur Mutter, wenn der Vater doch schon in der Welt herumreisen muss. Wann kommt er denn zurück?«

»Ich glaube – nicht so schnell.«

»Und nachkommen könnte er dich mit den Kindern nicht lassen?«

»Nein, das geht nicht – es wäre zu umständlich«, antwortete Erika und dachte inbrünstig: Hört um Gottes willen bald zu fragen auf, ich kann nicht mehr länger lügen …

Es gab nichts mehr zu fragen. Was die Kirchbergers wissen wollten, das wussten sie jetzt. Und was das kleine Mädchen betraf – es war ein so herziges Ding, das Nesthäkchen im Haus, ein kleiner Sonnenschein für alle. Wenn der Mann von seiner schweren Arbeit heimkam, streichelte er wohl zuerst seinen beiden Jüngsten über das Haar und tätschelte den anderen beiden die Wange. Aber dann beugte er sich über das Körbchen, in dem das Kind der fremden blonden Frau lag und kitzelte das Mädchen mit seinen pechigen Fingern so lange, bis es lachte. Wenn es lachte, hatte es zwei Grübchen in den Wangen und eines hatte es im Kinn.

Erika Westhoff, die schweren Herzens ihren Mann über das weite Meer geschickt hatte, weil sie doch das vom Gefängnis nicht sagen konnte, nahm also in Bichl in der Textilfabrik unter ihrem Mädchennamen Plonner die Arbeit auf. Sie hätte ihr Kind in keine besseren Hände geben können. In dieser Zeit verloren sich die dunklen Schatten unter ihren Augen etwas, sie wurde aufgeschlossener und zuweilen hörte man sie jetzt auch lachen.

Es war höchste Zeit gewesen, dass sie die Arbeit bekommen hatte. Ihre Ersparnisse waren fast aufgebraucht. Das Leben fing jetzt langsam an, für sie wieder einen Sinn zu bekommen.

Nach etwa vier Wochen aber bekam sie einen Brief von ihrer Kusine Mechthild, dass der kleine Manfred schwer erkrankt sei und wahrscheinlich operiert werden müsse. Sie möge sofort kommen.

Sie fand den Brief am Abend, als sie heimkam, auf dem Fensterbrett und erschrak zutiefst. Es war an einem Mittwoch. Am Sonntag hätte sie sowieso nach München fahren wollen, um den Buben endlich wieder einmal zu sehen.

»Ist etwas passiert?«, fragte die Kirchbergerin teilnehmend, als sie das verstörte Gesicht sah.

»Ja, ich muss sofort nach München. Mein Büberl ist schwer erkrankt.« Tränen schossen Erika dabei in die Augen. »Bitte, geben Sie auf Lena gut Acht. Oder soll ich sie besser mitnehmen? Ich muss heute noch fahren.«

»Freilich, sonst nichts mehr! Das Kind bleibt da«, bestimmte die Kirchbergerin resolut.

»Ja, danke. Ihr seid zu gut zu mir.«

»Weil du im Grund genommen ein braves Leut bist. Bloß das mit deinem Mann verstehen wir nicht recht. Da muss doch was nicht ganz stimmen. Warum schreibt er denn nie und schickt dir kein Geld?«

Erika saß da wie zerschlagen und war in diesem Augenblick nahe daran, die volle Wahrheit zu bekennen. Aber die Angst jagte sie wieder hoch.

»Ich werde euch alles erzählen, wenn ich zurückkomme.«

In fliegender Hast kleidete sie sich an, um den letzten Zug um sieben Uhr fünfunddreißig noch zu erwischen. Lena schlief bereits. Die kleinen Fäustchen unter dem Kinn geballt, lag sie im Körbchen mit rosig angehauchten Wangen. Sie hatte auffallend schön geschwungene dunkle Brauen und ein kleines Stupsnäschen.

»Zum 'neinbeißen«, sagte der Zimmermann Kirchberger immer, wenn er das Kind betrachtete. »Keins von den unseren ist so schön und zart. Wäre ja auch ein Wunder. Du bist kein blühender Rosenstock mehr und ich sitz auch schon auf dem absterbenden Ast.«

Nichts wie Dummheiten hatte der Mann im Kopf! Seine Kinder waren alle gesund, waren rank und schlank gewachsen. Aber das Mädchen der Fremden hatte in seinem Herzen genauso eine Wohnung wie seine eigenen.

Erika musste zunächst noch einen Brief an ihre Firma schreiben, dass sie vielleicht einige Tage wegbleiben müsse. Sie warf den Brief beim Fabriktor in den Postkasten und erreichte gerade noch rechtzeitig den Zug.

Dämmerung lag schon über den Wiesen und friedvolle Feierabendstille in den Gassen und Winkeln des kleinen Ortes.

Der Zug war nicht stark besetzt. Erika hatte ein Abteil für sich allein. Sie lehnte sich weit zurück und sah zum Fenster hinaus. Es war ein Bummelzug, der an jeder Station hielt. Pakete wurden eingeladen und es dauerte immer ziemlich lange, bis die Pfeife des Zugführers wieder ertönte und die Lokomotive sich schnaufend in Bewegung setzte.

Erika ging es viel zu langsam. Ihre Angst wuchs mit der Dunkelheit, die allmählich einfiel. Immer noch hatte sie zwei Stunden zu fahren. Ob man sie so spät noch im Krankenhaus einlassen würde? Vielleicht hätte sie doch erst morgen früh fahren sollen.

Sie lehnte sich zurück in die Ecke und dachte an ihr Leben, wie verpfuscht alles war und dass es sich gar nicht mehr lohnen würde zu leben, wenn sie die Kinder nicht hätte.

Fünfzehn Jahre Gefängnis, hämmerte es in ihrem Hirn. Der Rhythmus der Räder sang in monotoner Gleichmäßigkeit dahin: »Fünfzehn Jahre, fünfzehn Jahre, fünfzehn Jahre …«

Dann würden die Kinder schon groß sein. Vielleicht würde Manfred sich an den Vater erinnern können. Lena wird dann fünfzehn Jahre alt sein. Aber vielleicht würden ihm ein paar Jahre wegen guter Führung erlassen.

Sie dachte auch daran, um eine Besuchserlaubnis anzusuchen. Sie musste ihrem Mann doch sagen, dass der Bub krank geworden war, wie es ihr und der kleinen Lena ging. Beim letzten Besuch hatte sie gemeint, dass sein Haar an den Schläfen angegraut sei. In fünfzehn Jahren würde es schneeweiß sein.

Noch nie hatte sie so intensiv über alles nachgedacht wie auf dieser langweiligen Fahrt durch die Nacht. Vielleicht hatte sie bisher noch nie begriffen, was es für einen Mann wie Eugen Westhoff, der die Freiheit und das Leben so über alles geliebt hatte, bedeuten musste, hinter Mauern eingesperrt zu sein. Sie dachte an die Zeit, in der sie sich kennen lernten. Sonntags wanderten sie vor die Stadt hinaus ins Grüne. Sie lagen nebeneinander im Gras, in dem nachher ihre Umrisse sichtbar waren. Die Schatten ihrer Gestalten. Ein Omen könnte das gewesen sein. Ein Vorzeichen der Schatten, die einmal über ihr Leben kommen würden.

Wunderschöne, herrliche erste Ehejahre, die nur immer ein wenig getrübt waren von der krankhaften Eifersucht des Mannes. Sie durfte überhaupt mit keinem anderen Menschen sprechen, am allerwenigsten mit einem Mann. Er liebte seine Frau auf seine Art, lebte aber ganz gedankenlos dahin, dachte kaum daran, wenn er oft über drei Wochen unterwegs war, ob sie noch Haushaltsgeld hatte oder nicht. Immer wieder vergaßen sie, bei der Bank eine bessere Regelung einzurichten. Er hatte aber auch nichts dagegen, wenn sie bei der Firma um Vorschuss ansuchte. Er hatte nur etwas dagegen, dass der Prokurist Tiefentaler diesen Vorschuss ins Haus brachte. Dieser gut aussehende Tiefentaler mit den gut geschneiderten Maßanzügen und dem halben Dutzend Liebschaften, die man ihm in der Firma nachsagte.

Und dann geschah das schreckliche Unglück, das Unglück, das ihre Zukunft vernichtete.

Es war schwer abzuschätzen, wem diese unbedachte Affekthandlung tiefere Wunden schlug, ihm selbst, ihr, der Frau und Mutter, oder den Kindern, von denen Lena noch nicht geboren war.

Die Nacht war inzwischen tief gesunken. Nur wenn sie sich einem Bahnhof näherten, wurde es vor den Fenstern ein wenig hell. Erika ließ das Fenster herunter und fragte den Mann, der mit einer roten Lampe am Zug entlang ging, wie lange die Fahrt denn bis zur Stadt noch dauere.

»Eine Station noch«, sagte der Mann im Ton des Oftgefragten.

»Endlich!«, stammelte Erika und legte die Hände in den

Schoß. Unwillkürlich schlangen sich ihre Finger ineinander und auf einmal war auch die Angst wieder da um das Büblein. Und die Sehnsucht nach dem Mädchen, das so ruhig geschlafen hatte, als sie weggegangen war.

Sie hatte sich über das Körbchen gebeugt und das Mädchen leicht auf die geschlossenen Lider geküsst.

»Schlaf gut, mein Herzchen. Mutti kommt bald wieder und bringt dir etwas Schönes mit.«

Sie dachte an einen bunten Gummiring oder an ein weiches Stäbchen, weil das Kind bereits anfing Zähne zu bekommen. Für ein Püppchen war das Mädchen noch zu klein. Aber zu Weihnachten, ja, da würde sie ein Püppchen kaufen. Ein hübsches Püppchen, das Mama schrie. Sie sah einen Weihnachtsbaum vor sich, vor dem sie stand, das Mädchen auf dem Arm. Wie die Augen des Kindes leuchteten! Ringsum standen die Kirchbergers, der Mann mit breiten, schon etwas gebeugten Schultern, an seinem Bart kauend, die Frau mit dem von Arbeit und Sorge gezeichneten Gesicht, daneben die Kinder, frisch gebadet und für den Gang zur Christmette angezogen, der Michael, der Lukas, die Marianne und die Veronika.

Plötzlich wurde Erika durch einen Stoß nach vorn geworfen. Der Zug hielt. Noch traumbefangen griff sie nach ihrem Köfferchen und taumelte durch den schmalen Gang. Es war hell ringsum. Beinahe hätte sie die Ankunft des Zuges verschlafen. Sie öffnete die Tür und stolperte hinaus.

Weit, weit vorn brannte ein rotes Licht. Der Zug konnte noch nicht einfahren.

Der Bub braucht mich, hämmerte es in ihren Gedanken. Wenn sie über die Geleise stieg, war sie bald auf der hell erleuchteten Straße beim Zollamt. Von da dann in die nächste Straßenbahn. Linie neun, wusste sie.

Irgendjemand kam auf den Geleisen daher. Eine Laterne, zuerst rot, dann weiß, blinkte auf. Der Lichtkegel erfasste sie.

»Was machen denn Sie da?«, schrie eine raue Stimme. »Steigen Sie sofort ein. Der Zug fährt gleich weiter.«

Der Zug fuhr wieder an.

Erika sprang über die Geleise zurück. Die Trittbretter flogen bereits vorbei. Sie klammerte sich an einem Einsteigegriff fest. Der Stoß traf sie ziemlich hart. Ihre Beine schleiften hilflos im Schotter und dann erfassten die Räder ihren flatternden Mantel, zogen sie unerbittlich hinein in das langsam Ratternde: »Fünfzehn Jahre, fünfzehn Jahre, fünfzehn Jahre …«

In der Zeitung stand eine unscheinbare Notiz, dass eine Unbekannte vom Zug überfahren worden war. Ein Unglücksfall wie tausend andere, von denen kein großes Aufhebens gemacht wird. Man wartete eine Zeit lang, ob sich vielleicht jemand meldete, der die Tote identifizieren konnte. Aber es meldete sich niemand und der Fall wurde bei der Unfallabteilung der Bahnbehörde zu den Akten gelegt.

Über vier Wochen lang schon war die Stimmung zwischen Andreas Murr und seiner Frau Mella angespannt. Mella vermied es tunlichst, etwas heraufzubeschwören, das zu einem Wortwechsel führen könnte.

Sabina kam und Mella freute sich immer darüber, zumal sie jetzt genau wusste, dass sie wirklich nicht wegen Andreas kam. Sie stand im Atelier und schaute zu, wie da gehämmert und gewerkt wurde. Andreas lächelte ihr resigniert zu, bat sie sogar manchmal flüchtig:

»Ach, Sabina, bleib einen Augenblick so stehen. Nein, den Kopf ein klein wenig tiefer. So, ja. Danke.«

Sie tat es gerne und dachte dabei auch flüchtig an das Gesicht ihres Vaters, sähe er sie hier. Aber viel mehr waren ihre Gedanken bei dem dunklen Cäsarenkopf des Guido Dellatron, der ihr von seinem hohen Standort herunter verstohlen zunickte.

Guido war unermüdlich, obwohl sie oft zehn und zwölf Stunden am Werk waren und gerade Guido die schwerste Arbeit zu leisten hatte. Es blieb ihm aber immer noch Zeit, um am Abend mit Sabina durch das Moor zu wandern, in dem die Frösche quakten und die weißen Birken in der Dämmerung erst richtig aufleuchteten.

Jawohl, Guidos südliches Temperament hatte Sabina mitgerissen. Ihr Herz war aufgeblüht und dass alles so geheim war, dass niemand von der Liebe der schönen Sägewerksbesitzerstochter wusste, gab diesem Erlebnis den süßherben Schmelz, denn Sabina wusste, dass diese Liebe nie Erfüllung finden würde.

Das heißt, Andreas Murr hatte es längst bemerkt. Mannhaft und heroisch begrub er die eigenen Wünsche. Er war beschämt darüber, dass er sich von Sabina hatte in die Schranken weisen lassen müssen, und im Grunde genommen wusste er, er könnte ohne Mella gar nicht leben und er würde sie auch niemals verlassen. Das bildete sie sich nur ein, obwohl es wahrscheinlich auch nicht ernst gemeint war, wenn sie sagte:

»Wenn du unbedingt meinst, Andreas, dann gehe ich halt. Du weißt ganz genau, dass ich deswegen nicht verhungere, weil ich ja arbeiten will und arbeiten kann.«

In solchen Stunden hätte er dann den Arm um sie legen und sagen müssen: »Du Kindskopf, du weißt ganz genau, dass ich das nicht will.« Aber das drückte er lieber in sich hinein.

Und noch einer wusste von der wunderbaren Liebe des Guido Dellatron und der schönen »Signorina« vom Sägewerk. Der kleine Fernando Comillo, der am Abend oft mit seiner Gitarre auf der Hausbank saß und seine Sehnsucht und sein Heimweh in schmachtenden Liedern in die Dunkelheit und zu den Sternen hinauf sang. Ihm lief kein Mädchen über den Weg. Guido war immer schon der Glücklichere, aber auch der Unternehmungslustigere gewesen. Fernando verehrte Mella mit kindhafter Liebe und er fühlte die Traurigkeit, in der sie lebte. Manchmal saß er bei ihr und erzählte ihr von seiner südlichen Heimat, dass man es von Latisana bis ans Meer gar nicht weit habe und dass das Meer so blau sei wie der Himmel über den Bergen hier.

Der Weg über den Hügel herauf war immer noch gesperrt. Die Pfosten mit dem Stacheldraht waren nur für drei Tage entfernt worden, als der Hahner das Heu eingebracht hatte. Der Hahner setzte die Verbotstafel und die Pfosten auch nicht wieder ein, aber der Distoller kam am Abend nach dem Abheuen mit einer schweren Hacke und tat das, was der unbändige Hass ihm vorschrieb und der Hahner vielleicht absichtlich vergessen hatte.

Jawohl, der Hahner war des Kleinkriegs müde. Der Bildhauer da drüben tat ihm ja nichts zuleide. Aber der Distoller, der mächtige Schwager, hörte nicht auf zu hetzen, zumal ein anderer Baumeister in der Gegend sich gleich zwölf Italiener hatte kommen lassen.

Andreas Murr hatte das wirklich nicht vermittelt. Aber auf ihn lud der Distoller es ab und schrie in einer Gemeinderatssitzung:

»Schön langsam zügelt uns der Murr ein paar hundert Italiener ins Dorf und zum Schluss haben wir überhaupt nichts mehr zu reden.«

Das war übertrieben, wie alles, was der Distoller sagte. Immerhin fanden die ersten Stänkereien bei einem Sonntagstanz statt. Die Italiener waren daran nicht schuld, sondern die einheimischen Burschen. Die Schuld aber wurde dem Andreas Murr zugeschrieben.

Dann fiel eines schönen Tages die Stacheldrahtsperre von selbst.

Andreas Murr machte gerade eine kurze Arbeitspause, stand in der Tür des Ateliers und rauchte seine Pfeife, als er sah, wie sich drüben auf dem anderen Hügel ein Kinderwagen auf den See zu in Bewegung setzte. Zuerst rollte er ganz langsam dahin, bis der Hang sich stärker neigte.

Da fing Andreas Murr zu rennen an, stürzte sich kopfüber in den See und fischte den jüngsten Hahnersprössling, den Wolfgang, aus dem Wasser.

Am Abend kam dann der Hahner mit seiner Frau um sich zu bedanken. Die Hahnerin hatte dreißig Eier in einem Körbchen und der Hahner deutete zur Wegsperre hinunter:

»Morgen werde ich sie wegmachen.«

Andreas Murr sah ihn an. »Und da hat das erst sein müssen, dass du deinem Herzen einen Stoß gibst?«

»Scheinbar hat es das. Und mein Schwager kann sich meinetwegen zu Tode giften. Du hast mir jedenfalls unseren Wolfgang gerettet.«

»Und ausgerechnet den mag er am liebsten«, sagte die Hahnerin und fügte hinzu: »Wenn die Frau Bildhauer vielleicht Wintereier braucht zum Einkalken, jederzeit.«

Mella stand neben Andreas. Sie fasste nach seiner Hand und bot ganz freimütig den Nachbarn ein Eheleben der schönsten Harmonie.

»Siehst du, Andi«, sagte sie. »Nun werden wir doch noch recht gute Nachbarn.«

Andreas wandte erstaunt seiner Frau den Kopf zu.

Nach vielen Wochen hatte sie wieder einmal »Andi« gesagt. Ein Lächeln flog über sein Gesicht. Dann wandte er sich an den Hahner:

»Mir wäre es am liebsten, Hahner, wenn wir das mit dem Weg notariell machen würden. Es ist nicht wegen uns, aber vielleicht könnten unsere Nachkommen wieder einmal Streit haben.«

Da platzte der Hahner heraus: »Du hast ja keine Nachkommen.«

Andreas legte schnell seinen Arm um Mellas Schultern, als wollte er sie vor etwas schützen.

»Komisch ist es schon manchmal auf der Welt«, sprach der Hahner weiter. »Wir haben fünf Kinder, wahrscheinlich werden es im nächsten Jahr sechs sein. Und ihr habt gar keins.«

»Kann ja noch kommen«, warf Andreas hin. »Wir sind ja noch jung«, fügte er lachend hinzu, weil er merkte, wie Mella unter seinem Arm unruhig wurde. Dann schob er das Gespräch gewaltsam in eine andere Richtung. »Wann fahren wir also zum Notar, Hahner?«

»Mir gleich! Nächste Woche?«

»Gut, ich werde dich verständigen.«

Nachher gingen Andreas und Mella noch zum See hinunter. Er warf gleich die Pfosten mit dem Stacheldraht zur Seite. Die Tafel, auf der geschrieben stand: »Duchgang verboten«, nahm er später mit nach Hause.

»Zur Erinnerung an diese Zeit«, sagte er lachend und war überhaupt recht übermütig. Es war, als sei eine schwere Last von ihm gefallen. Der Bann des wochenlangen Schweigens war gebrochen und er hätte es gerne gesehen, dass auch Mella von der gleichen Fröhlichkeit erfasst wäre. In Mella aber hockte die immerwährende Angst, dass das Furchtbare sich wiederholen könnte. Nie hatte sie bis damals ein ungutes Wort von ihm vernommen. Nie hatte er sie angeschrien und sie hatte sich immer mit allem an sein Herz flüchten können.

So wie heute, als er den Arm um sie legte, als das Gespräch mit dem Hahner wieder auf eigene Kinder gekommen war. Diese einzige Geste hatte genügt, um ihm alles zu verzeihen. Und nach langer Zeit saßen sie nun wieder am Abend Hand in Hand beieinander. Er sprach von seiner Arbeit und gestand ehrlich, dass er nur unter großen Hemmungen geschafft habe in all den Wochen und dass es wie ein Gift sei, das zwischen ihm und ihr liege, wenn sie so verstockt aneinander vorbeilebten und nur das sagten, was gesagt werden musste, um in der Öffentlichkeit den Schein zu wahren.

Mella nahm ihm an diesem Abend das Versprechen ab, dass er sie nie mehr mit solchen Worten verletzen würde.

»Du glaubst gar nicht«, sagte sie, »wie ich darunter leide. Manchmal hadere ich mit Gott, weil er gerade mich, die ich mich so nach Kindern sehne, zur Kinderlosigkeit verurteilt hat. Du kannst dir nicht vorstellen, welche Qual das ist!«

»Fang jetzt nicht damit an«, bat er sie. »Wir müssen eben lernen, uns damit abzufinden. Ich bin bereits auf dem besten Weg dazu. Und du darfst auch nicht mehr darüber grübeln. Du sollst wieder ein frohes Gesicht machen, Mella, und wenn ich jetzt mit meiner Arbeit zum Abschluss komme, dann werden wir mehr unter die Leute gehen. Lass dir doch ein paar hübsche Kleider machen und lade vielleicht die Lehrersfrau einmal ein. Du bist zu viel allein, Mella.«

Sie nahm seine Hand und legte sie an ihre Wange, sah ihn mit glücklichem Lächeln an.

»Ach, nun bist du wieder so wie früher, Andi. Hoffentlich bleibt es so.«

Die nächsten Tage zeigten es schon. Andreas Murr pfiff wieder im Atelier bei der Arbeit. Auch Mella blühte auf, ging tagtäglich zum Baden und traf sich mit der jungen Lehrersfrau.

Thekla, die Frau des Lehrers Benno Stiller, wäre für Mella ohne weiteres der richtige Mensch gewesen, mit dem es sich gelohnt hätte, eine tiefere Freundschaft anzufangen. Aber sie hatte einen vierjährigen Jungen, Ludwig, an den sie die ganze Fülle ihrer zärtlichen Seele verschwendete. Beim Anblick dieses schlank gewachsenen, hübschen Jungen kam Mella ihre eigene Kinderlosigkeit wie ein tiefes Unglück zu Bewusstsein. Immerhin riss die Thekla Mella Murr ein wenig aus ihrem Alltag heraus. Sie fuhr mit ihr nach Bichl ins Café und lieh ihr die neuesten Modejournale, als Mella die Seffi wieder ins Haus kommen lassen wollte, damit sie ihr ein paar Kleider anfertige.

Jawohl, Josefa Weidnacher kam wieder zur Stör. Sie trug, weil es damals noch so üblich war, ihre eigene Nähmaschine unterm Arm.

Fünf Tage war sie im Haus, weil sie außer zwei Kleidern für Mella für Andreas Murr einen weißen Mantel und für die beiden Italiener je ein Hemd aus grobem Leinen zu fertigen hatte.

Fernando, der kleine Italiener, verliebte sich in die Seffi, die von einer fast überirdischen Blässe und Zartheit war. Und der Seffi, die von sich sagte, dass sie vielleicht bald sterben würde, war der junge Italiener auch nicht gleichgültig.

Als sie nach fünf Tagen am frühen Abend von Frau Mella entlohnt wurde und ihre Sachen zusammenpackte, sagte Mella ihr noch, wie sehr sie mit ihr zufrieden sei und ob sie vor dem Winter nicht noch einmal kommen könnte. Seffi versicherte, dass sie in keinem Haus lieber sei, man möchte ihr nur früh genug Bescheid sagen.

Dann trat sie hinaus in die Nacht und erschrak keineswegs vor dem schmalen Schatten, der unter den Apfelbäumen auf sie wartete und ihr die Nähmaschine abnahm.

Sie gingen langsam, wie an den Tagen vorher, den Hügel hinunter bis zum See. Dort stellte Fernando die Maschine ins Gras und nahm das Mädchen in die Arme.

»Der Tag wird morgen sehr leer sein, wenn du nicht mehr kommst«, flüsterte Fernando.

Ihr Kopf beugte sich unter dem zarten Druck seiner Hand weit zurück, und sie sah die lichtschönen Sterne über sich. Dann lehnte sie ihre Stirn gegen die seine.

»Ach, Fernando. Ich dürfte dich eigentlich gar nicht lieben. Du gehst im Winter wieder nach Italien und was wird dann aus mir?«

»Komm mit«, bettelte er und streichelte ihr Haar.

Sie schüttelte den Kopf.

»Das geht nicht, Fernando. Ich muss hier bleiben. Aber ich warte auf dich, bis du im Frühjahr wiederkommst. Das heißt, wenn ich bis dahin noch lebe.«

»Warum solltest du bis dahin nicht leben?«

»Ich weiß nicht, Fernando. Mir ist oft, als sei meine Zeit auf Erden bald um.«

Fernando war weit davon entfernt darüber zu lächeln. Ihre Melancholie stimmte mit seiner eigenen harmonisch zusammen, und gerade das gab ihrer Zuneigung zueinander die Kraft.

»Du redest immer vom Sterben, wo unser Leben doch erst beginnt«, meinte Fernando.

Leise plätscherten die Wellen des Sees ans Ufer. Herausfordernd hell brannte das Licht über dem Holzlager des Distoller und es konnte durchaus sein, dass zwischen den Stapeln irgendwo Guido und Sabina standen und auch zu den Sternen aufschauten, ohne vom Tod zu sprechen, weil sie beide viel zu vital waren.

Vom Moor herüber hörte man einmal eine Eule rufen. Seffi nannte es den Ruf des Todesvogels. Ihre schönen Hände hoben sich und umschlossen das Gesicht des Geliebten.

»Ihr habt wohl keine Eulen bei euch?«, fragte sie.

»O doch. Es gibt auch bei uns welche.«

»Aber sicher rufen sie nicht so schaurig klagend. Ich meine, bei euch ist überhaupt alles anders, wärmer, sonniger. Gehen wir jetzt Fernando?«

Er bückte sich nach der Maschine und wischte mit dem Ärmel den Boden ab. Dann begleitete er die Seffi nach Hause. Sie wohnte im letzten Haus des Dorfes. Eigentlich war es mit seinen drei Zimmern nur ein Häuschen. Aber es gehörte der Seffi, die es von ihren Eltern geerbt hatte. Hinter dem Häuschen zog sich eine Wiese zur Ammer hinunter.

Sie saßen hinter dem Haus. Vom See herüber hörte man den Nachtwind im Schilf flüstern. Über den Bergen stand der halbe Mond und schenkte der Nacht ein mattes Licht, gerade so viel, dass Seffi ihrem Fernando in die Augen sehen konnte auf eine Art und Weise, die ihn beglückte und zugleich nachdenklich machte.

Fernandos Stimme klang leise und dunkel. Er erzählte ihr von Verona, wo er einmal in so einer warmen Nacht Romeo und Julia auf der Freilichtbühne gesehen und dass er selbst auch einmal mitgesungen habe im Gefangenenchor der Oper Nabucco.

Ja, sie waren ein ganz seltsames Liebespaar und ganz anders als Guido und Sabina.

Die schöne Sägemüllertochter wusste, dass Guido spätestens im Oktober in seine Heimat zurückkehren würde. Sie wusste aber auch, dass es nach diesem Erlebnis keinen Sareiter-Matthias in ihrem Leben mehr geben konnte. Manchmal kannte sie sich selbst nicht mehr und konnte es nicht glauben, dass die Liebe so eine Macht sein könnte.

Die Seffi konnte nun nicht mehr so ohne weiteres zum Murrhaus gehen, weil ja ihre Arbeit dort erledigt war. Aber Sabina konnte es.

Andreas Murr arbeitete jetzt gerade an den letzten Feinheiten des Gesichts der Brunnenfigur. Natürlich wusste er längst, dass Sabina nicht deswegen allein kam. Aber sein Gesicht war immer gleich unbewegt, wenn er ihr gegenüberstand.

Als sie sich einmal allein im Atelier gegenüberstanden, fragte Andreas:

»Wie stellst du dir vor, dass es weitergehen soll, Sabina? Spätestens im Oktober wird Guido in seine Heimat reisen.«

Sie sah zum Fenster, um seinem fragenden Blick auszuweichen.

»Ja, ich weiß es. Aber er wird doch im Frühjahr wiederkommen?«

Um Andreas' Mund zuckte es.

»Hat er dir das gesagt?«

Sie sah ihm scharf in die Augen.

»Oder brauchst du ihn nicht mehr? Willst du, dass er nicht mehr kommt?«

Er griff nach einem Meißel und ließ ihn in seinen Fingern spielen.

»Ich kann jetzt noch nicht sagen, ob ich ihn wieder brauchen werde. Das hängt von den Aufträgen ab, die der Brunnenfigur möglicherweise folgen können.« Er sah sie wieder an. »Im anderen Fall würdest du doch wohl zu Matthias zurückkehren?«

Tränen schossen in ihre Augen. »Ich glaube, das könnte ich nicht mehr. Jetzt nicht mehr, weil ich weiß, was wirkliche Liebe ist.«

»So sehr liebst du also den Italiener?«

»Mehr als ich es dir sagen kann, Andreas Murr. Auf alle Fälle kann ich Matthias nicht mehr heiraten. Verstehst du denn das nicht?«

»O doch. Sehr gut sogar. Diese Ehe würde schon von Anfang an kranken. Und was das bedeutet, könnte ich dir schon sagen. Aber ich will nicht, weißt du. Es muss jeder selbst seinen Schmerzensweg gehen.« Er warf den Meißel weg und ging hinaus.

Die Brunnenfigur war nun fertig und sollte in der nächsten Woche mit einem Spezialfahrzeug abgeholt und in Bichl verladen werden.

Zur Einweihung wollte Andreas in die Stadt am Rhein reisen. Aber bis dahin hatte es noch acht Tage Zeit. So kamen ihm die Handwerker gerade recht, die den morschen Balkon am Haus durch einen neuen ersetzen sollten.

Unter ihnen war der Zimmermann Sebastian Kirchberger aus Attling, der den Bildhauer Andreas Murr und seine Frau wahrscheinlich für sehr reiche Leute hielt. Jawohl, sehr reich und doch menschenfreundlich, denn es war sonst nicht üblich, dass man auf einer Baustelle vom Bauherrn am Vormittag und am Nachmittag eine Maß Bier spendiert bekam. Mella strich sogar eine Anzahl Butterbrote und legte Wurst darauf.

Der Balkon war schon in drei Tagen fertig. Nachher saßen die drei Zimmerleute mit dem Ehepaar Murr noch eine Weile im Wohnzimmer, wo sie Cognac eingeschenkt bekamen.

Sebastian Kirchberger konnte Alkohol nur schlecht vertragen und wurde nach dem dritten Gläschen bereits gesprächig. Und wenn er gesprächig wurde, geriet er ins Philosophieren und wunderte sich, wie ungerecht es auf der Welt oft eingeteilt sei.

»Na ja, das war schon immer so und wird wohl immer so bleiben«, meinte Andreas Murr. »Was zum Beispiel ist in Ihren Augen denn so ungerecht?«

Sebastian Kirchberger strich seine Bartspitzen aus den Mundwinkeln und bekam strenge Falten des Nachdenkens auf seiner Stirn.

»Zum Beispiel –«, sagte er, »schaun S' einmal, Herr –, ich bin ein armer Handwerker und hab vier Kinder in meinem kleinen Häuschen. Sie sind ein reicher Herr und wollen gar keines.«

»Das liegt nicht am Wollen«, sagte Mella schnell und sah dabei nervös auf ihren Mann. »Es ist eher ein Unglück, wenn man kein Kind hat.«

»Kann sein«, meinte der Kirchberger. »Aber was uns betrifft, uns hat man zu unseren eigenen vieren noch ein fünftes im Haus gelassen. Und jetzt will bei uns selbst noch eins kommen.«

»Ein Kind im Haus gelassen?«, fragte Andreas Murr neugierig und suchte nach seiner Zigarettenschachtel. »Wie soll ich das verstehen?«

»Ganz einfach. Im Frühjahr ist so eine Frau mit einem Baby vor der Tür gestanden und hat gefragt, ob sie den Sommer über nicht ein Zimmer haben könnte. Man kann nicht sagen, dass sie einen schlechten Eindruck gemacht hätte, und ein paar Mark kann man immer brauchen. So groß ist ja mein Verdienst auch nicht. Sie hat auch immer recht brav gezahlt. Aber eines schönen Tages hat sie gesagt, dass sie in die Stadt fahren müsse, ist fort und seitdem spurlos verschwunden. Na ja, so ein armes Würmerl isst ja leicht noch mit, aber wenn jetzt bei uns selbst noch eins kommt, ist es schon eine arge Belastung für unsereinen. Wir werden es wohl weggeben müssen, vielleicht in ein Heim oder Waisenhaus, obwohl ich es gar nicht gern tu, weil es so ein liebes kleines und herziges Mädchen ist. Ganz dunkelblaue Augen hat es und helles Haar.«

Andreas wollte nochmals einschenken. Die beiden anderen nahmen es dankend an, nur der Kirchberger deckte seine Hand über das Glas.

»Nein, nichts mehr, ich kann sonst nicht mehr heimfahren.«

Kurz darauf brachen die Handwerker auf. Kirchberger schulterte draußen seinen Rucksack, in dem er Beil und Winkeleisen hatte, während er die Säge am Fahrrad befestigte.

Bevor er aufstieg, drehte er sich nochmals zum Hausherrn zurück, der in der Tür stand und den neuen Balkon betrachtete.

»Sie, Herr«, meinte er vertrauensvoll, »so was wär grad was für Sie. So ein herziges Dirndlein! Ihnen tät ich's gern geben, weil ich weiß, dass es da ein gutes Platzerl hätte.«

Andreas sah den Kirchberger nachdenklich an.

»Das wäre eventuell zu überlegen. Ich müsste mit meiner Frau darüber reden.«

»Schaun Sie sich halt das Kind einmal an. Wenn es Ihnen nicht gefällt, müssen Sie es ja nicht nehmen. Aber ich kann es Ihnen gleich im Voraus sagen, so was Liebes und Zartes haben S' noch nicht gesehen in Ihrem Leben.«

Andreas musste unwillkürlich lächeln.

»Jeder Kaufmann lobt seine Ware.«

»Das ist keine Ware«, antwortete der Kirchberger ernsthaft. »Das ist ein ganz armes Geschöpf, das viel Liebe braucht. Und vom Jugendamt war auch schon jemand da. Weil wir das Kind wirklich nicht behalten können, soll es zur Adoption freigegeben werden.« Dann stieg er von hinten auf sein Fahrrad und ließ es den Berg hinunterlaufen, um seinen Kollegen nachzukommen.

Nachdenklich stand Andreas noch eine Weile auf dem Vorplatz. Dann ging er langsam um das Haus herum. Auf der Rückseite waren Guido und Fernando damit beschäftigt, Buchenscheite zu spalten. Andreas hatte ihnen zwar angeboten, sie könnten nun, da die Brunnenfigur fertig war, heimfahren. Er würde ihnen dann schreiben, wenn er wieder einen größeren Auftrag hätte.

Fernando war sehr traurig geworden. Guido aber hatte mit der ganzen Beredsamkeit seiner Vorfahren gefragt, was denn mit den Buchenscheiten hinter dem Haus sei, ob der Padrone vielleicht die Absicht hätte, sie in ihrer ganzen Länge in den Ofen zu stecken?

Es war nicht die Sorge, ob der Bildhauer und seine Frau im Winter frören. Es war die Liebe, die die beiden so zäh im Land hielt.

Übrigens musste Fernando auch für die Seffi noch Winterholz herrichten. Auf ihm lag wirklich die Sorge, dass die Seffi nicht fror. Sie fror sowieso so leicht, weil sie zu wenig Blut hatte und deshalb auch immer so bleich war. Nur die Seligkeit des Glückes zauberte jetzt manchmal ein zartes Rot auf ihre Wangen.

Von den Italienern weg ging Andreas weit in den Apfelgarten hinein. Die Hände hinter dem Rücken verschränkt, stand er da und starrte auf den See hinunter. So sehr er sich auch bemühte, er brachte es einfach nicht mehr aus dem Sinn, was der Zimmermann Kirchberger gesagt hatte. Er konnte auch nicht ins Haus gehen, weil er wusste, dass wahrscheinlich auch Mella an das Gleiche dachte. Sie müssten notgedrungen darüber sprechen. Sie konnten diesem Angebot eigentlich gar nicht gut ausweichen. Mella war ja todsicher hinter dem Fenster gestanden und hatte mitgehört, was dieser Kirchberger vorhin zu ihm gesagt hatte.

Ein paar Stunden dazwischen zu legen war vielleicht das Beste. Er ging ins Dorf hinunter, trank ein paar Schoppen Wein und machte es dadurch nur noch schlechter.

Ein schönes Kind, ein liebes Kind. Keine Ware, sondern ein armes Geschöpf, das viel Liebe braucht …

Das hatte ihm ein einfacher Mensch gesagt. Aber ein Mensch mit Herz. Hatte er vielleicht kein Herz? Warum wollte er eigentlich mit Mella darüber nicht sprechen?

Als er sich auf den Heimweg machte, brannte bereits das Abendrot über den Bergen. Mella war nicht daheim. Sie war zum Bach gegangen. Also musste auch sie das Thema stark beschäftigen. Wenn ihre Gefühle irgendwie in Aufruhr waren, ging sie immer zum Fischen.

Sie brachte auch tatsächlich drei Forellen heim und legte sie in den altertümlich Kühlschrank, der im Flur stand.

»Ach, du bist schon zurück?«, sagte sie, als sie das Zimmer betrat und ihn in der Dämmerung sitzen sah. »Warst du noch ein wenig im Dorf, Andi?«

»Ja, ich habe mir zwei Schoppen zugelegt.«

»Ganz recht so, Andi. Du hast jetzt genug gearbeitet und es schadet nichts, wenn du ein wenig unter die Leute gehst. Ich werde gleich das Essen richten. Wo sind denn Guido und Fernando?«

»Da fragst du noch?«

Mella drehte das Licht an. Ein tiefer Seufzer hob ihre Brust. »Ich habe manchmal um Sabina Sorge.«

Mit einem Ruck hob er den Kopf. »Was geht denn uns das an?«

»Guido ist ein Feuerkopf und wer weiß, wie das alles noch einmal ausgeht.«

Sie saßen sich gegenüber. Andreas las in einer Kunstzeitschrift, Mella hatte eine Näharbeit in den Händen.

Manchmal gähnte er. Manchmal seufzte Mella. Auf einmal ließ er die Zeitschrift sinken und sah sie finster an.

»Was seufzt du denn dauernd? Als ob es dir so schlecht ginge.«

Sie hörte mit feinem Empfinden die Gereiztheit in seiner Stimme, blieb aber ganz ruhig. Sie wusste genau, was ihn beschäftigte.

»Mir geht es nicht schlecht«, sagte sie.

»Dann seufz doch nicht dauernd.«

»Entschuldige, ich werde mich beherrschen. Ich weiß, dass ich dir nichts recht machen kann. Nicht einmal ein Kind kann ich bekommen.« Um ihren Mund zuckte es.

»Daran brauchst du mich nicht dauernd zu erinnern«, meinte er schon wieder versöhnlicher, stand auf und trat hinter ihren Stuhl. Die Hände um die Rücklehne geklammert, sah er auf ihren Scheitel nieder. Ihr Nacken war ein wenig gebeugt. Ihr Hals war schlank geformt. Ihre Hände führten wohl die Nadel, aber er sah, dass sie unruhig waren. Sie tat ihm Leid.

»Weißt du, Mella, was der Kirchberger gesagt hat?«

»Ich habe nur gehört, was er hier erzählte«, antwortete sie.

»Ja, aber draußen sagte er mir noch, wir sollten das Kind doch wenigstens einmal ansehen.«

Sie ließ die Hände sinken. Dann bog sie den Kopf zurück und sah in seine bittenden Augen.

»Gut, Andi. Ich bin mit allem einverstanden. Vielleicht ist das ja eine gute Möglichkeit.«

Ihre Antwort traf ihn eigentlich unerwartet. Er hatte gemeint, dass er sie erst mühsam dazu überreden müsse, sich das fremde Kind wenigstens einmal anzusehen.

Er sah, dass ihre Augen feucht schimmerten und nahm ihren Kopf zwischen seine Hände.

»Wir müssen es ja nicht unbedingt nehmen, Mella, wenn es uns nicht gefällt.«

Mella versuchte ein Lächeln.

»Es wird uns schon gefallen, Andi. Wir probieren es jetzt einfach einmal und stellen ein Kind zwischen uns und wenn dabei sonst gar nichts rauskommen sollte, als dass wir ein gutes Werk tun.«

Andreas war wie umgewandelt und Mella wusste nicht, wie lange es eigentlich schon her war, dass er sie so leidenschaftlich geküsst hatte.

Am Sonntag nach dem Mittagessen machten sie sich auf den Weg nach Attling. Es war ein Tag von feierlicher Schönheit, der im sanften Schein der Septembersonne leuchtete. Wie große weiße Vögel zogen vereinzelt Wolken über das Gebirge hin und der Hauch des Herbstes ließ die Laubbäume schon wie flammende Bündel in der Landschaft stehen.

Es war ein Weg von etwa zwei Stunden. Sie sprachen nicht davon, warum sie diesen Weg gingen.

»Ich denke, Mella«, sagte Andreas, »wir könnten uns doch einen Wagen zulegen.«

»Den brauchen wir sowieso«, sagte sie. »Schließlich kann ich ja das Kind nicht dauernd im Arm herumtragen.«

Er blieb stehen und fasste nach ihrer Hand. Dann lachte er so hell und bubenhaft, wie sie es schon lange nicht mehr gehört hatte.

»Ich habe doch keinen Kinderwagen gemeint!«

»Ach so, du meinst – ein richtiges Auto?«, staunte sie.

»Natürlich, dass wir sonntags manchmal über Land fahren können. Du und ich – und das Kind.«

»Vorausgesetzt, dass es uns gefällt.«

»Der Kirchberger hat gesagt, ich hätte so etwas Liebes und Zartes noch nie gesehen. Das können doch nicht bloß Sprüche gewesen sein.«

»Nein, das glaube ich auch nicht, Andi.«

Sie gingen etwas abseits auf Feldwegen über die Wiesen, um die Hauptstraße zu meiden. Je näher sie ihrem Ziel kamen, desto schweigsamer wurden beide. Dann sahen sie das kleine Dorf in der Talmulde liegen.

Wie von einer dumpfen Bangigkeit befallen, setzten sie sich unter einem Feldkreuz auf die Bank davor und sahen sich lange schweigend an.

Es kam ihnen beiden so vor, als seien sie seit ihren ersten Hungerjahren nie mehr so innig miteinander verbunden gewesen. Alle Probleme, die damals zu bewältigen waren, sind nicht so schwerwiegend gewesen wie der Entschluss, vor dem sie jetzt standen.

Nun aber hob sich aus diesem Sonntag groß die Frage auf, ob ihr Vorhaben zum Guten oder zum Bösen ausschlüge.

»Noch können wir umkehren«, meinte Andreas.

Mella schob ihre Hand tiefer in die seine.

»Nein, Andreas, jetzt sind wir schon hier. Mir gibt höchstens zu denken, dass die Mutter des Kindes spurlos verschwunden ist. Eine gute Mutter lässt doch nicht einfach ihr Kind fremden Leuten zurück.«

»Wir kennen ja die Umstände nicht, Mella. Aber ich weiß schon, du denkst an schlechte Erbanlagen.«

»Das weniger. Ich denke, wie man ein Kind erzieht, so hat man es später. Aber gehn wir jetzt.«

Sie mussten erst nach dem Haus des Zimmermanns Kirchberger fragen, und als sie dort ankamen, meinte Mella:

»Was sagen wir jetzt eigentlich?«

»Du brauchst gar nichts zu sagen«, tröstete er sie. »Lass nur mich machen.«

Andreas öffnete die Haustür. Schüchtern schlich Mella hinter ihm drein. Die Angst pochte in ihrem Herzen, ob das Mädchen ihr gefallen würde.

Der Kirchberger lag auf dem Sofa und schlief. In der einen Hand, die schlaff herunterhing, hielt er noch die erloschene Pfeife. Die Frau saß am Tisch und blätterte in einer Zeitschrift. In der Ecke saßen drei Kinder und spielten mit einem Baukasten. Sie standen sofort auf und schauten mit großen Augen auf die beiden fremden Menschen.

»Wir sind wegen des Mädchens da«, sagte Andreas und setzte sein allerfreundlichstes Lächeln auf. »Ihr Mann hat diese Woche bei uns gearbeitet und hat uns erzählt –«

»Ach ja«, sagte die Frau und stand auf. »Er hat es mir schon gesagt.« Sie musterte stumm und mit kritischen Augen die beiden. Besonders auf Mella haftete lange ihr durchdringender Blick. Dann entspannte sich ihr Gesicht. Anscheinend war sie mit dem Ergebnis zufrieden. Sie trat an das Sofa und stieß ihren Mann ein bisschen unsanft an.

»Wastl, steh auf, die Leut sind da!«

»Was für Leut?«, fragte der Kirchberger gähnend und rappelte sich langsam hoch. Dann ging ein freundliches Lächeln über sein verwittertes Gesicht. »Seid ihr also doch kommen?«

»Ja«, sagte Andreas. »Wo steckt denn nun dein Geschöpferl, wie ich so lieb und zart noch keins gesehn haben soll?«

»Ich weiß nicht«, antwortete der Kirchberger. »Wo steckt denn die Lena?«

»Der Michi hat sie vorhin in den Garten hinausgetragen«, ließ sich der Lukas, der vierjährige Knirps, vernehmen.

»Geh, Mariandl, und hol das Kind herein«, schaffte die Frau einem der beiden Mädchen an. Dann ging sie zurück zur Ofenbank. Ihr Schritt war schwer. Man sah, dass sie schwanger war und Mellas Augen hingen wie gebannt an ihr.

Es dauerte gar nicht lange, bis die Kinder zurückkamen. Das Mariandl hatte jetzt die Lena auf dem Arm.

Andreas Murr hielt den Atem an. Das Kindchen hatte nichts als ein blau gestreiftes Hemdchen am Leib, war braun gebrannt und hatte helles Haar. Ein recht zerzaustes, kurz geschnittenes Haar. Unter der kleinen Stirn aber leuchteten tatsächlich zwei seltsam schöne blaue Augen, mit denen es groß, fast ein wenig ängstlich, auf die fremden Leute schaute. Der Kirchberger trat hinzu und hielt der Kleinen einen Finger zum Spielen hin, mit dem es sich auch sogleich beschäftigte.

Mella benahm sich ein wenig steif. Sie sah wohl das Kind, sah, dass es hübsch war, und sah auch die leuchtenden Augen ihres Mannes. Da wusste sie, dass sie das Kind nehmen würde, auch wenn es ihr weniger gefiele.

Als ob das Kind es gefühlt hätte, dass in der fremden Frau noch ein wenig Ablehnung verborgen war, streckte es plötzlich die Händchen nach Mella aus und lächelte zum ersten Mal, seit man es hereingetragen hatte.

Mella konnte nicht anders, als es in den Arm zu nehmen. Und als Lena die kleinen Händchen ihr um den Hals legte und das flaumweiche Gesichtl an ihre Wange schmiegte, war es Mella zumute, als wäre ein Eisklotz in ihr zersprungen und eine glühende Flamme der Liebe und Zuneigung züngle in ihr hoch bis in die letzte Pore hinein.

Andreas trat nahe neben sie und fragte flüsternd und mit leuchtenden Augen: »Nehmen wir's?«

Mella konnte nicht antworten. Sie hatte Tränen in den Augen und nickte nur stumm.

Hinter der kleinen Gruppe machte sich jetzt der Kirchberger wieder bemerkbar.

»Na? Hab ich zu viel versprochen?«

»Nein, keineswegs«, antwortete Andreas. »Wir werden es also zu uns nehmen.«

In diesem Augenblick schrien und klagten die Stimmen der vier Kirchbergerkinder durcheinander. Am meisten wehrte sich Michi, der ältere von den Buben. Tränen kullerten aus seinen haselnussbraunen Augen.

»Nein, die Lena muss dableiben! Ihr werdet doch unsere Lena nicht hergeben!«

Das Mariandl spreizte sich noch eigensinniger und drohte mit ihrem hellen Stimmlein, dass sie mit der Lena in den Wald laufen und nie mehr wiederkommen werde.

Schließlich schaltete sich die Kirchbergerin mit einem Machtwort ein.

»Ruhe jetzt und schaut, dass ihr hinauskommt! Aber sofort!« Sie öffnete weit die Tür und die Kinder trollten sich hinaus. Am lautesten schluchzte der Michi. Dann wollte die Kirchbergerin Mella das Kind abnehmen, aber es hielt sich mit seinen Händchen krampfhaft an deren Hals fest.

»Als ob sie es spüren tät, wohin sie in Zukunft gehören soll. Und glauben Sie mir, Frau, so ein kleines Kind fühlt, wo man ihm gut gesonnen ist. Ich sag Ihnen ganz ehrlich, wenn ich nicht selbst wieder eines erwarten tät, ich könnte die Lena nicht weggeben. Bloß heut – nein, heut dürfen Sie sie noch nicht mitnehmen. Das käm uns alles zu plötzlich!«

»Könnten wir ja noch gar nicht. Wir sind ja nicht darauf vorbereitet«, lachte Andreas und schaute Mella an. »Zunächst brauchen wir wohl einen Kinderwagen und ein Kinderbett. Und Wäsche wohl auch, meine ich.«

»Ein bissl Wäsch ist ja da«, meinte die Kirchbergerin zu ihren Gästen.

»Behalten Sie das ruhig für sich«, sagte Mella. »Sie können es ja brauchen.«

»Freilich, freilich«, grinste der Kirchberger und wies mit

dem Kinn auf seine Gattin hin. »Weihnachten sind wir wieder einmal so weit.«

»Und wie steht es denn mit den Papieren? Sind irgendwelche Urkunden da?«

»Eigentlich nicht. Plonner heißt sie halt. Lena Plonner«, lächelte der Kirchberger wehmütig. »Und am dritten Mai ist sie geboren.«

»Dann wäre sie jetzt fünf Monate alt«, antwortete Andreas und dann wurde vereinbart, dass man das Kind am Dienstag abhole.

Als es dann ans Abschiednehmen ging, war es Mella, die das Mädchen am liebsten gleich mitgenommen hätte.

»Hoffentlich überlegen sie es sich bis zum Dienstag nicht wieder anders«, sagte sie in heimlichem Bangen, als sie wieder beim Feldkreuz auf dem Hügel ankamen. Diesmal setzten sie sich nicht nieder. Hatten sie sich auf dem Herweg nur bei den Händen gehalten, so gingen sie jetzt Arm in Arm. Mellas Gesicht leuchtete vor Glück.

»Ein liebes Dingerl«, sagte Andreas einmal in das Schweigen hinein. »Am besten hat mir das kleine Stupsnäschen gefallen. Wie ein Barockengel schaut sie aus.«

»Ein Milchflascherl muss ich auch besorgen«, erinnerte sich Mella.

»Ja, und einen Schnuller wird sie auch noch brauchen«, spann Andreas den Faden weiter.

Ach, wie kurzweilig der Weg plötzlich war! Einmal liefen sie sogar ein Stück über einen Hügel hinunter. Hinter einem gelb leuchtenden Birkenstrauch hielten sie dann an und küssten sich.

Am Himmel hatten sich Wolken angesammelt, und im Westen war er schon wie ein weit gespanntes graues Tuch.

»Es wird doch nicht regnen am Dienstag, wenn wir das Kind holen?«, sorgte sich Mella.

»Das macht dann auch nichts«, lachte Andreas. »Ich gehe dann mit einem Regenschirm neben euch her. Ich, der Vater, der Bildhauer Andreas Murr. Wir werden am besten in Bichl ein Taxi nehmen. Oder eine Kutsche mit zwei Schimmeln bespannt! Auf keinen Fall können wir so ganz schlicht mit dem Kinderwagen auf der Landstraße daherfahren. Was meinst du, Mella?«

»Das sehe ich auch so, Andi.«

Schneller, als sie dachten, waren sie wieder in Steinkirchen. Am ersten Haus, an dem sie vorbeikamen, hörten sie Gitarrenklänge. Sie blieben stehen, lauschten und erkannten Fernandos melodische Stimme, die ein venezianisches Liebeslied sang. Sehen konnten sie niemanden, denn Fernando und die Seffi saßen hinter dem Haus, von keinem Blick zu treffen.

Als sie beim Neuwirt vorbeikamen, blieb Andreas stehen.

»Ich glaube, Mella, diesen Tag müssten wir feiern.«

»Ja, Andreas, das sollten wir. Beginnt nicht ein ganz neues Leben für uns?«

»Kein neues Leben, nur ein schöneres.«

Sie betraten die geräumige Wirtsstube, die voll besetzt war. Mit knapper Not fanden sie noch Platz, der ihnen von ein paar Bauern geboten wurde, die enger zusammenrückten. Vor einem Vierteljahr hätten sie sich noch breiter gemacht, damit die »Reingeschneiten« keinen Platz gefunden hätten. Seitdem aber hatte sich manches geändert. Man wusste längst, dass dieser Murr kein gewöhnlicher Steinmetz war, sondern ein Bildhauer, ein Künstler, und zugleich ein vollwertiger Kerl, der es gewagt hatte, dem Distoller Trotz zu bieten.

Der Sägewerksbesitzer saß am Ofentisch und würdigte die Murrs keines Blickes. Er redete auf einen jüngeren, breit gewachsenen Burschen ein, der nur manchmal zustimmend nickte, selbst aber kaum etwas sagte. Andreas fragte seinen Nachbarn zur Linken, wer das sei, und erfuhr, dass es der Sareiter-Matthias war, dem es wohl wichtiger schien, hier in der rauchgeschwängerten Gaststube zu sitzen als bei Sabina zu sein.

Dann kam das Kind ins Haus.

Es gab wohl selten zwei so aufgeregte Menschen wie Andreas und Mella Murr. Alles war auf einmal wie umgewandelt, das Haus war von einer Fröhlichkeit erfüllt, die in allen Winkeln nistete. Es roch nach Windeln und Kinderpuder, nach Zwieback und abgekochter Milch.

Andreas war noch närrischer als Mella. Mella trug die neue Würde mit einer Gelassenheit, als ob sie schon das sechste Kind großziehe. Er aber rannte alle Augenblicke aus dem Atelier herüber.

»Hat es nicht gerade geschrien, Mella?«

Nein, es hatte nicht geschrien. Es lag ganz still in seinem winzigen Bett, das Mella mit einem rötlichen Seidenstoff ausgefüttert hatte.

»Wenn sie aufwacht, dann ruf mich sofort«, verlangte er, ging wieder ins Atelier und formte den heiligen Sebastian in Ton, damit die zwei Italiener etwas zu meißeln hatten, wenn er auf seine große Reise ging.

Wenn Mella Lena badete, schaute er zu, streckte seine Hand ins Wasser, ob es auch nicht zu heiß sei, und wollte alles genau wissen, falls er mit dem Kind einmal allein fertig werden müsste.

»Das Trockenlegen ist auch eine Wissenschaft für sich«, meinte er. »Wo du das nur alles so gelernt hast, Mella?«

»So etwas kann man einfach«, erklärte sie ihm lächelnd und er glaubte noch nie ein solch schönes Leuchten in ihren Augen gesehen zu haben. Wie goldene Punkte glänzten ihre Pupillen. Dann schauten sie wieder beide in das Bettchen hinein. Eine lange Zeit, bis Mella sich aufrichtete und eine Haarsträhne hinters Ohr strich.

»Wenn ich es nicht ganz genau wüsste, Andi, könnte ich meinen, du wärst wirklich der Vater.«

Verblüfft starrte er sie an.

»Aber, Mella, du weißt doch, ich habe genau wie du keine blasse Ahnung, wer ihre Mutter ist.«

»Das weiß ich doch! Aber schau einmal genau hin. Sie hat das Grübchen am Kinn wie du. Die blauen Augen und dein blondes Haar. Auch die beiden Grübchen in den Wangen, wenn sie lächelt.«

Benommen schaute er wieder ins Körbchen. »Tatsächlich, du hast Recht, Mella.«

»Natürlich ein Zufall, weiter nichts. Wie wollen wir sie eigentlich nennen? Solange sie klein ist, geht ja dieses Herzilein und Mausi. Später aber ...«

»Lena gefällt mir eigentlich recht gut«, unterbrach er sie, »obwohl es ein sehr ungewöhnlicher Name ist.«

»Bleiben wir doch bei Lena. Lena Murr«, sprach er langsam vor sich hin und kostete die Silben nach wie schweren Wein. »Klingt eigentlich wunderbar. Findest du nicht auch, Mella?«

»Vorerst aber heißt sie noch Plonner.«

»Ja, aber nicht mehr lange. Sowie ich von meiner Reise zurückkomme, kümmere ich mich darum, wie die Adoption vonstatten gehen kann. Der Kirchberger hat beim Jugendamt schon gemeldet, dass Lena bei uns ist und wir sie adoptieren wollen. Und dann wird sie selbstverständlich unseren Namen haben. Niemand kommt dann auf den Gedanken, dass es nicht unser Kind sein könnte.«

»Niemand, meinst du? Aber die Zeit stimmt doch gar nicht! Sie ist ja schon bald ein halbes Jahr.«

»Ach so«, meinte er nachdenklich. »Da wird mir schon noch etwas einfallen. Wir haben sie bisher einfach in einem Heim gehabt. Das könnte man doch sagen?«

Mella wusste, dass man das nicht sagen konnte. Warum sollte man auch? Aber sie wollte ihm seine Freude nicht nehmen.

Und was die Reise betraf: Am liebsten wäre er jetzt nicht mehr gefahren. Das Kind war wie eine Kette, die ihn ans Haus fesselte. Eine kleine, goldene, süße Kette.

An diesem Abend sagte die Hahnerin auf dem anderen Hügel drüben zu ihrem Mann: »Haben sie denn beim Murr drüben ein Kind bekommen, weil Windeln im Garten hängen?«

Der Hahner schaute seine Bäuerin verblüfft an. »Wie soll denn ich das wissen? Am Sonntag jedenfalls hab ich die beiden noch beim Neuwirt gesehen. Da hab ich nichts gemerkt.«

»Ja, bis du so etwas merkst!«

Dann reiste Andreas ab zur Enthüllungsfeier seiner Brunnenfigur. In Mantel und Hut erkannte ihn Lena wahrscheinlich nicht, denn sie verzog weinerlich das Mündchen und klammerte sich ängstlich an Mella. Erst als er den Hut abnahm, glättete sich das Gesichtchen und die beiden Grübchen waren wieder da.

»Also, sei schön brav, Lena, bis ich wiederkomme. Ich bringe dir etwas Schönes mit.«

»Grrrr«, machte die Lena, weil sie das am besten konnte.

Andreas griff Mella unters Kinn und küsste sie.

»Gib mir Obacht auf unsere Tochter. Heute Nacht hat sie einmal recht arg geschrien.«

»Das machen die Zähne, die kommen wollen.«

»Was? Jetzt schon?«

»Ja, die ersten vier spitzen schon raus.«

»Komisch ist das schon eingerichtet«, lachte er. »Wenn die Zähne kommen, bereiten sie Schmerzen, und wenn man sie verliert, wieder. Alles andere entwickelt sich schmerzlos bei einem Menschen, bloß die Zähne nicht. Da muss der Herrgott etwas vergessen haben.«

»Hast du wenigstens nichts vergessen?«, fragte Mella lächelnd.

»Ich glaube nicht.« Er griff nach dem kleinen Reisekoffer und setzte den Hut wieder auf. »Also, mach's gut, Mella.«

Mella stand mit dem Kind auf dem Arm unter der Tür und sah ihm nach. Plötzlich blieb er stehen und kehrte nochmals um.

»Wenn etwas sein sollte, Mella, dann ruf nach dem Doktor.«

»Aber, Andi, was soll denn mit mir schon sein?«

»Ich meine doch das Kind. Aber natürlich dich auch. Man kann ja nie wissen. Auf alle Fälle muss jetzt ein Telefon her. Man könnte ja nicht einmal einen Arzt anrufen, wenn man ihn plötzlich brauchte.«

»Ja, Andi. Aber nun musst du wirklich gehen. Du versäumst sonst noch den Bus. Und sei ganz ohne Sorge, Andi. Mach dir nur ein paar recht schöne Tage! Der Winter wird jetzt doch recht einsam sein bei uns hier.«

»Jetzt nicht mehr«, lachte er und deutete auf das Kind. Dann ging er endlich.

Andreas Murr kehrte nicht erst nach acht Tagen, wie es vorgesehen war, zurück, sondern bereits nach drei. Mella konnte es kaum fassen, als sie ihn über den Hügel mit weiten Schritten heraufkommen sah, und ging ihm entgegen.

»Dass du schon kommst, Andi? War es nicht gut?«

Er stellte den Koffer und eine große Pappschachtel zu Boden und schloss Mella in die Arme. Er war so froh daheim zu sein.

Verlegen und unsicher schaute er in ihre Augen.

»O doch, Mella, es war sehr schön. Aber ich hatte solche Sehnsucht nach euch. Was macht die Kleine?«

Mella hängte sich beglückt in seinen Arm ein und trug in der anderen Hand die Pappschachtel.

»Es ist alles in schönster Ordnung. Im Augenblick schläft sie. Was hast du denn in dieser Schachtel?«

»Lauter Geschenke für euch.«

Sein erster Weg war ans Bettchen. Er betrachtete das Kind mit mehr Entzücken als die Brunnenfigur bei der Enthüllung.

»Ich hätte ein Telegramm schicken sollen, dann wäre sie vielleicht wach geblieben«, meinte er.

Mella zog ihm den Kopf herab und rieb ihre Stirn an der seinen.

»Aber, Andi, was bist du für ein großes Kind!«

»Ja, du hast Recht, Mella. Mit so einem Kind kann man selbst wieder zum Kind werden. So – aber jetzt raus aus diesem einengenden Zeug.«

Eine Viertelstunde später saß er unten in der Stube im bequemen Lodenanzug. Draußen ging ein grauer Nieselregen nieder und der Wind sang um die Ecken des Hauses. Mella hatte Feuer gemacht im offenen Kamin. Die Buchenscheite krachten und verbreiteten behagliche Wärme im Raum.

Vom Atelier herüber hörte man das feine Meißelschlagen der beiden Italiener, aber es drängte Andreas gar nicht, hinüberzugehen, so sehr war er überwältigt vom Glück des Daheimseins. Er zog Mella an sich heran und erzählte ihr alles, was er gesehen und erlebt hatte. Dazwischen horchte er immer wieder, ob das Kind noch nicht erwache.

Endlich hörte man sein feines Stimmchen, ein wenig schlaftrunken noch. Sofort stand er auf, nahm es heraus und setzte es auf seinen Schoß.

»Ja, ja, Liebling«, schäkerte er. »Nun bin ich wieder bei euch.«

Inzwischen hatte Mella die Geschenke ausgepackt. Die »Mitbringsel« für sie waren wertvoll und praktisch. Die Geschenke für das Kind aber waren herrlich unsinnig. Was sollte ein Mädchen, das gerade anfing allein zu sitzen, mit einem Malkasten oder mit einer Eidechse, die davonlief, wenn man sie aufzog? Das einzig Vernünftige war der große Teddybär aus weinrotem Samt mit zwei blitzenden Glasaugen. Wenn man ihn auf den Bauch legte, schrie er.

Zu diesem Teddybären fand die Lena auch gleich ein inniges Verhältnis und er blieb ihr Spielgefährte über eine schöne Reihe von Jahren hinweg.

»Das geht ganz schnell und dann hat sie unseren Namen«, hatte Andreas Murr gesagt. Dabei hatte er nicht an die behördlichen Stolperdrähte gedacht und den wunderlichen Papierkrieg, den es da gab, wenn man ein Kind adoptieren und ihm seinen Namen geben wollte.

Zuerst musste er nach Bichl zum Jugendamt fahren. Von innerem Schwung erfüllt, bereit, alles schnellstens hinter sich zu bringen, betrat Andreas den Raum, den man ihm gewiesen hatte. Vielleicht waren seine Vorstellungen wirklich ein wenig falsch gewesen. Er hatte nämlich gedacht, dass man ihm sogleich dankbar die Hand drücken und sagen würde: »Gut, dass Sie sich endlich dazu entschlossen haben, Herr Murr. Wir haben schon lange darauf gewartet!«

Der Beamte, mit dem er zu tun hatte, schien überhaupt auf niemanden gewartet zu haben, denn er beschäftigte sich gerade mit einem Käsebrot und trank zuweilen aus einer Thermosflasche einen Schluck Tee. Er war entsetzlich mager und trug eine Brille.

»So, so«, sagte er dann endlich. »Ein Kind wollen Sie adoptieren. Tja, dann wollen wir mal sehn.« Er lehnte sich weit zurück, spreizte die Fingerspitzen gegeneinander und schaute zum Fenster hinaus. »Sie haben also selbst keine Kinder und werden auch keine bekommen?«

»Leider nein. Sonst würden wir ja keines adoptieren.«

»Das ist nicht immer gesagt. Es gibt Ehen, die waren zehn Jahre kinderlos, und dann kam plötzlich ein Kind. Auf alle Fälle muss ihre Frau zunächst ein ärztliches Zeugnis neueren Datums beibringen.«

Hier runzelte Andreas bereits die Brauen »Wieso?«, fragte er. »Das steht ja längst fest, dass meine Frau keine Kinder bekommen kann.

»Ich halte mich lediglich an meine Vorschriften.« Er hob seine Stimme ein wenig, die sowieso schon hell war. »Ein Adoptivkind«, sagte er, »darf nie Ehekitt sein. Sinn unserer Arbeit ist einzig und allein, für das Wohl des Kindes zu sorgen. Aber nehmen Sie doch Platz, Herr –«

»Murr«, antwortete Andreas bereits mit hochroter Stirn.

»Andreas Murr, von Beruf Bildhauer, falls Sie meinen Namen nicht schon gehört haben sollten.«

»Ich wüsste nicht, in welchem Zusammenhang. Aber nehmen Sie Platz.«

»Das hätte ich auch ohne Ihre Einladung getan«, knurrte Andreas. »Ich komme nämlich nicht als Bittsteller, sondern um ein gutes Werk in die Tat umzusetzen. Damit wir uns klar sind, Herr –«

»Mein Name steht draußen an der Tür. Priller. Also, wie ich bereits erwähnte: Ein Adoptivkind soll kein Ehekitt sein.«

»Wer sagt Ihnen denn, dass meine Ehe aus dem Leim gegangen ist und gekittet werden muss?«

»Das habe ich nicht behauptet. Aber es ist in sehr vielen Fällen so.«

Andreas schwieg eine Weile und dachte nach, dass doch ein Funken Wahrheit daran war. Es fielen ihm die harten Auseinandersetzungen der letzten Zeit ein und wie nahe Mella ihm durch das Kind jetzt plötzlich wieder an sein Herz gerückt war. Viel bescheidener geworden, fragte er:

»Also, wie ist es nun überhaupt? Können wir ein Kind adoptieren oder nicht?«

»Ich werde Ihnen einen Fragebogen mitgeben, den füllen Sie genau aus und schicken ihn mir ein. Dann werden wir einmal nachsehen, wo und wann ein Kind vorhanden ist zur Adoption.«

»Aber wir haben das Kind ja bereits im Haus!«

»Ach so? Das ändert die Sache etwas. Sie können das Kind vorerst nur als Pflegekind betrachten. Und dann wird das alles nochmals genau überprüft werden. Sie müssen nämlich wissen, Kinder fordern viel Kraft und Liebe.«

Es klang sehr salbungsvoll. Aber weil Andreas die Realität akzeptierte, schwieg er und stand auf. Es wurden ihm eine Menge Formulare ausgehändigt. Dann konnte er wieder gehen. Er war sehr missmutig geworden.

Drei Tage später kam eine Fürsorgeschwester, nachdem Andreas mit viel Ärger die Fragebögen ausgefüllt hatte. Was die alles wissen wollten!

Eine schon ältere Frau mit schmalem Spitzmausgesicht und schnell umherhuschenden Augen tat außerordentlich freundlich, fast zu süßlich, um in Andreas nicht gleich Misstrauen hochschnellen zu lassen.

Sie sah sich das Haus an und fragte, ob das Kind ein eigenes Zimmer haben werde.

»Jawohl«, sagte Andreas bissig. »Auch ein eigenes Bad, wenn es die Vorschrift verlangt.« Mella stieß ihn heimlich an. Sie fühlte seine Gereiztheit.

Die Frau vom Jugendamt blieb weiterhin freundlich, konstatierte nur bei sich: ein rabiater Kerl. Genau, wie der Distoller ihn geschildert hatte, bei dem sie vorher Erkundigungen eingezogen hatte, denn es war eben auch amtsbekannt, dass dieser Sägewerksbesitzer in Steinkirchen für alles zuständig war.

Dann begutachtete sie das Kind. Hier gab es wirklich nichts zu beanstanden. Die Lena machte einen sehr gepflegten

Eindruck und lag in blütenweißer Wäsche in ihrem Bettchen. Vielleicht hatte der Distoller doch ein bisschen übertrieben. Nun, sie würde ja auch noch beim Bürgermeister und im Pfarramt nachfragen. Mella Murr jedenfalls machte den besten Eindruck auf sie, der noch verstärkt wurde, als ihr ein recht gutes Frühstück vorgesetzt wurde. Den Mann musste man eben nehmen, wie er war, und Schwester Eugenie nahm sich vor, der Frau zuliebe ihren Bericht günstig abzufassen.

Merkwürdigerweise erhielt sie beim Bürgermeister eine gute und im Pfarrhof eine noch viel bessere Auskunft über die Leute im Murrhäuschen. Und als sie beim Pfarrer die Äußerung des Sägewerksbesitzers Distoller vorbrachte, der den Murrs jede Eignung als Adoptiveltern absprach, wurde der geistliche Herr richtiggehend zornig.

»Das kommt nur daher, weil der Distoller mit diesen beiden grundgütigen Menschen schon von allem Anfang an verfeindet ist. Schreiben Sie das in Ihren Bericht getrost hinein und vergessen sie nicht, dass ich, der Pfarrer von Steinkirchen, die Sache nur wärmstens befürworten kann.«

Das war aber noch lange nicht alles. Andreas musste noch unzählige Male nach Bichl. Und weil er es möglichst schnell hinter sich bringen wollte, fuhr er fast jeden zweiten Tag dorthin, verband das Unangenehme mit dem Nützlichen und nahm gleich Fahrunterricht.

Eines Tages kreuzte er mit einem Wagen auf, einem gebrauchten Ford, silbergrau und noch recht ansehnlich. Er war somit der erste Wagenbesitzer in Steinkirchen und erregte damit den Neid des Distoller dermaßen, dass er wieder einmal zu grübeln hatte, wie er dem von da drüben eins auswischen könnte. Lange musste er darüber nachdenken, bis er auf den Gedanken kam, in das Strafgesetzbuch hineinzusehen. Und da stand es schwarz auf weiß, dass man ein Auto nicht in einem offenen Schuppen unterstellen dürfe, sondern dafür eine festgebaute Garage haben müsse.

Prompt kam drei Tage später der Polizist Hingerl ins Murrhäuschen, der dem Bildhauer irgendwie gewogen war. Als forschrittlicher Mensch las er die Kulturnachrichten der

Zeitung und wusste daher, wie man den Bildhauer Murr in der rheinischen Stadt geehrt hatte. Das brachte er zunächst auch an und meinte:

»Unsere Leut hier verstehen davon freilich nichts. Und überhaupt, wo der Pfennig geschlagen ist, da gilt er nichts.« Dann eine scharfe Wendung des Kopfes. »Und ein Auto haben Sie jetzt auch?«

»Jawohl, auch ein Auto.« Andreas war geradezu stolz, es zeigen zu können. Hingerl verstand nichts von Autos, aber er tat so, als kenne er sich gut damit aus. Zum Schluss sagte er wohlmeinend:

»Allerdings dürfen Sie es hier nicht unterstellen, Herr Murr. Die Vorschrift lautet, dass dazu eine feuerfeste Garage nötig ist.«

»Aha«, sagte Andreas. »Darauf seid ihr aber merkwürdig schnell gekommen. Immerhin, ich werde eine Garage bauen. Das machen die zwei Italiener in drei Tagen.«

»Ja, aber vorher müssen Sie noch einen Bauplan einreichen. Sie brauchen doch eine Genehmigung.«

»Das auch noch?«

»Es ist leider Vorschrift.«

»Aber jede Vorschrift hat doch eine Möglichkeit, umgangen zu werden«, lachte Andreas. Und Hingerl lachte mit, ließ sich die Brotzeit gut schmecken und räumte nachher ein, dass der Bauplan eventuell auch noch nachträglich eingereicht werden könne.

Nun erwiesen sich die Ziegelsteine der herausgerissenen Zwischenwände doch noch als recht nützlich. Der hässliche rote Steinhaufen hinter dem Haus verschwand auf diese Weise. Die Steine reichten gerade zu einer Garage, die Guido so meisterlich hinstellte, als sei er ein Maurermeister und kein Steinmetz.

Der Herbstwind strich über das Land, fuhr zuweilen heftig in das Laub der Bäume und riss es zu Boden. Nur die Astern hinter den Zäunen leuchteten noch in satten Farben, als wüssten sie, dass sie noch gebraucht würden für das Allerheiligenfest.

Am See wurde es ruhig. In der Frühe verhüllten ihn zarte Nebelschleier, die sich erst gegen Mittag auflösten. Die Touristen waren abgereist, es wurde wieder recht still in Steinkirchen und man fand nun Zeit, sich mehr den Ereignissen zu widmen, die sich rundherum so abspielten.

Und das war gar nicht wenig. Die Murrs hatten ein Kind bekommen und sich ein Auto angeschafft, was sich als ein richtiger Segen erwies, denn als der kleine Sepperl vom Harlander kürzlich eine akute Blinddarmentzündung hatte, fuhr der Bildhauer ihn, ohne lange darum gebeten werden zu müssen, nach Bichl ins Krankenhaus, wo der Bub sofort operiert wurde. Man sagte, dass es allerhöchste Zeit gewesen sei. Nur etwas später und der Bub wäre verloren gewesen.

Was Andreas Murr eine Selbstverständlichkeit gewesen war, machte nun als Lied vom braven Mann die Runde über die Bauernhöfe der engeren und weiteren Umgebung, aber was noch mehr die Runde machte, war das Gerücht über die Sabina vom Sägewerk, die es mit dem schwarzhaarigen Guido haben sollte, dem größeren der beiden Steinmetze, die der Bildhauer Murr ins Dorf gebracht hatte.

Die Seffi zeigte sich öffentlich mit ihrem wuschelhaarigen Fernando. Also lohnte es sich hier nicht besonders, beim Kramer Harlander oder beim Metzger Hirl darüber zu tratschen. Die Sabina aber trieb es heimlich. Der Jäger Vinzenz sollte sie schon ein paar Mal im Moor gesehen haben. Sonst hatte man zwar keine Beweise, es wurde nur getuschelt darüber und es gab fast niemanden, der dies dem Distoller nicht gönnte, wenn daraus vielleicht auch eine Tragödie werden sollte.

Es wurde fast eine Tragödie.

Einen Tag, bevor Guido und Fernando wieder in ihre Heimat zurückkehren wollten, erschien der alte Sareiter im Sägewerk und verlangte den Distoller zu sprechen.

Sabina war gerade allein in der guten Stube und brachte neue Vorhänge an, nachdem bereits das ganze Haus dem gründlichen Kirchweihputz unterzogen worden war. Ihre Bürozeit begann ja erst um zwei Uhr.

Jakob Sareiter war ein Hüne von einem Mann, breit wie ein

Kleiderschrank, mit einem mächtigen Kopf auf einem kurzen Nacken. An den Ohrläppchen trug er zwei kleine goldene Plättchen, so wie alte Schäfer sie noch zuweilen tragen. Man sagte, dass dies gegen Augenentzündungen helfe. Beim Sareiter konnte es aber auch Eitelkeit sein, denn seine Augen waren keineswegs entzündet, sondern blickten im Gegenteil mit eindringlicher Schärfe auf Sabina, als wollte er sie mit seinen Blicken durchbohren. Erst dann sagte er mit auffallender Betonung:

»Grüß dich, zukünftige Schwiegertochter.«

Immer noch auf der Bank stehend, schaute Sabina etwas unsicher in das breite, von gesunder Röte überzogene Gesicht mit dem kleinen graumelierten Schnurrbart unter der klobigen Nase. Er hielt den Kopf ein wenig schief und im Schein des Fensterlichtes blitzte an dem einen Ohr das Goldplättchen.

»Grüß dich, Sareiter.«

Der Sareiter hängte seinen Gehstock an die Ofenstange und öffnete die Knöpfe seiner Lodenjacke. Dann wandte er sich wieder an das Mädchen, das mittlerweile von der Bank gestiegen war.

»Ich hab dich eigentlich schon lange nimmer gesehen, Sabina. Es ist ja schon bald eine Ewigkeit her, dass du bei uns gewesen bist. Aber ich muss sagen, immer schöner wirst du. Sapperlot! Dreißig Jahre jünger müsst man halt sein und ledig.« Er schickte ein trockenes Lachen hinter seinen Worten her. »Macht aber nichts, Sabina. Ich vergönn meinem Buben gern so was Sauberes.«

Sabina verlor ihre anfängliche Sicherheit und streckte sich. »Kommst du zufällig vorbei, Sareiter, oder brauchst du den Vater?«

»Ja, den brauch ich. Wo steckt er denn?«

»Er wird noch seinen Mittagsschlaf halten.«

»Was?«, fragte der Sareiter verdutzt. »Beim helllichten Tag schläft der?« Er schüttelte verständnislos den Kopf. Dass ein Bauernmensch sich nach dem Mittagessen, noch dazu an einem Werktag, schlafen legte, das ging ihm nicht in seinen

Schädel. Und für ihn war der Distoller nun einmal nichts anderes als ein Bauernmensch, auch wenn er sich dort, wo man es nicht so genau überprüfen konnte, Holzkaufmann nannte.

Kaum hatte der Sareiter sich gesetzt, kam der Distoller herein und bot in seinem Aufzug ein recht lächerliches Bild. Links und rechts vom Kopf standen ihm die Haare zu Berge, die Augen waren noch voller Schlaf, die Hosenträger schleiften hintennach.

»Du gefällst mir«, begrüßte der Sareiter ihn mit dröhnendem Bass. »Schläft der am helllichten Tag! Gibt's denn so was auch.«

In mürrischer Verdrossenheit knöpfte der Distoller seine Hosenträger fest. »Ich brauch den Mittagsschlaf. Mein Gesundheitszustand verlangt es.«

»Ah, da schau her. Ich hab gar nicht gewusst, dass du krank bis. Was fehlt dir denn?«

Das war die richtige Frage für den Distoller. Nichts tat er lieber, als von seinen Leiden zu erzählen. »Und der Blutdruck ist auch nicht in Ordnung«, schloss er seinen Bericht. »Meistens zu hoch. Besonders wenn ich mich ärgern muss.«

»Brauchst dich ja bloß nicht zu ärgern«, meinte der Sareiter gemütlich und dachte voll inniger Freude: Ich werde dich heute aber trotzdem ärgern müssen, ob es dir recht ist oder nicht …

Mittlerweile hatte auch der Distoller Platz genommen. Eine Weile herrschte Schweigen. Der Sareiter schaute den kleinen Rauchwölkchen seiner Virginia nach, die sich unter der niedrigen Stubendecke hinzogen.

»So schlecht beieinander bist du also«, sagte er dann. »Ich mein, du isst auch ein bissl zu viel. Ich hab überhaupt keine Beschwerden. Besonders gut sind bei mir noch das Gehör und die Augen.«

»Da fehlt bei mir auch noch nichts«, antwortete der Distoller.

»Sooo? Mir kommt es aber vor, als wenn du recht schlecht hören und sehen tätst.«

»Wie kommst denn darauf?«

»Oder du schläfst zu viel, dass du nicht merkst, was um dich vorgeht.«

Nun starrte der Sägewerksbesitzer den anderen doch etwas verdutzt an. »Was soll denn vorgehen?«

Der Sareiter ließ die Asche der Virginia in die hohle Hand fallen, weil kein Aschenbecher auf dem Tisch stand. Notgedrungen musste der Distoller aufstehen und einen holen.

»Mir kommt es vor«, sagte er dann, »als hätte dich heute ganz etwas Besonderes hergetrieben.«

»Na ja, so halb und halb. Ich hab mir halt gedacht, es ist an der Zeit, dass ich dein Gedächtnis einmal auffrische. Du weißt doch, was wir unter uns beschlossen haben.«

»Dass meine Sabina deinen Buben heiratet.«

»Ganz richtig. Und ich hoffe, dass du es dir nicht anders überlegt hast. Dann müsste ich dich natürlich daran erinnern, wer es damals, vor dreißig Jahren, gewesen ist, der den Bachschuster-Xandl gestochen hat bei der Rauferei.«

»Ich doch nicht!«, brauste der Distoller auf.

»Nein, du nicht. Ein Raufer bist du ja nie gewesen. Du hast dich immer recht schön im Hintergrund gehalten, wenn es einmal getuscht hat. Aber du hast den Gröbmaier-Hans angestiftet, dass er die Hand aufhebt zum falschen Schwur.«

»Geh, lass doch die alten Geschichten, die schon verjährt sind.«

»Ja, weißt, manchmal sind grad die alten Geschichten recht gut brauchbar. Und überhaupt, schrei mich nicht so an, sonst blas ich dich von der Bank runter.«

»In meinem Haus kann ich schreien, wie ich will.«

»Ganz recht«, nickte der Sareiter. »An dir liegt es aber auch, in deinem Haus besser auf Ordnung zu schauen.«

Der Distoller schnappte nach Luft und wurde rot über das ganze Gesicht. »Denk an deinen Blutdruck«, spöttelte der Sareiter und reckte den Kopf.

Der Distoller schluckte in ohnmächtiger Wut. »Also, was willst du eigentlich?«

Jakob Sareiter streifte bedächtig die Asche ab. Dann hob er seine Augen.

»Ich will haben, dass du als richtiger Vater deine Sabina darauf aufmerksam machst, was wir zwei vor sechs Jahren beschlossen haben, nämlich, dass sie einmal Sareiterin werden soll.«

»Ja, warum? Hast du da einen Zweifel? In meinem Haus geschieht immer noch das, was ich will.«

»Ausgenommen das, was sie dir nicht auf die Nase binden. Und selbst hast du ja keine Augen im Kopf, sonst hättest du doch schon längst merken müssen, was schon alle Spatzen von den Dächern pfeifen.«

»Was sollen die pfeifen?«

»Wenn du es schon wirklich nicht weißt, dann muss halt ich dir's sagen. Deine Sabina hat es doch mit einem Italiener vom Murr.«

Der Distoller erschrak so sehr, dass er ganz klein in sich zusammenkroch. Auf seiner Glatze standen Schweißperlen. »Das ist nicht wahr«, stöhnte er.

Der Sareiter betrachtete ihn mit spöttischem Lächeln. »Komm, komm, rutsch nicht ganz unter den Tisch und besinn dich lieber, was du tun musst.«

Stöhnend presste der Distoller seine Hand auf die Brust.

»Oh, mein Herz ...«

»Seit wann hast denn du das Herz auf der rechten Seite?«

Blitzschnell tappte die Hand auf die linke Seite herüber.

»Aber da ist bloß der Murr da oben schuld. Der hat die Italiener ins Land geholt.«

»Wenn du nur wieder jemanden hast, auf den du dich rausreden kannst! Der Mann da oben ist in Ordnung. Aber weil er dich nicht fürchtet wie die andern alle, darum verfolgst du ihn mit deinem Hass. Mich hat er kürzlich von Bichl in seinem Auto mitgenommen. Hätten wir lauter solche Leute!«

»Freilich, halt ihm nur die Stange, dem Steinklopfer! Und dann hör einmal gut zu, was ich dir sag. Schuld hat auch dein Matthias. Hockt stundenlang hier und redet kaum drei Worte. Recht viel Freud kann ein Mädl mit so einem sturen Klotz wie dem auch nicht haben.«

Der Sareiter nickte ernst. »Da muss ich dir recht geben. Ein Vielredner ist er nicht, mein Matthias. Aber eine grundehrliche Seel, die es nicht verdient, dass sie auf diese Weise hintergangen wird.«

»Ich werd ihr schon helfen, verlass dich drauf.«

»Jawohl, das tu ich auch. Ich verlass mich auf dich.«

In diesem Augenblick ging die Tür auf und die Distollerin kam herein.

»Was schreit ihr beide denn so? Man möchte meinen, es wäre der größte Streit ausgebrochen.«

Der Sareiter stand auf. »Nein, streiten tun wir nicht.«

Wütend schob sich der Distoller hinter dem Tisch hervor.

»Wo steckt denn deine saubere Tochter, die es hinter unserm Rücken mit den Italienern hält? Eine saubere Mutter bist du, die nicht hört und sieht, was los ist bei uns.«

Draußen war er.

Der Sareiter und die Distollerin standen jetzt voreinander. Und was der Sareiter vorher vermieden hatte, jetzt tat er es.

Er reichte ihr die Hand.

»Grüß dich Gott, Anna.«

»Grüß dich Gott, Jakob.«

Sie waren beide gleich groß. Sie sahen sich in die Augen mit einem Blick, in dem Erinnerungen aus längst vergangenen Zeiten zu läuten schienen. Der Mann lächelte ein wenig, bei ihr wurde es nur ein leises Zucken um die Mundwinkel. Dann fragte sie:

»Was habt ihr denn gehabt?«

»Ich hab ihm sagen müssen, dass die Sabina sich auf sich besinnen soll.«

Anna Distoller ließ den Kopf sinken. »Morgen fahren die Italiener fort.«

»Sie werden im nächsten Jahr vielleicht wiederkommen. Aber wie ich sehe, hast du es gewusst.«

»Die Sabina hat offen mit mir darüber gesprochen. Und weil ich weiß, was für eine Macht die Liebe sein kann, hab ich ihr nicht mit Gewalt einen Traum zerstören wollen.«

Über die Brauen des Sareiter zuckte es. In seiner Verlegenheit griff er mit Daumen und Zeigefinger in die Westentasche. Dann ein tiefer Atemzug.

»Was die Lieb für eine Macht ist, Anna, brauchst du mir nicht zu sagen. Das Schicksal hat es anders mit uns zweien bestimmt gehabt. Und weil wir nicht haben zusammenkommen können und dürfen, darum war es seit langem mein Herzenswunsch, dass wenigstens mein Matthias und deine Sabina zusammenkämen. Mit uns zweien –«

Die Frau sah ihn mit einem wehmütigen Blick an. »Lass die alten Zeiten ruhen, Jakob.«

»Ja, du hast Recht. Aber es wär dir nicht schlecht gegangen bei mir, Anna.«

»Das weiß ich, Jakob. Und vielleicht wäre mein Haar an deiner Seite noch nicht so grau geworden. Aber was will man machen? Es ist einem Menschen schon aufgesetzt, wohin und zu wem er einmal gehört. Ich glaube, in der Wiege ist das für ihn schon bestimmt.«

Ihre Blicke ruhten nochmals ineinander, lange und tief.

»Ich muss jetzt gehen, Anna.«

»Ja, Jakob.« Sie reichte ihm die Hand. »Recht oft werden wir uns im Leben ja nicht mehr sehen.«

»Bei der Hochzeit der Jungen halt«, antwortete er mit einem fernen Lächeln.

Ihre Hände trennten sich.

»Sei nur ganz ruhig, Jakob. Die Hochzeit wird sein. Verlass dich nur auf mich.«

Er nickte und ging. Die Distollerin schaute ihm vom Fenster aus nach. Wo sind die dreißig Jahre bloß hingekommen, dachte sie. Sie schloss die Augen und gedachte des Glücks eines Frühlings und kurzen Sommers, als sie beide noch jung gewesen waren.

Wie aus einem Traum erwachend, strich sie sich mit der Hand über die Augen und ging hinaus, denn sie hörte im Flur die zornige Stimme ihres Mannes, der gerade den Schlüssel zum Büro abzog und wie in satter Befriedigung vor sich hin knurrte:

»So, da drinnen kann sie jetzt bleiben, bis es morgen wieder Tag wird und der Italiener fort ist.«

Er schoss noch einen wütenden Blick auf seine Frau und rannte hinüber ins Sägewerk, um seinen Buben den Kopf zu waschen, weil sie auf ihre Schwester nicht besser Obacht gegeben hatten. Die armen Buben. Der Alfred war achtzehn, der Ferdinand neunzehn Jahre alt. Sie hatten noch keinen eigenen Willen und ließen mit geduckten Köpfen den brüllenden Zorn des Vaters über sich ergehen. Das Schreien des Sägewerksbesitzers übertönte fast das Kreischen der Sägeblätter. Danach, als er sich ausgetobt hatte, stieg er über die Baumstämme davon. Da erst blickte der Alfred auf und sagte ohne sonderlichen Respekt:

»Heut hat's ihn wieder einmal richtig, unsern Vater. Wart nur, bis ich volljährig bin! Dann wollen wir es einmal drauf ankommen lassen, wer besser schreien kann, er oder ich. Langsam wird's mir nämlich zu dumm. Arbeiten sollen wir wie zwei Akkordler und behandeln tut er uns wie Schulbuben. Und das alles für diese lausige Bezahlung!«

»Und dafür dürfen wir am Tag vierzehn Stunden arbeiten«, klagte der Ältere. Es klang aber weniger aufsässig, sondern eher wie die Resignation eines Menschen, der sich mit seinem Los abgefunden hatte.

Guido Dellatron hatte zwei Stunden am Moor beim Torfstadel gewartet und konnte nicht verstehen, warum Sabina nicht kam. Sie war sonst die Pünktlichkeit selbst und hatte ihn noch nie versetzt. Und ausgerechnet heute, zum Abschied, kam sie nicht.

Vom Dorf herüber schlug die Kirchenuhr zehn Uhr. Die Nacht war ohne Sterne. Ein weinerlicher Wind fegte übers Moor und seufzte in den entlaubten Birken.

Grell brannte die Hoflampe über dem Sägewerk und ließ im weiten Umkreis alles fast taghell erscheinen. War Sabina vielleicht krank geworden?

Die Sorge war es, die ihn dann unvorsichtig werden und eine halbe Stunde später in den Lichtkreis der Hoflampe treten ließ. Zwischen den Bretterstapeln schlich er auf das Haus zu, auf das kleine, vergitterte, aber erhellte Fenster des Büros, und ließ einen leisen Pfiff hören.

Das Fenster öffnete sich. Er sah die Umrisse von Sabinas Kopf zwischen den Eisenstangen und die Schwere fiel von seinem Herzen. Nun war alles wieder gut. In der Freude seines Herzens überquerte er den freien Platz vor dem Sägewerk. Da traf ihn ein kurzer, harter Anruf und gleich darauf wurde ihm eine Ladung Schrot vor die Füße geschossen.

Blitzschnell warf Guido sich zu Boden und wälzte sich hinter einen Bretterhaufen. Er fühlte einen brennenden Schmerz am linken Fuß. Auch an der Hand mussten ihn ein paar Schrotkörner erwischt haben. So wie er lag, verharrte er eine Weile, denn er nahm es durchaus ernst, was der Distoller ihm von der Haustür herüber zuschrie, dass er ihn zusammenschießen würde wie eine Katz, wenn er nicht augenblicklich verschwinde.

Dann hörte er Sabinas Stimme ganz deutlich durch das Rauschen des Mühlbachs zu sich herdringen:

»Guido, ich kann nichts dafür! Glaub mir, Guido –«

»Maul halten!«, schrie der Distoller dazwischen. Guido sah, wie der Mann zu dem erleuchteten Fenster trat und mit der Faust zwischen die Eisenstäbe hineinhieb.

Da wusste Guido, dass er Sabina nicht mehr sehen würde. In diesem Jahr wenigstens nicht mehr. Sich aufrichtend rief er hinüber: »Addio, Sabina. Arrivederci …«

Dann humpelte er im Schutz der Bretterstapel davon.

Zum Glück erwies sich die Verletzung als unbedeutend. Er hätte sie überhaupt verschwiegen, wenn es Mella am nächsten Morgen nicht aufgefallen wäre, dass Guido hinkte.

Guido suchte erst nach einer Ausrede. Doch als Andreas ihn etwas direkter befragte, gestand er die Wahrheit.

»Lass mal sehen«, verlangte dann Mella und Guido zog gehorsam das Hosenbein hinauf.

»Da kannst du noch von Glück reden«, meinte Andreas. »Das hätte auch ganz anders ausgehen können.«

Andreas brachte die beiden Italiener mit seinem Wagen nach Bichl zum Zug. So sehr Guido sich auch die Augen ausschaute, Sabina konnte er nirgends sehen. Dafür stand die Seffi am Wegrand, kurz hinter Steinkirchen, und trat entschieden einen Schritt vor, als das Auto herankam. Andreas musste halten. Die Seffi reichte dem Fernando eine kleines Päckchen in den Wagen, streckte dann ihre weißen Hände durchs Fenster und umschloss sein schmales Gesicht.

»Leb wohl, Fernando.«

»Im nächsten Sommer sehen wir uns wieder«, sagte er. »Wenn die Rosen blühn, bin ich wieder bei dir.«

Sie küsste ihn schnell und trat zurück. In ihrem Gesicht stand ein wehmütiges Lächeln.

›Ja, auf meinem Grab werden sie blühn ...‹, wollte sie sagen, verschwieg es aber, weil sie ihm das Herz nicht schwer machen wollte.

Langsam fuhr das Auto wieder an. Noch lange stand die Seffi winkend auf der Straße.

Fernando winkte zurück. Guido aber saß zusammengekrümmt auf dem Rücksitz und die Tränen liefen ihm über das Gesicht.

Ihm winkte niemand nach und von seiner herrlichen Sommerliebe war nichts geblieben als ein leichter, ziehender Schmerz im linken Bein.

Der Winter brachte krachende Kälte und blieb fast neunzig Tage über dem Land. Genau vom Advent bis in den März hinein. Um das Murrhäuschen lagen Mauern von Schnee und nur ein schmaler Weg, den Andreas ausgeschaufelt hatte, führte hinunter zum See.

Noch nie hatten die beiden eine so schöne und geruhsame Zeit verlebt. Sie sprachen es zwar nicht aus, aber beide dachten wohl dasselbe, wie schrecklich eintönig dieser Winter in ihrem Leben sein müsste, wäre das Kind nicht da. Um dieses Kind drehte sich jetzt ihr ganzes Dasein. Kaum eine Stunde hielt es Andreas im Atelier aus, dann trieb es ihn wieder hinüber in die Stube. in der sich bereits die Lena mit ersten Gehversuchen abmühte. Er hob sie hoch und erzählte ihr die unsinnigsten Sachen, was er alles mit ihr unternehmen würde, wenn sie einmal laufen könne. Mella stand mit glücklichem Lächeln daneben und meinte, im Frühling könne es vielleicht so weit sein.

Sie waren wie von der Welt abgeschnitten. Nur weil der Rauch sich so fröhlich in die klare Winterluft schlängelte, wusste man im Dorf unten, dass die da oben noch lebten. Kein Mensch kam zu ihnen. Höchstens einmal der Postbote, wenn er einen Einschreibebrief hatte. Die gewöhnliche Post steckte er unten beim Weganfang in den Holzkasten, den Andreas zu diesem Zweck angefertigt hatte.

Einmal in der Woche ging Andreas nach Steinkirchen und kaufte gleich für die ganze Woche die Lebensmittel ein. Eines Tages aber, in der Dämmerung, erschien plötzlich Sabina. Mella wie Andreas erschraken über ihr Aussehen, noch mehr aber über die Einsilbigkeit, mit der sie teilnahmslos am Tisch saß. Nur als Mella ihr die Lena für einen Augenblick in den Arm gab, weil sie am Herd etwas zu schaffen hatte, flog ein scheues Lächeln über die blassen Züge der jungen Frau.

»Bist du krank, Sabina?«, fragte Mella unvermittelt.

Langsam hob sie die dunklen Wimpern. »Krank? Ja, vielleicht. Aber es würde kein Doktor etwas bei mir finden.«

»Kenn ich schon«, lachte Andreas und gab sich absichtlich ein wenig raubeinig. »Seelischer Kummer. Weißt du was, Sabina? Trink mit mir einen anständigen Schnaps oder zwei. Dann schaut das Leben gleich wieder anders aus.«

Der Schnaps bewirkte, dass Sabinas Wangen sich etwas röteten und ihre Augen dunkler leuchteten. Sie hielt das Kind immer noch auf dem Schoß und über Lenas blonden Scheitel hinweg flüsterte sie den Namen Guido.

Andreas schenkte das Glas nochmals voll. Es war scharfer Zwetschgenschnaps, wie die Bauern hier ihn selbst brannten.

»Wenn es dich erleichtert«, sagte er, »sprich dir alles vom Herzen. Es bleibt unter uns, nicht wahr, Mella?«

»Natürlich bleibt es unter uns.«

Aber da erwies es sich, dass Sabina gar nicht wusste, wo sie anfangen und wo sie enden sollte. Es war von allem Anfang an groß und schön gewesen und nur die jungen Birken im Moor oder der Mond hätten erzählen können, wie tief das Glück der beiden Menschen gewesen war. Sabina hatte zum ersten Mal erlebt, was Liebe ist, Zärtlichkeit und warmes Geborgensein.

»Wir lebten so«, gab sie zu, »als sei die ganze Welt um uns ausgelöscht und es wären nur wir beide allein da. Aber es wird wohl so sein, dass hinter allem Glück auch schon das Leid steht. Das Schwerste von allem war für mich, dass ich mich nicht von Guido habe verabschieden können. Ich sah von meinem Gefängnis aus, wie er hier in den Wagen stieg und nahm es als kleinen Trost hin, dass er nicht schwer verletzt gewesen sein kann.«

»Es war unbedeutend«, sagte Andreas. »Es hätte aber auch tragisch werden können.«

»Ja, das weiß ich. Und ich hätte dann nie mehr eine ruhige Stunde in meinem Leben gehabt.« Sie lächelte müde. »Dein Schnaps macht mir warm. Ich darf jetzt keinen mehr trinken. Aber ich darf nicht vergessen, warum ich eigentlich hierher gekommen bin. Ich hätte eine große Bitte, Andreas.« Sie schaute auf Mella hin. »Vielleicht hilfst du mir dabei, Mella.«

»Gern, wenn ich kann. Worum handelt es sich denn?«

»Ich möchte dich bitten, Andreas Murr, dass du Guido nie mehr hierher holst.«

Andreas sah sie verdutzt an. »Wünscht das dein Vater, Sabina, oder du?«

»Ich wünsche es.«

»Ein sonderbarer Wunsch, Sabina.«

»Ja, ich weiß, vielleicht versteht ihr das nicht. In mein Leben ist Sonne hereingekommen und ich habe geträumt. Das steht uns Bauern nicht an. Die Wirklichkeit ist anders und man erkennt sie erst wieder, wenn alle Sterne erloschen sind. Man kann einmal vom Weg wegtaumeln zum Licht, aber dann muss man wieder zurück in den Schatten.«

Andreas und Mella sahen sich an. Der Mann erinnerte sich, wie auch sein Herz einmal entflammt war für dieses schöne Geschöpf. Etwas wie Mitleid regte sich in ihm.

»Und was wirst du jetzt tun, Sabina?«

Sabina blickte auf den Scheitel des Kindes hinunter. Ihre Lippen berührten leicht die kleine Stirn. Dann gab sie die Lena an Mella zurück und stand auf. Um ihren Mund zuckte es ein wenig.

»Ich werde Matthias heiraten und Guido im Herzen behalten«, sagte sie leise. Dann ging sie zur Tür. Von dorther wandte sie ihren traurigen Blick nochmals auf Andreas.

»Und was wirst du jetzt tun, Andreas Murr? Ob du an das denken wirst, um das ich dich gebeten habe?«

»Ja, Sabina, ich werde es tun. Guido ist zwar ein ausgezeichneter Bildhauer –«

»Ach, da unten gibt es doch so viele«, mischte sich Mella ein.

»Ja, aber keinen Guido Dellatron. Aber trotzdem, Sabina, ich werde ihn nicht mehr rufen.«

»Danke«, sagte Sabina und öffnete die Tür. »Vielen Dank euch beiden.«

Josefa Weidnacher starb im Frühling, als das Land in einem Rausch von Blüten stand und sie eigentlich zum Sägewerk Distoller hätte kommen müssen, um Sabinas Brautausstattung zu nähen.

Sie starb ganz schnell, verlosch einfach wie ein Licht. Am Sonntag war sie noch in der Kirche, als mit einem feierlichen Hochamt der heilige Sebastian in einer Seitennische aufgestellt wurde, an den Guido Dellatron als erster seine ungestüme Kraft gegeben und dem Andreas Murr die Züge des Leides in das feine Gesicht gemeißelt hatte.

Als wenn das ganze Dorf es nicht gewusst hätte, nannte der Pfarrer den Namen des hochherzigen Spenders in seiner Predigt mindestens dreimal und sagte, dass die Gemeinde Steinkirchen stolz sein könne, solch einen großen Künstler in ihrer Mitte zu haben.

Zwei Tage später fand man die Seffi tot in ihrem Bett. Durch einen Zufall sah sie die Steffen-Burgl, als sie mit einem Korb Kleinholz vom Wald herunterkam und neugierig einen Blick durch das Fenster warf.

Eine Stunde später läutete das Totenglöcklein vom Turm der Pfarrkirche. Die Haustür war vom Schmied gewaltsam geöffnet worden und die Frau des Totengräbers Hagdorf tat ihre traurige Pflicht an dem jungen Menschenkind. Was an weißer

Kleidung in dem zweitürigen Schrank zu finden war, zog sie der Seffi an. Die starren Hände brachte sie nur mühsam über der Brust zusammen, aber die Augen konnte sie nicht mehr schließen. Blau und groß waren sie aufgeschlagen und sprachen beredt von einem großen Glück und von einem großen Verzicht. Sie musste mit der Erinnerung an das große Glück bis in ihre letzte Stunde hinein erfüllt gewesen sein.

Ein solch glücklicher Ausdruck war Sabina Distoller nicht ins Gesicht geschrieben, als sie vier Wochen später an der Seite des Matthias Sareiter in einem festlichen Zug zur Kirche schritt, um ja zu sagen, als der Pfarrer sie fragte, ob sie ihrem Ehemann eine treue Frau sein und alles im Leben, auch das Leid, mit ihm teilen wolle.

Mella war in der Kirche gewesen und eilte nun rasch heimwärts, denn es war das erste Mal, dass Andreas mit der Lena ganz allein zu Hause war. Aber sie hätte sich gar nicht so zu beeilen brauchen, Andreas war ein wunderbarer Vater und es war nicht so, dass er in der Kinderpflege ganz unbewandert gewesen wäre. Zu oft hatte er Mella zugesehen.

»Und wie war es?«, fragte er.

»Sie war eine schöne Braut«, erzählte Mella. Aber daran zweifelte er sowieso nicht, und als er im Laufe des Nachmittags die Musik vom Tanzboden über den See tönen hörte, dachte er wieder daran, dass auch er einmal ein irrender Mensch gewesen war.

O ja, es war jetzt auch sonst alles in schönster Ordnung mit Mella und ihm. Andreas schaffte mit einer Lust wie noch nie. Nicht nur des Geldes wegen, das reichlich ins Haus floss. Aber vielleicht spielten die Gedanken an das Kind die beherrschende Rolle. Wie eine Blüte wuchs Lena in diesen Sommer hinein, begann zu laufen und war viel hinter dem Vater her.

Zuweilen nahm Mella sie auf den Schoß und sie schauten miteinander in den beginnenden Abend und in das brennende Abendrot über den Bergen. All ihre Gedanken mündeten in den inbrünstigen Wunsch, an diesem Kind recht zu handeln und es zu einem Menschen zu erziehen, der fest im Leben steht. Sie führte viele Gespräche mit dem Kind, wenn sie einmal für einen Tag allein waren, weil Andreas in der Stadt zu tun hatte.

»Weißt du, mein kleines Töchterlein«, sagte sie etwa, »ich werde immer für dich da sein, auch später, wenn du groß bist und vielleicht meinst, du brauchst die Mutter nicht mehr. Und an Liebe wirst du niemals einen Mangel haben. Du musst wissen, dass ganze Berge davon in meinem Herzen aufgespeichert sind für dich. Ich will so viel Liebe in dich hineinlegen, dass auch dann noch ein Rest für mich übrig bleibt, wenn du einmal erfahren solltest, dass ich nicht deine wirkliche Mutter bin. Aber das hat noch viel Zeit, mein Kind. Lass es dir für heute genügen, was ich dir erzählt habe, und wachse in ein glückliches Leben hinein ...«

Ja, so sprach Mella Murr mit dem Kind. Und die Lena hörte ihr mit halb offenem Munde und großen blauen Augen zu, als verstünde sie bereits jedes Wort. Dann sahen sie wieder zu den ziehenden Wolken hinaus, hinter denen der liebe Gott wohnte.

Zuweilen kam die Lehrersfrau mit ihrem jetzt fünfjährigen Ludwig herauf. Sie meinte immer Ratschläge geben zu müssen, wie man ein Kind erzieht. Sie stellte ihren Ludwig als Musterknaben hin und geriet mehr als einmal in Nörgelei über die Art, wie Mella die Lena aufzöge.

Bis Mella es sich einmal sehr ruhig, aber ganz bestimmt verbat.

Thekla Stiller war daraufhin ein wenig beleidigt und kam lange nicht mehr. Mella war darüber nicht traurig. Die Sommerwiesen waren deswegen genauso voller Margeriten, der süße Duft des Heues war da und die Äpfel rundeten sich im grünen Laub. Der See blaute in der Tiefe und es war jetzt schon so weit, dass Andreas seine kleine Tochter mit hinunternehmen und sie im Wasser planschen lassen konnte. Er ging jetzt überhaupt kaum mehr aus dem Haus, ohne dass er sie mitnahm. Sie saß neben ihm im Gras, wenn er fischte, und er erzählte ihr dabei Dinge, die zwar ein wenig anders klangen als Mellas Traumgerede, aber nicht minder schön waren.

»Wenn du einmal erwachsen bist«, konnte er sagen, »dann werde ich dich zum Tanz führen. Und wenn du noch erwachsener bist, dann werde ich Ausschau halten nach einem tüchtigen Mann.«

Und die Lena lächelte dazu, warf kleine Steinchen ins Wasser und patschte in die Hände vor Freude, wenn eine Forelle aus dem Wasser sprang.

Und die Jahre brausten dahin mit rauschenden Flügeln.

Lena Murr ging bereits zur Schule und hatte durchaus nicht den Ehrgeiz, dem Musterknaben Ludwig Stiller nachzustreben, den man nach der vierten Klasse bereits ins Gymnasium nach Bichl schickte.

Mager und schmal, braun gebrannt, die blauen Augen leuchtend von Sonnenlicht und Daseinsfreude, balgte sie sich mit den Bauernbuben herum, kam zwar selbst des Öfteren mit verkratztem Gesicht heim und leugnete nichts.

Der Hahner-Eugen habe die Brugger-Agnes an den Zöpfen gezogen und da habe sie sich dazwischengeworfen.

»Ich habe genau gezielt, Vater«, erzählte sie voller Genugtuung. »Mit der Faust genau zwischen die Augen, wie du es immer sagst.«

Mella war zwar nicht ganz so begeistert davon und stellte Andreas auch zur Rede, als sie am Abend allein waren.

»Ich weiß nicht, Andi, ob es recht ist, wenn du ihr solche Sachen beibringst.«

»Warum denn nicht?«, lachte er. »Sie soll sich ihrer Haut nur wehren! Oder wäre es dir lieber, wenn sie jeden Tag mit einem anderen Jammer nach Hause käme? Nein, nein, lass nur. Die wird schon recht. Weißt du übrigens, dass sie die beste Schwimmerin in der Schule ist? Mit ihren acht Jahren! Der Lehrer hat es mir gesagt.«

»Es wäre besser, wenn sie im Rechnen etwas günstiger abschnitte.«

»Ach, das kommt noch. Rechnen war auch meine schwache Seite.«

»Die ist es auch heute noch, Andi. Du hast zum Geld überhaupt kein Verhältnis. Sei bloß froh, dass du eine Frau hast, die alles zusammenhält.«

»Ich bin auch froh darüber«, gestand er. Es wäre ihm schrecklich gewesen, wenn er sich ums Geld hätte kümmern müssen. Genau genommen wusste er gar nicht, was einging, und auch nicht, was Mella auf die Raiffeisenkasse trug. Weil aber dort das Konto beachtlich anwuchs, stieg auch die Achtung vor den Murrs und selbst der Distoller zog unversehens einmal den Hut vor den Murrs, als sie an einem Sonntag, die Lena in der Mitte, von der Kirche über den Dorfplatz gingen. Er war im Ausschuss des Raiffeisenvereins und wusste über die Einlagen genau Bescheid. Seine Angst bestand nur mehr darin, dass dieser Murr sich vielleicht sogar einmal politisch betätigen und sich unter Umständen sogar zum Bürgermeister der Gemeinde aufschwingen möchte.

Daran aber dachte Andreas überhaupt nicht. Er tat manches für die Gemeinde. Er sprach im Verschönerungsverein ein gewichtiges Wort und stiftete ein paar Bänke am See für die Sommergäste. Aber sonst wollte er sich mit nichts befassen. Seine künstlerische Arbeit füllte ihn bis ins Letzte hinein aus. Immer wieder kamen neue Aufträge. »In Ihrem bewährten Sinn«, schrieben die Besteller dazu. Und wenn er sich in stillen Stunden alles genau überlegte, dann kam er zu der Erkenntnis, dass nur durch das Kind diese Wendung in sein Leben gekommen war. Das Ruhige, das Ausgeglichene. Er schauderte vor sich selbst, wenn er daran dachte, wie hilflos er vorher abzugleiten gedroht hatte und wie verkrampft er gewesen war.

Er begann bereits damit, Lenas Mädchenkörper in Stein nachzubilden. Sie war das geduldigste Modell, das er jemals gehabt hatte. Sie konnte stundenlang dasitzen, das Kinn in die kleine Hand gestützt und dabei die Augen unverwandt auf ihn gerichtet.

In so einer Stunde fragte er sie einmal:

»Wen magst du denn eigentlich lieber, Lena, mich oder die Mutter?«

Kaum hatte er den Satz ausgesprochen, bereute er es und

erkannte, wie unvernünftig und dumm solch eine Frage war. Aber das Kind lächelte nur und gab die Antwort:

»Ich hab euch beide gleich lieb.«

»Wie lieb denn?«

»Wie der Holderbusch seine Blüten«, antwortete sie.

Betroffen schaute Andreas sie an. »Ein sonderbarer Vergleich. Wie kommst du darauf?«

»Weil doch die Blüten aus dem Stamm herauswachsen, also gehören sie ganz eng zusammen und müssen einander lieb haben. Genau wie wir drei zusammengehören.«

Sie lachte nun selbst über ihren Vergleich, sprang auf und lief ins Haus hinüber zur Mutter.

Andreas legte Hammer und Meißel weg, zündete sich seine kurze Pfeife an und trat ans Fenster. Die Worte des Kindes hatten ihn nachdenklich gemacht. Sie wusste nichts anderes, als dass er ihr Vater und Mella ihre Mutter war. Aus diesem Grunde hatte er niemals Anstrengungen gemacht, ihrer Herkunft nachzuforschen. Es war wie eine Angst, dass er etwas erfahren könnte, was dieses herrliche Leben zu dritt zerstören könnte. Noch größer aber war die Angst, dass ihre leibliche Mutter plötzlich einmal auftauchen könnte. Sie war spurlos verschwunden, hatte ihr Kind einfach im Stich gelassen. Vielleicht war sie tot? Und wer war ihr Vater?

Er wedelte den Rauch vor seinem Gesicht weg, als ob er auch diese drückenden Gedanken von sich fortscheuchen wollte, die ihn in letzter Zeit immer öfter befielen, ohne dass er mit Mella darüber sprach. Er wusste gar nicht einmal, ob auch sie sich darüber den Kopf zerbrach. Es war ihm ganz recht, dass die Leute sagten, die Lena sähe ihm ähnlich. Sie konnten sagen, was sie wollten, nur eines durfte nicht geschehen: Lena durfte er nicht mehr verlieren. Sein ganzes Leben, seine Ehe waren zu sehr mit diesem Kind verbunden.

Er gab sich Mühe, jeden Charakterzug von Lena zu ergründen. Sie war ein ungebärdiges Kind, lustig und wie eine kleine Flamme, dann wieder anschmiegsam, zärtlich und von einer Freundlichkeit im Wesen, die oftmals erschütterte. Er beobachtete sie, wenn sie mit Puppen spielte. Wie sie manchmal mit gerunzelter Stirn eine schlug, obwohl sie selbst noch niemals einen Schlag empfangen hatte, weder von ihm noch von Mella. Es genügte ein trauriger Blick von Mella oder ein scharfes Wort von ihm und Lena wurde rot bis unter die hellen Haarwurzeln und nachgiebig wie ein Osterlämmchen.

Man konnte ihr einfach nicht böse sein. Hatte er einmal irgendwelche Sorgenfalten auf der Stirn, krabbelte sie sofort auf seinen Schoß und streichelte ihm mit der Hand über die Stirn. War Mella einmal bedrückt, hängte Lena sich so lange an ihren Rock und bettelte, ihr doch zu sagen, was sie habe, bis Mella wieder lächeln konnte.

So glitten die Tage in einem wundersamen Gleichmaß dahin, mündeten in die Wochen und Monate, und ehe man sich versah, war wieder einmal der Winter im Land.

In diesem Winter lernte Lena das Skilaufen. Andreas war ihr dabei ein ausgezeichneter Lehrer, und als von der Schule aus am Neujahrstag ein Skiwettkampf abgehalten wurde, ging Lena in ihrer Altersklasse als haushohe Siegerin durchs Ziel.

Bei dieser Gelegenheit sprach der Lehrer Stiller mit Andreas Murr.

»Wenn sie in allem so viel leisten würde wie im Sport, dann hätte ich keine Bedenken sie nach der vierten Klasse auf eine höhere Schule zu geben«, sagte er.

Andreas traf diese Mitteilung ziemlich unvorbereitet, denn er hatte noch nie daran gedacht, Lena auf eine höhere Schule zu schicken.

Der Höflichkeit halber fragte er: »In welchen Fächern ist sie denn besonders schwach?«

»Besonders schwach kann man nicht sagen, Herr Murr. Sie nimmt nur einfach alles auf die leichte Schulter. Manchmal ist sie mit ihren Gedanken überhaupt ganz woanders als beim Unterricht. Ihre schwächste Stelle ist das Rechnen.«

Andreas lächelte. »Das sagt in diesem Alter noch nicht viel. Denken Sie nur, meine schwächste Seite während meiner Schulzeit war das Zeichnen.«

Lehrer Stiller schielte über seine randlose Brille in das Gesicht des Bildhauers, ob dies nun Spaß oder Ernst sei. In diesem Augenblick sagte Frau Stiller:

»Was mich immer entsetzt, ist, wie sie sich mit den Buben rauft. Mein Ludwig tat dies in diesem Alter nicht mehr.«

Andreas juckte der Spottteufel. Er sah die Lehrersfrau mit halb zugekniffenen Augen an und sagte:

»Das hat sie von mir. Ich habe in der Schule für mein Leben gern gerauft und heute bin ich der zahmste Mensch.«

»Ach Sie«, lächelte Thekla.

Immerhin war an diesem Nachmittag etwas angeschnitten worden, das Andreas und Mella sehr beschäftigte.

Abends, als Lena schon im Bett lag, kam Andreas darauf zu sprechen.

»Hast du dir darüber eigentlich schon einmal Gedanken gemacht, Mella, ob wir Lena auf eine höhere Schule geben sollten?«

Sie schüttelte sofort abwehrend den Kopf. »Nein, überhaupt noch nicht.«

»So schnell solltest du nicht nein sagen, Mella. Zugegeben, Lena ist jetzt noch eine zerstreute Schülerin. Bei manchen Kindern fällt das Zehnerl eben erst später. Aber auf einmal erfassen sie alles und entwickeln ihre Fähigkeiten. Ich weiß nicht, Mella, ob wir ihr den Weg verbauen dürfen, wenn sie plötzlich Lust zeigen sollte, studieren zu wollen.«

Nur selten in ihrer langen Ehe hatte Andreas eine solch schroffe Ablehnung bei Mella erlebt. In ihren Zügen stand leidenschaftliche Abwehr.

»Ich bin grundsätzlich dagegen!«, stieß sie heraus.

»Und warum?«, fragte er ruhig.

»Ich will es dir ganz offen sagen, Andreas. Weil wir dann wieder allein sein würden.«

»Das stimmt. Aber ist das nicht egoistisch gedacht?«

»Mag sein. Aber warum muss sie denn studieren?«

Sie blieben lange auf in dieser Nacht und alles, was sie sprachen, drehte sich um Lena, um ihr Dasein und um ihre Zukunft.

Als sie sich endlich in ihre Schlafkammer zurückzogen,

standen sie noch eine Weile vor Lenas Bett, die mit roten Backen ruhig atmend dalag, die blonden Haare auf dem Kopfkissen ausgebreitet, die Händchen unter dem Kinn, indessen draußen ganz weich und lind, von einem singenden Wind getrieben, neuer Schnee fiel.

Sie sprachen dann nicht mehr davon, dass Lena auf eine höhere Schule solle. Sie beide wollten Lena so lange wie möglich im Haus behalten. Mella fing jetzt an das Mädchen in allerlei Haushaltskünste einzuführen und Lena nahm alles furchtbar ernst. Einmal durfte sie für den Vater Spiegeleier machen und grünen Salat. Wie wichtig sie das nahm! Den Kopf in die aufgestützten Hände gelegt, saß sie ihm gegenüber, sah ihm bei jedem Bissen zu und wartete sehnsüchtig darauf, dass er ihr ein Lob spende. Andreas wusste das nicht und sagte es erst, als er fertig war.

»Das hat mir gut geschmeckt.«

Da konnte Lena sich nicht mehr zurückhalten. »Und weißt du, wer das gemacht hat?«

»Vielleicht gar du?«

»Ja, ich! Und Mutter hat mir versprochen, dass sie mir noch andere Gerichte beibringt.

»Donnerwetter«, lachte Andreas, »dann können wir Mutter bald einmal in einen Urlaub schicken.« Er zog sie zu sich auf die Knie. »Was willst du denn einmal werden, Lena?«

Die dünnen, schön geschwungenen Brauen zogen sich eng zusammen.

»Was ich werden will? Bin ich denn nicht schon deine Tochter?«

»Ja, natürlich. Und was für eine Tochter!« Er rieb eine Wange an der ihren und Lena kicherte hellauf.

»Ui, deine Bartstoppeln! Wie das kitzelt!«

»Moment, ich werde mich gleich rasieren. Und dann gehen wir beide endlich einmal wieder zum Fischen.«

An den Abenden klang das Sensendengeln von den Höfen ringsum und der Jasmin duftete süß und betörend.

Um diese Zeit, die so fröhlich angefüllt war vom brausenden Leben in der Natur, kroch ein dunkler Schatten an das Murrhäuschen heran.

Eines Tages kam Lena mit völlig zerkratztem Gesicht von der Schule heim. Sie sah zerschundener aus als jemals zuvor. Auch war sie, im Gegensatz zu sonst, schwer bedrückt.

Mella erschrak bei ihrem Anblick und bekam ihren todtraurigen Blick.

»Aber Lena, musst du denn immer raufen? Wie schaust du denn heute bloß aus! So schlimm war es ja noch nie. Wer hat dich denn bloß so zugerichtet?«

»Die zwei Schönbeck-Buben schauen noch schlimmer aus«, antwortete Lena triumphierend. »Die habe ich zugerichtet, dass sie wahrscheinlich zum Doktor müssen.«

»Um Gottes willen«, erschrak nun Mella wirklich bis ins Herz hinein. »Was ist denn da los?« Sie zog den Stecker vom Bügeleisen heraus und nahm Lena in die Arme. »Also, was hat es gegeben?«

Lena, sonst die Offenheit selbst, senkte den Kopf. Die Unterlippe zuckte ein wenig, als ob sie weinen wollte. Mella griff ihr unter das Kinn und hob ihren Kopf hoch. Aber Lena hielt die Augen geschlossen. Tränen rannen unter den Wimpern hervor.

»O diese Lügenbolde«, schluchzte sie.

Mella versuchte nun ganz ruhig zu sein, strich dem Mädchen über das Haar und wischte ihm mit ihrem Taschentuch die Tränen weg.

»Was sagen sie denn, die bösen Buben?«

»Sie sagen – sie sagen –« Ein neuer Tränenstrom erstickte die weiteren Worte. Endlich öffnete Lena die Augen. In ihrem tränenverschwommenen Blick lag abgrundtiefe Trauer.

»Sie sagen – dass du nicht meine richtige Mutter bist.«

Mella war zumute, als setze ihr Herzschlag aus. Alle Farbe schwand aus ihrem Gesicht. Ihr Mund wurde ganz schmal. Nun war der Schlag da, den sie immer befürchtet hatte. Sie musste sich Gewalt antun, um nicht laut loszuweinen.

»Und – du glaubst es?«, fragte sie mit einer Stimme, in der kein Klang mehr war.

»Eben nicht. Ich habe dann gleich zugeschlagen.«

»Armes, armes Kleines«, schluchzte Mella nun laut auf und drückte das Mädchen so eng an sich, als ob sie es zerdrücken wollte in ihrer namenlosen Qual. Sie überlegte krampfhaft, was sie nun sagen solle, und fand nicht den Mut zur Wahrheit. Sie musste zuerst mit Andreas darüber sprechen. Andreas aber war an diesem Tag ausgerechnet nach München gefahren und kam voraussichtlich erst am Abend zurück. So raffte sie sich auf, säuberte zunächst einmal das zerkratzte Gesichtchen und klebte über ein paar böse Risse kleine Pflaster.

»So, und jetzt isst du erst einmal schön. Und morgen tut das schon nicht mehr so weh.«

»Es tut überhaupt nicht weh, Mutter. Aber ich habe das doch nicht auf dir sitzen lassen können. Ich werde mir jetzt immer ein Messer mitnehmen, und wenn sie es nochmals sagen, töte ich sie.«

»Um Himmels willen, Lena! Was fällt dir denn ein? Du würdest bloß dich und uns unglücklich machen damit.«

»Dann dürfen die also lügen, wie es ihnen passt?«

»Es sind dumme Buben, die nicht wissen, was sie reden. Was haben sie denn eigentlich gesagt?«

Lena hatte ihren ärgsten Schmerz schon wieder vergessen. Sie machte sich mit wahrem Heißhunger über das Essen her und erzählte so zwischenhinein:

»Angegangen ist es damit, dass die Zeilinger-Marie gesagt hat, ich soll nicht so angeben. Jeden zweiten Tag hätte ich ein anderes Kleid an und immer käme ich so daher, als sei ich etwas Besseres.«

Also der Neid, dachte Mella. Es war ihnen ein Dorn im Auge, dass Lena immer sehr schön angezogen war.

»Dann habe ich sie gebeutelt«, erzählte Lena weiter. »Daraufhin haben die zwei Schönbeck-Buben der Marie geholfen und der Bertl hat mich angeschrien: ›Was willst denn du überhaupt, du Bankert! Bild dir bloß nicht so viel ein. Du gehörst ja gar nicht den Murrs. Wer weiß, wo du herstammst! Vielleicht haben die Zigeuner dich verloren!‹ Und dann – dann habe ich eben zugeschlagen.«

Mella saß stocksteif da. Es war, als habe sie etwas Eiskaltes angerührt. Über den lachenden Himmel ihres Glücks zogen tiefe Schatten. Im Augenblick aber konnte sie nichts anderes tun, als den Kopf schütteln.

»Du musst nicht traurig sein, Mutter«, lachte Lena jetzt voll Übermut. »Ich hab es ihnen schon anständig gegeben.«

»Darum geht es jetzt nicht, mein Kind. Solche Reden schleichen von Haus zu Haus. Ich weiß noch nicht, was ich tun werde. Muss da erst einmal mit deinem Vater sprechen.«

Aber es kam nicht viel heraus bei dieser Aussprache. Andreas war zunächst selbst wie vor den Kopf geschlagen, bloß ließ er sich nicht in diese tiefe Verzweiflung treiben, von der Mella beherrscht wurde. Er überlegte lange und erwog die Lage nach allen Richtungen hin. Dann war sein Entschluss gefasst.

»Hör einmal zu, Mella. Bei allem, was wir für Lena getan haben – es war immer nur gut gemeint. Wir brauchen uns keinen Vorwurf zu machen. Trotzdem lässt es sich nicht leugnen, dass wir beide den Kopf in den Sand gesteckt haben. Ich habe immer gewusst, dass der Tag einmal kommen würde, an dem wir ihr die Wahrheit würden sagen müssen. Nur wollte ich damit noch warten, bis sie älter ist. Im Augenblick können und dürfen wir es noch nicht tun. Es wäre ein zu großer Schock für das Kind. Sie würde aus allen Wolken fallen. In zwei Tagen beginnen die großen Ferien. Sie kommt dann kaum mehr mit den Kindern zusammen. Und bis die Schule wieder angeht –«

»Also eine Galgenfrist?«, fragte Mella in schmerzlicher Bitterkeit.

»Bis dahin können wir uns überlegen, auf welche Weise wir es ihr beibringen, ohne dass es zu schmerzlich für sie ist.«

»Wir werden uns dabei bloß in Lügen verstricken, Andi, denn was wissen wir schon von ihren wirklichen Eltern? Gar nichts eigentlich.«

»Das überlass nur mir, ich werde schon einen Ausweg finden.«

Lena erwähnte in den nächsten Tagen nichts mehr von der Sache und den Murrs kam es dann so vor, als sei nur ein grauer Schatten vorübergeweht und alles sei wieder in Ordnung.

Die großen Ferien hatten begonnen. Leuchtend stand das reifende Korn auf den Feldern, goldschimmernd der dunklere Buchweizen. Die Gerste wurde so hell wie Lenas Haar, die mit einer vorher nie gekannten Lust und Fröhlichkeit die Tage in Sonne und Wind verbrachte. Ihr Gesicht, ihre Arme und Beine waren braun gebrannt wie dunkel gebeiztes Holz. Über ihrem Näschen tanzten ein paar lustige Sommersprossen und die Augen schimmerten in einem merkwürdigen Blau.

Sie war viel am See unten. Andreas hatte ein schlankes Ruderboot gekauft. Es trug den Namen »Almrose« und gehörte Lena. Der ganze weite See gehörte ihr, das Sprungbrett und das Schilf samt den kleinen Enten, ja selbst der Himmel, der sich über allem spannte, die Wolken und die Sonne und der Wind.

Am schönsten war es in aller Frühe, wenn sie unter dem großen Apfelbaum gefrühstückt hatten und Lena dann mit dem Vater hinunterlief zum See. Die Mutter nahm sich höchstens am Nachmittag ein paar Stunden Zeit. Die übrigen Stunden war Lena allein. Es war auch am Abend so beglückend schön, über den stillen See zu rudern, wenn die Sonne rotglühend im Wasser versank.

Da geschah es eines Tages – Lena lag an ihrem Lieblingsplätzchen in der kleinen, schmalen Bucht, wo das Schilf hoch stand; der See war seltsam ruhig, ein sonderbar weiches Schwingen war in der Luft und der Wind rauschte geheimnisvoll im Schilf –, dass sich plötzlich jemand neben sie warf. Erschrocken drehte sich Lena um und sah, dass es Ludwig Stiller, der Lehrerssohn, war.

»Habe ich dich erschreckt?«, fragte er lachend.

»Ich habe dich nicht kommen hören«, antwortete sie und stützte sich auf die Ellbogen.

Er war jetzt vierzehn Jahre alt, ein hübscher Bursche mit

kurz geschnittenem dunklem Haar. Er zog die Knie an und verschränkte die Hände darüber. »Wie braun gebrannt du schon bist! Freilich, wer es so schön haben kann wie du! Jeden Tag am See und ein eigenes Boot! Meine Mutter sagt, es ist nicht recht, dass man dich so verwöhnt.«

»Was geht denn das deine Mutter an?«

»Gar nichts. Hast Recht. Würdest du mich auch einmal mit deinem Boot fahren lassen?«

»Wir können miteinander fahren, wenn du Lust hast.«

»Ob ich Lust habe?« Er drehte sich abrupt zu ihr herum. »Wenn du nur etwas älter wärst, Lena, dann könntest du meine Freundin sein. Bei uns auf der Realschule haben alle schon eine Freundin und bekommen Liebesbriefe.«

Lenas Augen wurden dunkel vor Verwunderung und erwachender Neugier und um ihre Verlegenheit zu verbergen sagte sie schnell: »Wollen wir jetzt rudern?«

Sie sprangen gleichzeitig auf und liefen zum Boot, in dem Lena ihr Kleid liegen hatte.

Ludwig durfte rudern. Lena lag am anderen Ende des Bootes, hatte die Hände hinter dem Kopf verschränkt und die Augen geschlossen. Sie war immer noch nicht fertig mit der ungeheuren Neuigkeit, dass Ludwig bereits Liebesbriefe bekam und vielleicht auch selbst schon welche schrieb. Er kam ihr auf einmal sehr erwachsen vor und sie fühlte sich geschmeichelt, dass er sie in sein Vertrauen zog. Sie öffnete die Augen und blinzelte zu ihm hin. Seine Bewegungen, mit denen er die Ruder führte, waren ruhig und kraftvoll.

»Sag einmal, Ludwig, hast du auch schon – solche Briefe geschrieben?«

»Natürlich. Man ist doch verpflichtet, Briefe zu beantworten.«

Lena sah ihn mit großen Augen an. Ludwig beugte sich ein wenig vor. »Deine Augen!«, sagte er. »Margit hat auch blaue Augen. Aber ganz anders. Die deinen sind dunkler, wie Tinte.«

»Wer ist Margit?«

»Meine Freundin. Wenn du schon älter wärst, würde ich

dir auch einmal einen Brief schreiben und dich sogar küssen, aber du bist ja noch ein Kind.«

»Recht viel mehr bist ja du auch noch nicht«, antwortete Lena und fügte noch die trockene Feststellung hinzu: »Du bildest dir bloß einen Haufen ein. Rudere jetzt ans Ufer, es wird Zeit, dass ich heimgehe.«

Er biss sich auf die Lippen, drehte aber mit einigen Ruderschlägen gehorsam das Boot.

»Warum bist du denn so böse auf mich?«

»Ich bin dir doch nicht böse«, sagte sie nach einer Weile angestrengten Nachdenkens. »Du – was lernt man denn auf so einer höheren Schule alles?«

»Oh, viel, was man fürs spätere Leben einmal braucht oder auch nicht braucht, Französisch, Englisch, Latein.«

»Wie heißt zum Beispiel Boot auf lateinisch?«, wollte Lena wissen.

»Navis«, sagte er.

»Dann gibt es also für alles auch andere Namen? Für die Engel auch und für die Riesen und Nixen?«

Ludwig stieß das Boot mit einem kräftigen Ruderschlag in den Ufersand. Er lächelte überlegen. »Diese Dinge gibt es doch alle nicht, Lena. Auch kein Christkind und keine Feen. Alles Quatsch.«

»Dann lügst du«, schrie Lena zornig. »Meinst du, dass meine Mutter mir davon erzählen würde, wenn es das alles nicht gäbe?« Sie nahm ihr Kleidchen an sich und sprang aus dem Boot, wollte davonlaufen. Da fasste er sie am Arm.

»Bleib noch ein wenig, Lena«, sagte er bettelnd. »Versprich mir, dass du daheim nichts erzählst von allem.«

»Warum sollte ich lügen? Ich darf doch sagen, dass ich mit dir beisammen war.«

»Das schon, ja. Aber das von den Briefen. Ich habe es dir doch bloß erzählt, weil du die einzige in diesem Nest hier bist, mit der ich reden kann. Gib mir dein Ehrenwort, dass du schweigen wirst.«

Sie sah ihn lange an. In ihren Augen leuchtete es auf. Dieser große, hübsche Junge verlangte von ihr ein Ehrenwort. Sie nahm das ungemein wichtig. Es ehrte sie und schmeichelte ihr zugleich und sie schlug kräftig in seine dargebotene Hand.

»Ehrenwort«, sagte sie, »und ich werde es halten!«

»Das weiß ich. Und du wirst auch das für dich behalten, wenn ich dir sage, dass du mir immer schon von allen Mädchen am besten gefallen hast. Vielleicht werde ich dich später einmal heiraten!«

Lenas Gesicht war von einer flammenden Röte übergossen. Ihre Brauen zogen sich nachdenklich zusammen. Langsam drehte sie sich um und ging den Hügel hinauf. Einmal wandte sie den Kopf zurück. Ludwig stand immer noch auf dem gleichen Fleck. Er hatte die Arme über der Brust verschränkt. Sein Oberkörper leuchtete weiß in der Sonne. Er durfte ja von seiner besorgten Mutter aus nur baden gehen, wenn kein Wind wehte und die Sonne nicht zu unbarmherzig niederbrannte.

Nichts war gewesen als ein bisschen Wichtigtuerei von Ludwigs Seite. Und doch war Lena aus ihrer kindlichen Traumwelt aufgeschreckt und musste über vieles nachdenken.

Am anderen Tag hatte sie es schon wieder vergessen, lag wieder unten am Seeufer, war ganz allein und blieb es auch, denn es wehte ein frischer Wind von den Bergen. Ludwig durfte deshalb nicht zum Baden gehen und außerdem hatte seine Mutter gesagt, dass dieser »verzogene Fratz« vom Murrhäuschen kein Umgang sei für einen angehenden Studenten.

Tiefer, verletzender und schmerzlicher war der Stachel, den Lena ein paar Tage später zu spüren bekam.

Die Mutter hatte sie ins Dorf geschickt zum Metzger. Allerliebst, die blonden Haare am Hinterkopf mit einer blauen Schleife zusammengebunden, in einem geblümten Dirndlkleidchen und mit braunen Sandalen stand sie im Laden und forderte mit ihrem hellen Stimmchen, ungeachtet der anderen Frauen, die neben ihr standen:

»Der Rostbraten muss gut abgelagert sein.«

In diesem Augenblick fragte die Frau des Molkereibesitzers Grünauer: »Wem gehört denn das nette Mädchen?«

Die Metzgersfrau klopfte das Fleisch für den Rostbraten und antwortete: »Dem Bildhauer Murr.«

»Ach, das ist die Kleine, die die Murrs angenommen haben?«, fragte die Grünauerin wieder und übersah den warnenden Finger, den die Metzgermeisterin an die Lippen legte. »Ist die schon so groß? Kind, hast du ein Glück gehabt! Solche Adoptiveltern hätte ich mir auch gewünscht.«

Es war, als lege sich ein schweres, dunkles Tuch über Lena. Ihre Finger zitterten so sehr, dass sie kaum das Geld aus dem kleinen Täschchen brachte, und ihr »Auf Wiedersehen« klang wie ein Schluchzen.

Dann stand sie draußen. Die Sonne schien wie vorher. In den Kastanienbäumen vorm Neuwirt sangen die Vögel. Auf den Anlagebänken saßen zufriedene Menschen, Kinder, die in den Ferien hier sein durften, tummelten sich im See. Alles war noch genauso wie vor einer halben Stunde, als sie mit ihrem Boot herübergerudert war.

Und doch war alles mit einem Schlag ganz anders geworden.

In die Seele des Kindes war etwas Dunkles gefallen und lag wie ein Klotz dort, der nun den Atem beengte und den Hals wie mit einer Schlinge zuschnürte, dass es zu einem lauten Aufschrei nicht mehr ausreichen konnte.

Nun wusste sie es genau. Die Murrs waren nicht ihre Eltern. Nur angenommen war sie. Eine Welt stürzte in ihr zusammen. So weh tat das alles! So entsetzlich weh!

»Jede Lüge kommt eines Tages ans Licht«, pflegte die Mutter immer zu sagen. Warum hatten die Eltern ihr die Wahrheit verschwiegen? Die Eltern? Wer waren denn überhaupt ihre richtigen Eltern? Warum verschwieg man ihr das? Hatte sie sich ihrer zu schämen?

Sie zog das Boot ans Ufer und band es fest, tat alles mechanisch, kaum dass sie es wusste. Im Aufblicken sah sie oben die Mutter zwischen den Bäumen Wäsche aufhängen. Aus dem Atelier tönte das helle Meißelklopfen.

Schritt für Schritt ging Lena hinauf und wusste nicht, wie sie nun ihre große Not verbergen sollte. Aber sich verstellen, das hatte sie nicht gelernt. In ihrem jungen Leben war alles offen, alles ohne Hinterhältigkeit und Lüge und den Eltern hatte sie bisher nichts verschwiegen als das Geheimnis, dass Ludwig Stiller sie später vielleicht heiraten würde.

Und so begriff Mella auch sofort, als sie das Kind so langsam daherschleichen sah, dass etwas passiert sein musste. Sie hängte das eine Wäschestück noch auf, dann ließ sie die Arme sinken.

»Lena, was ist denn? Du bist ja ganz blass!«

Mit gesenktem Kopf blieb Lena vor Mella stehen. Es sah wie Trotz aus, was tiefster Schmerz war. Dann hob sie langsam den Kopf. In ihrem Blick war brennende Not.

»Mutter, warum lügt ihr mich an? Ausgerechnet ihr, die ihr mich gelehrt habt, immer die Wahrheit zu sagen?«

Mella spürte den Schreck fast schmerzhaft bis in ihr Herz hinein. Mit dem Instinkt einer Frau, die immer in Angst vor einer Entdeckung gelebt hatte, fühlte sie sofort, was Lena mit ihrer Frage meinte.

»Warum habt ihr mir verschwiegen, dass ihr mich – bloß angenommen habt und dass ihr gar nicht meine wirklichen Eltern seid?«, fragte Lena weiter.

Nun wusste Mella, dass sich die Wahrheit nicht mehr länger verschweigen ließ. Aber sie hatte allein zu wenig Kraft, die richtigen Worte zu finden, um das Kind aus seinem Jammer zu erlösen. Sie drehte den Kopf und rief in das helle Meißelgehämmer. »Andi, komm!«

Über dem Apfelbaum sang eine Lerche. Sie flatterte aus dem Laub und schraubte sich in die Lüfte, bis sie nur mehr wie ein winziger Punkt hoch oben stand.

Den weißen Mantel geöffnet, die Ärmel hochgekrempelt, den Hammer noch in der Hand, kam Andreas heraus. Im Sonnenlicht sah man, wie grau seine Schläfen bereits wurden.

»Was ist denn los?«, fragte er unsicher, als er die beiden verstörten Gesichter sah.

»Lena«, sagte Mella mit zitternder Stimme, »willst du deine Frage nicht noch einmal stellen, dass auch der Vater sie hört?«

Lena sah dem Vater ins Gesicht. Sie war so ruhig und vertrauensvoll wie immer. Und plötzlich schossen ihr die Tränen in die Augen, und ehe Andreas sich versah, flog sie in seine Arme.

»Oh, Vater, warum habt ihr mir nie gesagt, dass ihr mich bloß angenommen habt?«

Andreas fiel vor Schreck der Hammer aus der Hand. Er schluckte heftig, sein Adamsapfel trat unnatürlich groß hervor. Seine Hand streichelte über die blonden Haare des Kindes und über die heftig zuckenden Schultern.

»Wer sagt dir denn das?«

»Im Metzgerladen haben sie es gesagt.«

Hilfe suchend ging Andreas' Blick in Mellas Augen hinein. Sie zuckte nur müde die Schultern. Dann schlug sie aufschluchzend beide Hände vors Gesicht und rannte ins Haus.

Andreas aber hob Lena vom Boden auf, wischte ihr mit dem Zipfel seines Kittels die Tränen fort.

»Komm, mein Kind. Ich werde dir alles sagen.«

Er führte sie ins Atelier, setzte sich ihr gegenüber auf einen Felsblock und begann umständlich seine Pfeife zu stopfen. Der große, starke Mann war nichts als Verlegenheit. Er hatte nicht den Mut, in Lenas hilfeflehende Augen zu schauen. Es war zu schwer einen Anfang zu finden.

Die Pfeife brannte jetzt. Er hielt sie zwischen den Zähnen, rückte ein wenig näher und nahm Lenas Hände in die seinen. »Ja«, quälte er sich dann. »Das ist nun so, liebe Lena –«

Er machte ein paar heftige Züge und nahm die Pfeife aus dem Mund. »Einmal hättest du es doch erfahren müssen. Ich wollte damit nur warten, bis du älter bist und die Dinge auch verstündest. – Denk einmal genau darüber nach, ob du jemals das Gefühl gehabt hast, dass wir nicht deine Eltern wären. Eine wirkliche Mutter hätte dich nicht inniger lieben können.«

»Dann ist also die Mutter wirklich nicht meine Mutter?«, fragte nun Lena dazwischen.

»Nein, das ist nämlich so, weißt du – deine wirkliche Mutter ist tot.«

Er betrachtete ihr Gesicht genau. Sie erschrak nicht, sie zuckte mit keiner Wimper, sah ihn nur groß an.

»Tot«, sagte sie dann. »Aber du hast sie doch gekannt?«

Eine neue Sackgasse, eine neue Öffnung ins Dunkel, in dem er sich nur verirren konnte. Das Kind tat ihm auf einmal so schrecklich Leid. Und war es denn nicht tausendmal besser, ein Leid, das sich sowieso schon groß genug vor so einem kleinen Menschenkind auftürmte, mit einer Lüge aus Mitleid zu bemänteln?

»Ja, natürlich habe ich sie gekannt«, sagte er.

Wieder der große, fragende Blick. »Ist sie schön gewesen, die Mutter?«

»Sie war wunderschön«, log er weiter und zeichnete ein so herrliches Bild von der Frau, die er niemals im Leben gesehen hatte. »Und einmal, da warst du noch ganz klein, ließ sie dich bei guten Leuten zurück, weil sie in der Stadt etwas besorgen wollte. Dabei kam sie dann zu Tode.«

Lena fragte nicht, wie sie zu Tode gekommen sei. Der Ausdruck ihrer Augen verlor immer mehr die düstere Schwermut.

»Und als du das gehört hast, dann hast du mich gleich zu dir geholt?«, fragte sie.

»Ja, sofort.«

Lenas Brauen bewegten sich in strengem Nachdenken. Dann nickte sie impulsiv. »Ich bin so froh, dass wenigstens du mein richtiger Vater bist.«

Andreas schaute starr über ihren Scheitel hinweg in die Ecke, wo eine halbfertige Madonna mit dem Jesuskind stand. Die Lüge, dachte er. Diese entsetzliche Lüge. Musste er ihr jetzt nicht die ganze Wahrheit sagen?

Nein, er brachte es nicht übers Herz. Das Kind müsste ja aus allen Himmeln stürzen. Er wusste aus mancherlei Äußerungen, wie grenzenlos stolz sie auf ihn war und wie sie schon manchmal geprahlt hatte: »Pah, was ist dein Vater schon? Er kann hinterm Pflug gehen oder eine Sense dengeln. Aber kann er vielleicht einen Erzengel in Stein schlagen oder einen heiligen Sebastian? Das kann nur meiner.«

Ja, Lena hing an ihm mit einer abgöttischen Liebe. Sie hatte zu oft schon von allerhand Leuten zu hören bekommen, was sie alles von ihm geerbt hätte, die blauen Augen, das blonde Haar, auch dieses schnelle, burschikose Zurückwerfen des Kopfes hatte sie. Vielleicht, so hieß es, erbt sie auch noch sein künstlerisches Talent.

Andreas, der jetzt wieder Meißel und Hammer an sich genommen hatte und am Sockel eines Reiterstandbildes weiterarbeitete, ganz sinnlos, nur um sich zu sammeln, wandte den Kopf zurück.

»Nun bin ich neugierig, ob du meine tapfere Tochter bist. Geh hinüber zur Mutter und versuch, dir nichts anmerken zu lassen. Bedenke, dass ihr vielleicht heute weher getan worden ist als dir. Und nimm es nicht allzu schwer, Lena. Ein kleiner Schatten ist vorübergezogen, ja, aber morgen früh wird die Sonne wieder scheinen. Und nun geh, meine kleine Lena. Nur keine Angst, es wird sich gar nichts ändern.«

Von unten her lächelte Lena zu ihm auf. In ihren Wangen spielten allerliebst die Grübchen.

»Ich habe keine Angst, Vater, und darf auch nie welche haben, sonst wäre ich ja nicht deine Tochter.«

Ein Schmerz durchzuckte sein Herz. Aber er lächelte in ihre Augen hinein und sah ihr nach, als sie langsam hinausging. Er atmete erleichtert auf, nun wenigstens diese Lösung gefunden zu haben. Freilich, es war nur eine halbe Lösung, das Problem selbst blieb bestehen, wurde nur etwas in den Hintergrund gedrängt und ein wenig abgeschwächt, weil Lena nach einer schlaflos verbrachten Nacht, als sie den Vater schon frühzeitig aufstehen und wegfahren hörte, leise ins elterliche Schlafzimmer schlich und sich eng an Mella kuschelte.

»Ich habe dich die ganze Nacht seufzen hören«, sagte sie. »Und einmal war mir, als hättest du geweint.«

»Ich habe auch geweint«, meinte Mella und schlug das Deckbett warm und umhüllend um Lenas schmalen Körper. »Aber wenn du das gehört hast, dann hast auch du nicht geschlafen.«

Lena schmiegte sich noch enger an sie und das ging wohl

am besten, wenn sie den einen Arm unter den Nacken der Mutter schob.

»Du hast Recht, Mutter, ich habe auch nicht geschlafen, weil ich so viel zu denken hatte.«

Ganz still war es eine Weile. Man hörte eine Fliege summen und der Morgenwind bewegte leise die Vorhänge.

»Und wozu hat dein Nachdenken dich geführt?«, fragte Mella endlich, mit einer Stimme, in der die Angst zitterte.

Die Antwort ließ ein wenig auf sich warten, aber dann kam sie klar und bestimmt.

»Dass ich dich noch viel lieber haben muss als bisher.«

Mellas Herzschlag schien für ein paar Sekunden auszusetzen. Dann tat es ein paar rasche Schläge. Es war, als sei jedes dieser Worte wie ein goldener Tropfen hineingefallen und schwemme alle Traurigkeit aus ihrem Herzen fort, auf dass es nie mehr aufzucken müsse in Weh und Schmerz.

»Für das, was du mir jetzt gesagt hast, Kind, segne ich dich und ich wünsche mir nur, dass du diese Worte nie vergessen mögest.«

Lena war sich durchaus nicht bewusst, etwas Überwältigendes gesagt zu haben. Sie hatte nur dem Ausdruck gegeben, was sie in ihrem Innern zutiefst empfand. Die Wahrheit einfach, und sie wusste nicht, warum man dafür gesegnet wurde. Sie kuschelte sich noch tiefer in die Armbeuge der Mutter und schlief gleich darauf ganz fest ein.

Es gelang Mella, sich eine Stunde später so vorsichtig aus dem Bett zu stehlen, dass Lena nicht aufwachte, sondern mit sanftem Grübchenlächeln weiter in den hellen Tag hineinschlief.

Es stand eine andere Mella Murr auf als jene, die sich am Abend vorher mit einem todtraurigen Herzen zur Ruhe gelegt hatte. Der Morgen stand strahlend über der Landschaft.

In Steinkirchen läuteten die Glocken, über den Berg herauf schob der Bäckerlehrling sein Fahrrad und brachte die Frühstückssemmeln und gleich darauf kam auch das Dorle vom Hahner drüben mit der Milch. Alles war wie jeden Tag. Geradeso, als ob am Tag zuvor kein Schatten über das Hügelhaus geflogen wäre. Die Sonne war wieder da, der Brunnen plätscherte und auf dem Dachfirst zwitscherten die Schwalben.

Um diese Zeit ungefähr war es, als Andreas Murr, gerade aus dem Finanzamt heraustretend, Sabina, die junge Bäuerin vom Sareiterhof, über den Marktplatz von Bichl kommen sah. Er war ihr lange nicht mehr begegnet.

Als sie den Bildhauer entdeckte, leuchtete es in ihren Augen ganz kurz auf. Sie reichte ihm die Hand und war im Gegensatz zu ihm ganz frei und ungezwungen.

»Wenn ich gewusst hätte, dass du auch hier zu tun hast, hätte ich dich mitnehmen können«, sagte er.

»Ja, wenn ich es gewusst hätte«, sagte sie lachend. »Aber vielleicht nimmst du mich mit heimwärts? Der Bus fährt erst am Nachmittag. Du kommst mir wie gerufen, Andreas Murr.«

Dann stieg sie in seinen Wagen. Er hatte das Verdeck zurückgeschlagen. Der Fahrtwind kühlte ihre Gesichter. Sabina sah auf seine schönen schlanken Hände, die das Lenkrad umklammert hielten. Er sah streng nach vorn, obwohl überhaupt kein Verkehr war auf der Straße. Er dachte vielmehr nach, wie viele Jahre vergangen waren, seit er diese Frau am Waldrand oben getroffen hatte. Ob sie wohl glücklich geworden war? Er wusste, dass sie inzwischen drei Kinder hatte.

»Wie geht es Mella?«, unterbrach Sabina das Schweigen. Er wollte schon antworten: »Gut geht es ihr«, als ihm einfiel, dass sie vor Kummer die ganze Nacht nicht geschlafen hatte. Immer wieder hatte er sie seufzen und auch weinen hören, ohne dass er die Kraft in sich gefühlt hätte, sie zu trösten. Lag doch dieses Neue nun auch schwer über seinem Leben.

Da saß nun eine blühende Frau neben ihm und er meinte plötzlich, dass sie vielleicht der einzige Mensch sei, mit dem er sich aussprechen könnte. Langsam ließ er den Wagen auslaufen und lenkte ihn ganz scharf an die rechte Straßenseite.

»Hör einmal zu, Sabina. Wir haben uns gut verstanden, wir alle drei. Ich habe dir die Bitte erfüllt und Guido nicht mehr gerufen, obwohl ich damals seine Hilfe notwendig hätte brauchen können.«

»Dafür bin ich dir dankbar, Andreas Murr. Es gibt eben Dinge im Leben, die darf man nur einmal haben und dann nie wieder.«

»Und du hast diese Episode ganz vergessen, Sabina?«

»Ja, Andreas Murr. Seit ich meine Kinder habe. Du hättest Guido gar nicht zu erwähnen brauchen.«

»Wollte ich auch nicht. Aber ich will dir etwas anvertrauen, Sabina. Mella hat seit gestern sehr schweren Kummer. Gestern erfuhr nämlich unsere Lena, dass Mella nicht ihre Mutter ist.«

Sabina sah Andreas offen an. »Damit hättet ihr eigentlich rechnen müssen, Andreas Murr.«

»Ja, aber nicht so bald. Mella ist völlig durcheinander.«

»Und du?«

»Ja, das ist nun so eine Sache. Ich ließ Lena in dem Glauben, dass wenigstens ich ihr Vater sei.«

»Das wird in ganz Steinkirchen sowieso behauptet«, antwortete Sabina, »und ob du Lena jetzt oder erst später die volle Wahrheit sagst, das musst du ganz allein entscheiden. Um das Geraune der Leute kümmere dich nicht. Die haben immer etwas zu tratschen, und wenn wir jetzt noch länger hier so abseits und allein stehen, werden sie auch darüber tratschen. Darum bitte ich dich, lass uns weiterfahren.«

»Gut, wie du willst. Kann ich dich ganz heimfahren oder muss ich dich vor Steinkirchen schon absetzen?«

»Du kannst mich ruhig ganz heimfahren. Matthias wird sich sogar freuen, wenn du es tust, und – du darfst dir meine Kinder auch einmal anschauen.«

»Deine drei, die du dir gewünscht hast.«

Er ließ den Motor anspringen und legte den Gang ein, brachte Sabina hinauf auf die Höhe von Sareit, wo der Wind so luftig wehte und die Sonnenblumen so herrlich gediehen.

Sabinas Kinder waren prächtig gewachsene Geschöpfe, besonders das jüngste, die kleine Marianne, tat es Andreas an. Sie erinnerte ihn so sehr an Lena, als sie noch klein war. Matthias war ein ruhiger, gesetzter Mensch, der seinen Dank dafür sagte, dass er seine Bäuerin, die Sabin – er sagte niemals Sabina –, mitgenommen hatte.

Andreas musste zum Mittagessen bleiben und nachher saß er mit dem alten Sareiter noch auf der Hausbank beisammen, der ihm einreden wollte, dass Leute wie Andreas Murr nicht so zurückgezogen leben dürften, sondern sich aktiv in das Gemeindeleben einschalten müssten.

Andreas lachte nur zu diesem Vorschlag. »Vielleicht gar als Bürgermeister?«

»Warum nicht? Ich glaube, dass du die Stimmen dafür bekämst.«

»Bloß dem Distoller seine Stimme nicht.«

Der alte Sareiter lachte sein dröhnendes Lachen. »Der zählt ja kaum mehr. Bellen tut er zwar immer noch, aber beißen kann er längst nicht mehr.«

Als Andreas endlich aufbrach, ging es schon auf drei Uhr zu und er traf Mella und Lena in heller Aufregung auf der Straße hinter Steinkirchen.

Verwundert bremste er den Wagen ab.

»Wo wollt denn ihr beide hin? Und warum seid ihr so aufgeregt? Ist etwas passiert daheim?«

Er erfuhr nun, wie sie in Angst um ihn gewesen wären, weil sie ihn doch spätestens zu Mittag schon zurück erwartet hätten.

Er lachte. »Was sollte mir denn schon passieren! Die Sabina hab ich getroffen und nach Sareit gebracht. Dort hab ich mich bis jetzt aufgehalten. Kommt, steigt ein! Es ist riesig nett, dass ihr Angst um mich gehabt habt.«

In hohem Wogenschlag stürzte die Zeit dahin. Es war, als glitten die Monate und Jahre dahin wie Rosenkranzperlen durch die Finger. Lena Murr hatte längst die Schule hinter sich und ging nun bereits seit zwei Jahren nach Bichl in die Handelsschule. Morgens, mit dem Glockenschlag sieben, bestieg sie unten in Steinkirchen den Bus und kam mittags um zwei Uhr zurück.

Niemals wieder war darüber gesprochen worden, dass Mella nicht ihre richtige Mutter sei. Lena hing mit zärtlicher Liebe an ihr, wenn sie auch nach wie vor dem Vater inniger zugeneigt war. Das Verhältnis der beiden war wie das zweier Kameraden. Andreas unternahm mit ihr übers Wochenende gewagte Bergtouren und im Winter glitten sie auf Skiern durch die verschneiten Wälder oder sausten die Abhänge hinunter und Andreas behauptete, dass er mit Lena nochmals jung würde, obwohl er, was man ihm aber kaum ansah, längst über fünfzig war.

Längst hatte man in Steinkirchen vergessen, dass die Murrs das Mädchen einst adoptiert hatten. Dieses blühende Menschenkind war einfach die Murr-Lena, nach der die Burschen den Kopf zu drehen begannen, wenn sie leichtfüßig aus dem Bus sprang und dann mit federnden Schritten durchs Dorf ging. Sie hatte sich zu einer eigenartigen Schönheit entwickelt, ihr Wesen war von heiterem Gleichmaß und sie war freundlich zu jedermann. Ihrer guten Stimme wegen sang sie im Kirchenchor, und wenn sie wöchentlich einmal zur Probe ging, begleitete Andreas sie und hielt inzwischen beim Sternwirt seinen Dämmerschoppen. Er redete sich und Mella ein, dass er diese kleine Abwechslung brauche, einen kleinen Plausch mit den Bauern am runden Tisch. In Wirklichkeit aber wollte er in einer Art Eifersucht verhüten, dass einer von den jungen Burschen sich an Lena heranmachte. Der junge Manfred vom Kaufmann Killinger zum Beispiel, der es sich nie entgehen ließ, Lena selbst zu bedienen, wenn sie in den Laden kam, und dann von einem geradezu rührenden Entgegenkommen war.

Lena war im März dieses Jahres siebzehn geworden. Mitte Juli verließ sie nach drei Jahren die Handelsschule und war nun daheim. Es war gerade, als ob Mella bis zu diesem Zeitpunkt gewartet hätte, um endlich einmal krank sein zu dürfen. Zuerst war es nur eine kleine Erkältung, die sie nicht beachtete, dann wurde eine Lungenentzündung und später eine Rippenfellentzündung daraus.

Dreimal am Tag kam der Doktor. Lena pflegte die Mutter

mit einer Aufopferung, die fast über ihre Kräfte ging. Sie schlief kaum eine Nacht, versorgte den Haushalt, kochte für den Vater und wurde so mager dabei, dass die Kleider nur mehr an ihr zu hängen schienen. Zum Schluss half dann doch nichts und Doktor Ranner bestand darauf, dass man Mella ins Krankenhaus schaffe, weil er sonst jede Verantwortung ablehnen müsse.

Erst bei dieser Mitteilung erschrak Andreas Murr bis ins Herz hinein. Er hatte es bisher nicht so ernst genommen.

Als der Krankenwagen aus Bichl kam und die völlig abgemagerte, apathische Mella auf einer Bahre aus dem Haus getragen wurde, stand er in der Haustür und war ganz grau im Gesicht. Langsam fuhr das Auto weg. Da erst schrie Lena auf, wie er sie noch nie hatte aufschreien hören. Es war ein fast tierischer Schrei.

»Mutter!«

Dieser einzige Schrei war so durchdringend, alles Leid und alle Liebe war in ihm zusammengepresst, dass sogar die Kranke aus ihrer Apathie für Sekunden erwachte und sich aufrichten wollte. Aber eine Hand drückte sie sachte nieder und das Auto glitt den Berg hinunter.

Zum ersten Mal sah Lena ihren Vater weinen. Und vielleicht begriff Andreas Murr in diesem Augenblick erst, wie tief er seiner Frau verbunden war.

Lena, selbst bis ins Innerste erschüttert und wie durchbohrt von den sieben Schwertern des Leides, starrte mit in Tränen schwimmenden Augen in das graue Gesicht vor sich, über das Tränen rannen, ganz langsam, bis in die tiefen Kerben der Mundwinkel hinein.

Ihre Arme warfen sich um Andreas' Hals. »O Vater, jetzt weiß ich erst, wie sehr du Mutter liebst.«

Mit dem Hemdsärmel wischte er sich über die Augen. »Hast du jemals daran gezweifelt?«

»Nein, aber es ist eine neue Seite deines Wesens, die du mir aufdeckst.«

»Wenn sie stirbt«, schluckte er, »dann – ich weiß nicht, Lena, ich glaube, dann stirbt ein Stück von mir mit.«

War es auf einmal tot und leer in diesem Haus! Es war, als sei die Seele daraus fortgeflogen. Bange Tage vergingen. Andreas' Haar wurde an den Schläfen schneeweiß. Er rührte keinen Hammer und keinen Meißel an in dieser Zeit und das einzig Wohltuende war das ehrliche Mitempfinden der Leute von Steinkirchen. Sogar der Distoller fragte den in sich zusammengesunkenen Mann, der am Ufer des Baches saß und die Angel ins Wasser hielt:

»Wie geht's der Frau, wenn man fragen darf?«

Der einsame Angler hob den Kopf. Ein müdes Lächeln zuckte um seinen Mund. »Danke der Nachfrage, Distoller. Man muss halt hoffen.«

Der Distoller, träge geworden in den Jahren und fettleibig, setzte sich am gegenüberliegenden Ufer ins Gras und erzählte seinem Nachbarn haargenau den Hergang und Verlauf so einer Krankheit, rückte dabei auch sein eigenes Leiden in den Vordergrund und war mitteilsam wie nie zuvor.

Neun lange Tage und Nächte rang Mella im Bichler Kreiskrankenhaus mit dem Tod. Kein Tag verging, ohne dass Andreas kam und an ihrem Bett saß. Jeden zweiten Tag war auch Lena dabei, und als es nach Wochen so weit war, dass er sie in seinem Wagen heimbringen durfte, war dies ein Festtag für das Murrhäuschen, wie es bisher noch keinen gegeben hatte.

Langsam erholte sich Mella, aber der Sommer war schon fast dahin, bis sie ihrer groß gewordenen Tochter klarmachen konnte, dass sie jetzt aufgehört habe, krank zu sein, und dass Lena nun auch ein wenig an sich denken solle.

»Geh du nur zum Baden«, bestand Mella darauf, als Lena meinte, sie dürfe die Rekonvaleszentin immer noch keine Stunde allein lassen. »Ich bin schon wieder ganz gesund. Dass ich nicht mehr so flink bin, liegt daran, dass ich ja nun auch nicht mehr die Jüngste bin. Wo nur die Jahre so schnell hingekommen sind! Da werde ich wahrhaftig im Herbst schon fünfzig Jahre.«

Sie saßen dabei im Garten unter dem großen Birnbaum, in dem die Bienen summten. Aus der Werkstatt klang Andreas'

Meißelschlag, nicht mehr so flink wie früher, aber es war immer noch der vertraute Klang.

»Waren es wenigstens gern gelebte Jahre?«, fragte Lena.

»Ja, es waren gern gelebte Jahre, obwohl mein Leben erst einen Sinn bekam, als der Vater mir begegnete. Das zweite Licht schien mir dann, als du in unser Haus kamst.«

»Du hast mir eigentlich nur wenig vom Vater erzählt«, meinte Lena. »Wie war er denn in seinen jungen Jahren?«

Mella hob das schmal gewordene Gesicht. Es war, als müsse sie darüber erst nachdenken. Dann sagte sie:

»In seinem Wesen war er eigentlich immer gleich. Ihm ist auch der Erfolg nicht in den Kopf gestiegen, und wenn einmal Schatten da waren, sind sie schnell wieder verflogen.«

»Ja«, sagte Lena mit kindlicher Begeisterung, »wenn ich einmal einen Mann möchte, müsste er so wie Vater sein.«

»Das hat aber noch Zeit, oder?«

»Ich weiß nicht, Mutter. Zwei meiner Klassenkameradinnen aus der Handelsschule haben sich Weihnachten verlobt.«

Mella wandte den Kopf und betrachtete das zarte, blühende Gesicht neben sich, das von den blonden Locken eingerahmt war. Seit zwei Jahren trug Lena keinen Pferdeschwanz mehr. Aber sie brauchte keinen Friseur wie andere ihres Alters. Ihr Haar war naturgewellt und die Brauen über den blauen Augen waren dunkel und gerade gezogen.

Ein wehes Lächeln zuckte um Mellas Mund, als sie sagte:

»Da sehe ich jetzt auf einmal, dass du kein Kind mehr bist.« Ihre Hand griff wie in behütender Vorsorge nach Lenas Händen. »Die Jahre scheinen uns fortgelaufen zu sein, und wie lange wird es dauern, Lena, dann wird auch dein Herz erwachen.«

»Und? Wäre das so schlimm?«

»Es kommt im Leben einer Frau darauf an, wem sie zuerst ihr Herz auftut, in wessen Hände sie gerät. Das kann zum Glück führen oder zum Unglück und eine einzige Unbedachtsamkeit kann es dir für immer schwer machen. Es wäre gut, wenn du so viel Vertrauen zu mir hättest und mich alles wissen ließest. Was es auch sei, komm zu mir, Lena. Immer sind meine Hände für dich offen, so weit wie mein Herz.«

Lena lächelte und schmiegte den Kopf an den Hals der Mutter. »Das hat doch wohl noch eine Weile Zeit.«

»Es kann über Nacht kommen«, antwortete Mella und streichelte über Lenas weiches Haar. »Die Liebe ist wie der Tod. Beides kann einen in einer einzigen Sekunde anspringen.«

Sie zupfte ein braunes Blatt von ihrem Ärmel, das vom Baum gefallen war, und blickte zu den Bergen hinauf, über die weiße Schäferwölkchen dahinsegelten. Stumm und schwarz dehnte sich der Fichtenwald über ihnen, in den Wipfeln schon rötlich beglänzt von der untergehenden Sonne.

Auf den Wiesen davor war aber alles noch hell und die zwei Gestalten, die soeben aus dem Wald traten und langsam niederstiegen, hoben sich deutlich von den hellen Matten ab.

Sie nahmen den Fußweg, der zum Murrhäuschen hinüberführte, und vor ihnen her lief ein braun geschecktér Wachtelhund.

Es waren der Oberförster Enthammer und der junge Jäger Michael Kirchberger.

Michael pfiff den Hund zurück und nahm ihn an die Leine. Er überragte den Förster fast um Haupteslänge. Sein Gesicht war tiefbraun gebrannt, die Kleidung verwittert. Nur die Gewehrläufe hinter seinem Rücken funkelten wie neu.

Sie kamen jetzt auf die beiden Frauen zu. Mella kannte den Förster, der schon einige Male hier eingekehrt war. Er hatte von ihrer schweren Krankheit gehört und die Freude war ehrlich, mit der er jetzt Mella begrüßte.

»Das ist aber schön, dass Sie sich schon wieder so weit erholt haben.«

»Unkraut vergeht nicht«, versuchte Mella zu scherzen und reichte dem Förster die Hand.

In diesem Augenblick kam Andreas aus dem Atelier. Er mochte den Förster gerne, hatte schon manchmal mit ihm einen Skat geklopft und von ihm seinerzeit bei den Umbauten das Holz billig bekommen. Im Grunde genommen war er ein geselliger Mensch und immer froh, wenn jemand auf einen kurzen Plausch vorbeikam.

»Wir haben zwar schon Kaffee getrunken«, sagte er, »aber wenn Sie –«

»Nein«, wehrte Enthammer ab. »Nur keine Umstände!«

»Dann einen Enzian?«

»Der könnte nicht schaden«, lachte Enthammer und strich seinen kurzen schwarzen Bart. »Übrigens – das ist der Jäger Kirchberger. Michael Kirchberger, der ab ersten September das Revier um den Plantenstein übernimmt.«

Michael rückte an seinem grünen Hut mit der wippenden Spielhahnfeder, dann nahm er den Hund straffer an die Leine, weil er sich zutraulich mit Lenas Beinen beschäftigen wollte.

»Komm her, Wally!«

Der Jäger hatte eine dunkle, wohlklingende Stimme. Sein Gesicht war nicht übermäßig schön. Das Kinn war breit, die Nase etwas gebogen. Aber seine Augen leuchteten in schönem Glanz. Sie waren ganz dunkel, wie das Haar, das sich mit ein paar widerspenstigen Locken unter der Hutkrempe hervordrängte.

Lena hatte sein Gesicht so eingehend betrachtet, dass der junge Mann sich niederbücken musste, um in seiner Verlegenheit den Hund zu streicheln.

Sie nahmen vor dem Haus Platz. Lena brachte eine große Flasche mit Enzian und schenkte den Männern ein.

»Woran arbeiten Sie denn jetzt?«, fragte der Förster, als sie getrunken hatten.

»Wir können nachher ins Atelier gehen, wenn es Sie interessiert«, meinte Andreas.

»O ja, sehr sogar«, antwortete der Förster und wandte sich an seinen Jäger. »Merk dir, Michael, für Herrn Murr steht die Jagdhütte oben immer zur Verfügung, auch zur Übernachtung. Es ist aber bisher erst einmal passiert, dass Sie dort übernachteten.«

»Ja, damals, als ich in das schwere Gewitter hineinkam«, erinnerte sich Andreas.

Später gingen Andreas und der Förster ins Atelier, auch Mella war ins Haus gegangen und die beiden jungen Menschen saßen allein auf der Bank.

Lena streichelte den Hund und der Jäger ließ es gerne geschehen. Er wunderte sich nur, denn das Tier war sonst fremden Menschen nicht zugänglich. Er blickte auf ihre blonden Haare nieder, auf ihren braun gebrannten Hals, der schlank wie der eines Schwans aus der dunklen Bluse aufstieg. Dann seufzte er einmal tief. Lena richtete sich auf und sah ihn an.

»Wo ging denn dieser tiefe Seufzer hin?«, fragte sie lächelnd in ihrer unbeschwerten Art.

»Man müsste so ein kleiner Hund sein«, sagte er. »Dann würde man auch von so einer feinen Hand gestreichelt.« Er lachte zwar dazu, aber in seinen Augen lag etwas wie verschattete Trauer.

»Dann meinst du, dass ich dich auch streicheln sollte? Das wäre doch ein bisschen viel verlangt. Ich sehe dich heute zum ersten Mal.«

»Nein, das ist nicht wahr, Lena. Ich sah dich manchmal im Bus, als du noch nach Bichl zur Handelsschule gefahren bist. Aber du hast eben nicht auf mich geachtet. Einmal – du kamst in Bichl gerade aus der Konditorei Weindl und ich hatte im Forstamt zu tun gehabt –, da wollte ich dich so gerne ansprechen, wollte dir etwas sagen.«

»Und warum hast du es nicht getan?«

»Weil dieser Dingsda bei dir war, dieser Student.«

»Ach ja, ich erinnere mich jetzt. Der Stiller-Ludwig. Wir hatten zusammen ein Eis gegessen.«

»Ja, und du nahmst dann seine Hand und liefst mit ihm zum Bus, weil es schon höchste Zeit war.«

»Wie genau du das noch weißt! Das hatte ich schon längst vergessen!«

»Ich habe ein gutes Gedächtnis für alles, was mich interessiert.«

»Was wolltest du mir denn damals sagen? Weißt du vielleicht auch das noch?«

»O ja, ganz genau. Es ist das Gleiche gewesen, was ich dir heute sagen möchte. Wenn du einmal einen guten Freund brauchst, einen, der für dich durch dick und dünn geht, auf den du dich wirklich verlassen kannst – ich würde immer für dich da sein. Wenn du dir das doch merken möchtest, Lena?«

Lena war etwas merkwürdig berührt von diesen Worten. Sie ließ es sich aber nicht anmerken und sagte freundlich: »Doch, das werde ich mir recht gut merken. Man kann ja nie wissen, ob man nicht einmal einen Menschen braucht.«

»Ja, siehst du – und dann wäre ich für dich da. Meine jetzige Versetzung bringt es mit sich, dass ich öfter hier vorbeikomme. Das heißt, wenn ich darf.«

»Doch, komm nur«, munterte Lena ihn auf. Sie hatte auf einmal das Gefühl, als säße kein Fremder neben ihr, sondern irgendein Vertrauter, den sie schon immer gekannt hatte.

In diesem Augenblick traten Andreas Murr und der Förster aus dem Atelier und Michael stand auf.

»Ich muss jetzt gehen. Leb wohl, Lena – und vergiss nicht, was ich dir gesagt habe.«

Als sie schon im Weggehen waren, drehte Michael sich nochmals um und fragte Andreas Murr:

»Sie kennen mich wohl nicht mehr?«

Andreas schüttelte den Kopf. »Nicht dass ich wüsste.«

»Sie haben damals mit Ihrer Frau die Lena von uns abgeholt.«

Andreas gab es einen Riss. Er fuhr sich mit dem Handrücken über die Stirn. »Darum kam mir der Name Kirchberger gleich so bekannt vor!« Er warf einen schnellen Blick zur Hausbank, auf der immer noch die Lena saß. »Haben Sie ihr das gesagt?«

»Nein. Ich bin gar nicht dazu gekommen.«

»Es wäre mir lieb, wenn Sie überhaupt nicht dazu kommen würden, ihr das zu sagen. Vorerst wenigstens nicht.«

»Wenn Sie es wünschen, selbstverständlich. Ich habe ihr zwar gesagt, dass ich jetzt wahrscheinlich öfter hier vorbeikommen werde. Aber wenn es Ihnen nicht recht ist –«

»Doch, doch, kommen Sie nur. Wir haben ganz gern einmal Gesellschaft, Herr Kirchberger!«

»Nennen Sie mich bitte Michael und sagen Sie du zu mir. Damals war ich noch der kleine Michi.«

»Ja, jetzt erinnere ich mich ganz genau. Du warst es ja auch, der am lautesten geheult hat, als wir die Lena holten!«

»Ja, weil ich sie immer von allen in unserem Haus am liebsten hatte«, antwortete Michael. Dann ließ er den Hund von der Leine und eilte mit großen Schritten dem Förster nach.

Die letzten heißen Sommertage segelten durch das Land. Auf den Feldern wurde geerntet und der Holderstrauch auf der Südseite des Murrhäuschens neigte seine Zweige unter der Last der schwarzen Beeren.

Mella war jetzt wieder ganz gesund und Lena konnte sich im See tummeln. Jetzt lag sie wieder stundenlang unten am Strand und sie entdeckte in diesen Tagen ein sonderbares Spiel, das sie merkwürdig reizte und ergötzte. Auf der äußersten Spitze des Bootes liegend, beugte sie sich dem Spiegelbild ihres Gesichtes im Wasser entgegen und hielt Zwiesprache mit ihm. Sie freute sich an dem Lächeln, das manchmal eine Welle fortholte, betrachtete ihren Mund und ihre Stirn. Ihr Gesicht war ein wenig schmal geworden in den letzten Wochen. Aber sie fand, dass ihr das noch besser stünde. Dann tauchte sie unvermittelt beide Hände ins Wasser, tat so, als ob sie etwas heraushöbe und an ihr Herz nähme.

Dann lag sie wieder ganz still auf dem Rücken, schaute eine Weile in die Sonne und schloss dann die Augen. Ihre Lippen bewegten sich lautlos, dann sang sie wieder leise vor sich hin, ohne zu wissen, wem das Lied galt: dem Wind, den Wellen oder gar dem Wunder, das in ihr lebendig werden wollte, dem stillen Erwachen zu sich selbst, das sie nur ahnte und nicht ganz begriff. Irgendetwas in ihr veränderte sich.

Eines Tages nun, als die Sonne unterging und im See sich schon alle Schatten zu spiegeln begannen, tauchte plötzlich neben dem Boot ein Kopf auf. Zwei Hände umklammerten den Bootsrand, dann schwang sich ein Bursche herein.

Lena war erschrocken aufgefahren. Ihre Brauen schoben sich finster zusammen. Aber sofort lockerte sich das Finstere ihres Ausdrucks wieder.

»Ach, du bist es«, sagte sie erleichtert.

Das Boot schaukelte immer noch leicht. Das Schilf raschelte im Abendwind.

Ludwig Stiller strich sich die nassen Haare aus dem Gesicht. Er hatte sich in den Jahren sehr zu seinem Vorteil entwickelt, war gut gewachsen, sein Profil wirkte anziehend, nur der spöttische und überhebliche Zug um seine Mundwinkel wirkte störend.

»Endlich sehe ich dich wieder einmal«, sagte er und setzte sich Lena gegenüber auf das schmale Sitzbrett. »Ich hatte schon Angst, die Ferien gingen vorbei ohne dich getroffen zu haben.«

Langsam bewegte Lena ihre Brauen hin und her, gerade als ob sie nachdenken müsse, ob das alles stimmte, was er sagte.

»Es stimmt«, sagte sie nach einer Weile. »Ich war jetzt nur selten auf längere Zeit hier unten. Trotzdem – du weißt ja, wo ich wohne.«

»Ja, natürlich. Aber ich war selbst jetzt drei Wochen nicht hier. Ein Studienfreund hatte mich eingeladen. Seine Familie hat ein großes Gut, da oben in Westfalen.« Er zog die Schultern fröstelnd hoch. »Zu dumm, dass ich meine Sachen drüben habe. Du willst mich wohl nicht hinüberrudern? Oder leih mir das Boot schnell und wart hier auf mich.«

Irgendetwas wehrte sich in Lena, aber sie hatte nicht den Mut, nein zu sagen, watete ans Ufer, wo sie hinter den Vogelbeerbüschen ihre Kleider abgelegt hatte. Sie zog sich an, setzte sich dann ins warme Gras, zog die Beine hoch und verschränkte die Hände über den Knien.

Das Boot trieb bald darauf wieder zu ihrer Seite her. Ludwig sprang heraus und setzte sich neben das Mädchen. Er trug jetzt ein weißes Seidenhemd mit kurzen Ärmeln, eine beigefarbene lange Hose und weiße Segeltuchschuhe. Das dichte Haar trug er elegant zurückgekämmt. Er sah blendend aus, darüber gab es keinen Zweifel, und als er jetzt den Blick in Lenas Augen senkte, fühlte sie diesen Blick wie etwas Flammendes. Ihr war, als griffe etwas nach ihrem Herzen.

Ludwig zog jetzt ein silbernes Zigarettenetui und ein Feuerzeug aus der Tasche.

»Bitte, bediene dich, Lena.«

Sie schüttelte den Kopf. »Ich rauche nicht.«

»Immer noch nicht?« Er zündete sich eine Zigarette an, blies die ersten Rauchwolken vor sich hin, streichelte über Lenas nackten Arm um dann seine Finger um ihr Handgelenk zu schließen.

»Ich wollte dir immer schreiben, Lena. Aber wie ist es denn bei dir? Werden deine Briefe geöffnet?«

»Das weiß ich nicht. Ich habe noch nie einen bekommen. Aber ich glaube nicht, dass Vater oder Mutter ihn öffnen würden.«

»Sicher aber würden sie wissen wollen, was drin steht.«

»Könnte ich ihnen das nicht sagen?«

Er lächelte und der spöttische Zug um seine Mundwinkel trat deutlicher hervor. »Du bist ein liebes, dummes Närrchen. Das, was ich dir schreiben möchte, geht nur dich ganz allein an.«

Lenas Herz begann unwillkürlich schneller zu schlagen. »Und was möchtest du mir denn schreiben?«

Er rückte näher an sie heran. Sein Arm legte sich um ihre Schulter. Lena erschauerte unter dieser Berührung.

»Kannst du dir das wirklich nicht denken, Lena?« Seine Stirn stieß ganz leicht gegen die ihre und blieb dort ruhen. »Ach, Lena, wenn du wüsstest, wie oft ich Sehnsucht nach dir hatte! Eigentlich müsstest du das ja gefühlt haben, auch über die Ferne hinweg.«

Sie nahm den Kopf zurück und suchte seine Augen. »So richtig Sehnsucht?«

Er warf die Zigarette in weitem Bogen ins Wasser, dann zog er Lenas Kopf an seine Brust und flüsterte zärtlich über ihren Kopf hin:

»Lena, du bist jetzt erwachsen. Ich glaube, dass du es jetzt verstehst, wenn ich dir sage, dass ich dich liebe.«

Lena verhielt sich ganz still, hielt den Atem an, um das Wunderbare ganz in sich aufzunehmen. Dann legte sie den Kopf zurück und fragte mit geschlossenen Augen: »Und du täuschst dich auch nicht?«

Er schüttelte den Kopf und lächelte auf eine schmerzliche Art, so als ob es ihm Leid tue, dass man seinen Worten nicht glaube. Dann küsste er sie. Sie erschrak nicht, ruhte ganz still in seinen Armen. Das alles kam zu unerwartet und war ganz anders, als sie es sich in ihren Träumen immer vorgestellt hatte.

Zum ersten Mal hatte ein Mann sie geküsst! Und nun zärtelte er mit seinen Lippen über ihre Stirn hin und flüsterte beschwörende Worte in ihr Ohr.

Der Wind wehte schärfer durchs Schilf. Einmal gluckste eine Rohrdommel auf. Über den See senkten sich bereits die ersten Schatten. Nur über den höchsten Bergspitzen brannte noch ein wildschönes Abendrot.

Lena hatte die Augen geschlossen und sah den Jäger Michael durch dieses Abendrot niederschreiten. Aber so schnell dieses Bild in ihr aufgetaucht war, erlosch es auch wieder. Gültigkeit hatte nur das Gegenwärtige, der Augenblick. Und der Augenblick sah so aus, dass nicht der Jäger Michael bei ihr saß, sondern der Lehrerssohn Ludwig Stiller, der Musterknabe vergangener Jahre, der Student der Rechte. Ein junger, schöner Mensch mit tadellosen Umgangsformen, der reden konnte wie mit Engelszungen, der genau die richtigen Worte fand, für die ein Mädchen ihres Alters empfänglich war.

»Was weißt du«, sagte Ludwig, »wie oft ich schon einen Bogen Papier vor mir liegen hatte, um dir alles zu schreiben. Aber dann war es immer die Ungewissheit, weißt du, die Angst, ob wirklich niemand außer dir den Brief läse. Es wäre mir nämlich schrecklich, zu wissen, dass meine innersten Gefühle auch an andere preisgegeben würden. Was ich dir schreiben wollte, Lena, ist nämlich etwas, was nur uns beide allein angeht. Nur mich und dich.«

»Ja, das verstehe ich schon. Aber ich kann doch meine Eltern nicht anlügen, wenn sie mich fragen, von wem ich einen Brief bekommen hätte.«

»Ich könnte dir unter einer Chiffre postlagernd schreiben. Und das musst du ja dann nicht unbedingt zu Hause erzählen. Verschwiegen ist doch nicht gelogen. Niemand kann uns zwingen, ein Geheimnis preiszugeben.«

Lena hatte darüber angestrengt nachzudenken. Es leuchtete ihr dann durchaus ein, was Ludwig sagte. Wenn man ein Geheimnis in sich bewahrt, braucht man nicht zu lügen.

»Im Übrigen«, sagte er dann, »bin ich noch acht Tage hier, und ich hoffe, dass wir uns jeden Tag treffen hier am See.«

»Wenn das Wetter schön bleibt«, meinte Lena und sah in den Abendhimmel auf. Er war zwar nicht bewölkt, aber die Grillen zirpten so aufgeregt und die Mücken waren so auffallend emsig. Das Wetter könnte in den nächsten Tagen umschlagen.

»Du kannst ruhig zu uns heraufkommen«, sagte sie nach einer Weile.

Ludwig Stiller zog die Stirn ein wenig kraus.

»Dann würden sie sicher bald etwas vermuten. Und je länger es unser Geheimnis bleibt, desto schöner ist es.«

Dann fand er es an der Zeit, sie wieder zu küssen. Diesmal stand ihr Herz nicht mehr vor Staunen still.

Die Dämmerung war jetzt vollends eingefallen und am anderen Ufer drüben brannten schon einzelne Lichter. Fern läutete eine Glocke. Und auf einmal war der langgezogene, schrille Pfiff zu hören, mit dem Andreas Murr seine Tochter immer schon heimgerufen hatte, wenn sie sich einmal zu lange am See unten aufgehalten hatte.

Lena sprang sofort auf. »Das war der Vater. Ich muss heim.«

Langsam rappelte sich auch Ludwig hoch und meinte verdrossen: »Dann bis auf morgen, mein Mädchen.«

Ihre Gestalt verschwand rasch in der Dämmerung. Ludwig Stiller zündete sich eine Zigarette an und ging langsam um den See herum auf Steinkirchen zu. Über dem Sägewerk brannte bereits die Lampe und der Bach plapperte sein Lied durch die Nacht.

Ludwig Stiller nickte zufrieden vor sich hin. Für den Anfang war es ganz nett, wenn er auch mehr erwartet hatte. Aber kein Eisen wurde auf einmal geschmiedet, man musste es immer wieder ins Feuer geben und schmieden, bis es die richtige Form hatte.

Er ging an der Schule vorbei, sah hinter den zugezogenen Vorhängen das Licht brennen und fühlte nichts als Abwehr bei dem Gedanken, jetzt dort hineinzugehen und den ganzen Abend zu vertrödeln. Er wusste genau, wie es da drinnen aussah. Der Vater, jetzt bereits wegen seiner kranken Leber pensioniert, saß mit einem Buch unter der Stehlampe im hintersten Winkel. Weit weg davon im anderen Winkel die Mutter mit einer Häkelarbeit.

Das war nichts für ihn und er ging in das kleine Strandcafé am Westufer des Sees, das erst vor kurzem seine Pforten geöffnet hatte.

Ludwig Stiller hatte eigentlich bloß einen kleinen Flirt einleiten wollen, damit die Tage in Steinkirchen nicht gar so eintönig wären. Aber schon am nächsten Tag erkannte er, dass mehr daraus werden würde. Er erkannte auch, dass Lena keins von den leichten Geschöpfen war, die er an sein Herz zu nehmen pflegte und denen er leicht etwas vorgaukeln konnte.

Nein, Lena ließ keinen Gedanken an ein bloßes Abenteuer in sich aufkommen, sie glaubte an das Wunder, das sich dem Menschen in der Liebe offenbart. Bei ihr konnte sich der leichtsinnige Student nicht in Lügen flüchten, ihre Fragen an ihn waren klar und eindeutig wie ihre Antworten. Sie sagte ihm gleich, dass sie es niemals ungerächt hinnähme, wenn es ihm in den Sinn käme, sie mit einer anderen zu betrügen.

»Glaube nur ja nicht, dass ich das nicht sofort fühle«, sagte sie ihm eines Abends nach der Chorprobe, als sie auf den Vater wartete, der sich noch im Gastzimmer mit dem Oberförster und dem erst seit kurzem hierher versetzten Studienrat Wüchert angeregt unterhielt.

Sie standen im Schatten der alten Kastanienbäume im Wirtsgarten.

»Du bist immer noch so voller Misstrauen«, sagte Ludwig. »Ich kann dir schwören, dass das ganz unberechtigt ist!«

»Darüber wäre niemand glücklicher als ich«, gestand sie ihm. »Ich habe drei Tage und Nächte gebraucht, Ludwig, um mich zu prüfen. Ich habe es mir wahrhaftig nicht leicht gemacht, aber dann habe ich erkannt, dass ich dich liebe. Du bist außer den Eltern der erste Mensch in meinem Leben, dem ich das sage, und es wäre furchtbar für mich, wenn du das als eine Selbstverständlichkeit hinnehmen würdest.«

»Das kann ich bei dir wohl nicht«, gestand er und meinte es in diesem Augenblick auch wirklich ehrlich. Es war schließlich doch so, dass er nicht unberührt geblieben war von der Herbheit ihres Wesens und ihrer Lieblichkeit. Das war etwas ganz anderes, als er es bisher gekannt hatte, und wenn er ganz ehrlich sein wollte, so tat es ihm Leid, dass er bereits am übernächsten Tag abreisen musste in die große Stadt.

Lena hatte ihre Arme um seinen Hals geschlungen. Es war ganz still ringsum. Nur die Blätter im Kastanienbaum rauschten leise und einmal fiel eine reife Kastanie mit dumpfem Klatschen neben ihnen zu Boden. Gedämpft nur klangen aus der Wirtsstube die Stimmen.

»Du hast also in der Stadt ein Zimmer für dich ganz allein?«, fragte sie. »Was ist da alles drinnnen? Ich muss das genau wissen.«

Er hätte gerne etwas aufgeschnitten und aus dem recht einfachen Zimmer ein vornehmes Appartement gemacht, aber er war sich nicht ganz sicher, ob Lena nicht eines Tages unverhofft aufkreuzen könnte. Es war ihm jetzt schon ein paar Mal passiert, dass dieses Mädchen ihn zur Wahrheit gezwungen hatte.

»Am besten wäre es, wenn du einmal kämst und dir alles ansähest. Aber jetzt etwas anderes«, sagte Ludwig. »Du weißt doch, dass ich übermorgen abreisen muss. Soll das nun unser letzter Abend sein?«

»Wir könnten uns morgen Nachmittag noch einmal am See treffen.«

Er schüttelte den Kopf. »Erstens wird kein Badewetter sein und zweitens – was wollen wir denn bei Tag schon anfangen, wenn man Angst haben muss, dass jeden Augenblick jemand dazwischenkommt, wie vorgestern zum Beispiel dieser blöde Jäger.«

»Wieso blöd? Er kann doch nichts dafür, dass der Weg ihn vorbeiführte.«

»Wie der Kerl dich angestarrt hat! Zuerst dich und dann mich. Gerade als ob ich ihm etwas gestohlen hätte! Am liebsten hätte ich ihm eine runtergehauen. Aber pass auf, Liebes. Du muss es einfach fertig bringen, dass wir uns morgen abend noch einmal treffen.«

»Wenn ich bloß wüsste, wie!«

»Kannst du denn nicht sagen, dass du morgen nochmals Singprobe hättest? Dein Vater wird doch nicht gleich wieder mitkommen. Schließlich bist du ja kein kleines Kind mehr. Ich bin überhaupt der Ansicht, dass du dich zu viel unterordnest.«

»Das hat mit Unterordnung gar nichts zu tun, Ludwig. Und ich weiß nicht, ob ich diese Lüge über die Lippen bringe.«

»Immer nimmst du dieses grässliche Wort in den Mund. Eine kleine Ausrede ist es, weiter nichts!«

»Trotzdem, ich tue es nicht gerne, Ludwig.«

»Schön«, meinte er. »Du musst ja wissen, was dir mehr wert ist, ich oder die geheiligte Ordnung eures idyllischen Familienlebens. Ich werde auf alle Fälle mit Einbruch der Dunkelheit auf der anderen Seite des Sees auf dich warten.«

Er riss sie plötzlich in seine Arme und küsste sie wild. Und Lena versank in dieser Wildheit, in der sich die ganze Traurigkeit des nahenden Abschieds verlor. Bis Weihnachten würde sie ihn nicht mehr sehen, würde von den Briefen leben müssen, die er ihr schreiben wollte. Dann riss sie sich los.

»Gut, Ludwig, ich werde kommen. Jetzt aber muss ich gehen. Der Vater kann alle Augenblicke herauskommen.«

Es war auch wirklich höchste Zeit. Andreas Murr bezahlte gerade seine Zeche, als Lena die Gaststube betrat, um ihn zum Heimgehen abzuholen.

Die letzten Herbsttage tänzelten durch das Tal. Der See lag manchmal bis zum Mittag in Nebel gehüllt. Dann kam die

Sonne durch, stand mild und ohne die sengende Kraft des Sommers über den Bergen. In ihrem Licht verwandelten sich in bunten Farbtönungen die Laubbäume, das Schilf am See, das Moor mit den Birken, die Dahlien hinter den Gartenzäunen und die Astern. Auf den Feldern brannten die Kartoffelfeuer und glühten bis in die Dunkelheit hinein, manchmal von einem Windstoß aufgeschürt, dass die Funken flogen.

Alles war von einer besinnlichen Schwermut, die sich auch Mensch und Tier mitteilte. Lena empfand diese Wandlung der Jahreszeit auf eine sonderbare Weise. Es legte sich alles so ahnungsschwer auf sie. Eine geheimnisvolle Macht hatte ihr Herz ergriffen. Ihre Augen leuchteten in rätselhaftem Glanz, ihre Gebärden wurden bedachtsam.

Sie schlief jetzt nicht mehr in der Kammer neben den Eltern, sondern hatte oben im ersten Stock ihr Zimmer. Und sie lag so manche Nacht wach in ihren Kissen, träumte vom Myrtenkranz in ihrem blonden Haar und nahm dann immer wieder einen von Ludwigs Briefen aus dem Versteck, um ihn zu lesen, um sich nochmals zu vergegenwärtigen, wie alles gewesen war, einschließlich der bitterschweren Stunde des Abschieds.

Ob noch jemand auf dieser Welt solch wunderschöne Briefe schreiben konnte? Briefe voll beschwörender Innigkeit, eine einzige Melodie von Sehnsucht und Liebe? In keinem aber vergaß er, sie zu bitten, dass sie das herrliche Geheimnis ihrer Liebe für sich bewahren möchte. In jedem Brief stand zum Schluss »Bitte verbrennen.«

Sie schlug ihm keine Bitte ab, nur diesen Wunsch erfüllte sie ihm nicht. Verbrennen? Diese einmaligen Dokumente vernichten? Das konnte sie nicht. Sie lebte doch nur durch diese Briefe, sie waren ihr, was einem Hungernden ein Stück Brot ist. Immer wieder las sie Zeile für Zeile und nahm alles für Wahrheit, und weil sie in ihrer Unerfahrenheit sich nicht vorstellen konnte, dass jemals ein anderer Mann für sie in Frage käme, darum gaukelten in ihren Träumen auch der Weg neben Ludwig zur Dorfkirche und die lila schimmernde Stola, die der alte Pfarrer um ihrer beider Hände legen würde.

Ja, sie war vollständig verändert. Ihre Lippen blühten, ihr Herz pochte mit starken, glückerfüllten Schlägen dem Winter entgegen, der nicht mehr fern war und ihr den Geliebten wiederbringen würde, denn die Ferien würden bis über den Heiligendreikönigstag hinaus dauern.

So gut sie aber nach außen hin alles zu verbergen trachtete, Mella fiel ihr verändertes Wesen auf. Und eines Abends, als Lena sich wieder frühzeitig in ihr Stübchen zurückgezogen hatte um mit ihren Briefen und Gedanken allein zu sein, legte Mella das Buch, in dem sie gelesen hatte, zur Seite und sagte zu Andreas , der an einer Skizze zeichnete:

»Sag, Andi, ist dir in letzter Zeit nichts aufgefallen?«

Andreas schaute langsam auf, legte den Bleistift weg und griff nach den Zündhölzern, um den erloschenen Zigarrenstummel anzuzünden.

»Was soll mir aufgefallen sein?«

»Ich meine Lena. Sie hat sich verändert.«

»Lena? Inwiefern soll sie sich verändert haben?«

»Ich weiß es nicht, Andi. Irgendwie verändert einfach. Geradeso, als ob sie etwas mit sich herumtrüge. Ein Geheimnis. Sie ist so verschlossen geworden, sinnt oft vor sich hin und erschrickt dann, wenn ich sie anrede.«

»Erschrecken? Na, das verstehe ich nicht. Aber wo du es jetzt sagst, fällt mir auch einiges auf. Früher saß sie oft stundenlang bei mir im Atelier, jetzt streift sie allein in der Gegend herum. Aber das sind doch noch keine Symptome, die uns beunruhigen könnten. Oder doch?«

»Ich glaube, dass sie sich verliebt hat.«

Diese bündige Erklärung traf ihn wie ein Blitz aus heiterem Himmel. Sie erregte ihn so, dass er aufstehen und ein paar Mal im Zimmer auf und ab gehen musste. Dann blieb er vor Mella stehen und lachte.

»Das wäre ja nett!«

»Warum, das wäre doch ganz natürlich?«

»Na, hör mal, so natürlich ist das auch wieder nicht. Zum Mindesten müssten wir dann auch etwas wissen.«

»Habe ich es meiner Mutter im ersten halben Jahr unserer

Bekanntschaft etwa gesagt?« Mella schüttelte den Kopf. »Jede Liebe nimmt ihren Anfang beim Geheimnis. Man kommt sich so wichtig vor, wenn man etwas für sich allein hat, von dem niemand etwas weiß.«

Andreas kratzte sich aufgeregt am Kinn. »Bei uns war das etwas anderes. Ich war so arm wie eine Kirchenmaus und du hättest keinen großen Staat mit mir machen können. Bei Lena aber sind ganz andere Voraussetzungen gegeben. Und überhaupt – nein, ich glaube es nicht. Lena – unsere Lena soll sich verliebt haben? Das hat noch lange Zeit.«

Über der Stubendecke hörte man Lenas Schritt, nur ganz kurz einmal, dann war es wieder still.

»Du vergisst, Andreas, das Lena kein Kind mehr ist.«

»Kein Kind mehr? Ja, was denn sonst?«

»Ein voll erblühtes Mädchen, das im Frühjahr bereits achtzehn Jahre alt wird.«

»Achtzehn Jahre! Das ist doch lange kein Grund, sich zu verlieben. Wenn das so wäre, Mella, dann hätte sie dir sicher davon etwas erzählt.«

»Eben weil sie noch nichts gesagt hat, wird meine Vermutung richtig sein.«

Lange ging Andreas wieder im Zimmer auf und ab. Ihm war, als habe plötzlich ein ganz neues Kapitel seines Lebens begonnen. Das war alles so unvermutet an ihn herangekommen, dass er einfach nicht damit fertig wurde. Immer wieder schüttelte er den Kopf. Das konnte doch nicht möglich sein.

»Angenommen, du hättest recht, Mella«, sagte er nach einer Weile. »Wer könnte es denn deiner Meinung nach sein?«

Mella hob die Schultern und ließ sie wieder sinken. »Ich habe so wenig eine Ahnung wie du. Aber vielleicht wird sie sich mir eines Tages anvertrauen. Ich werde jedenfalls nicht in sie dringen, warte lieber darauf, bis sie von selbst das Bedürfnis hat, es mir zu erzählen.

»Dann kann es vielleicht zu spät sein, um noch etwas zu ändern.«

»Wenn sie wirklich liebt, kannst weder du noch ich etwas ändern.«

»Nein, Mella, auf diese Folter lasse ich mich nicht spannen«, platzte er heraus. »Ich werde sie einfach fragen.« Er schlug sich mit der flachen Hand gegen die Stirn. »Du – jetzt fällt mir was ein. Vielleicht ist es gar dieser Jäger, dieser Michael Kirchberger? Der taucht in letzter Zeit ziemlich oft hier auf.«

Mella verneinte diese Vermutung bei sich sofort, fragte aber dennoch: »Und wenn er es wäre?«

»Das fehlte gerade noch! Ein Forstgehilfe? Haha! Das wäre zum Lachen. Schließlich hat man mich im vorigen Jahr zum Professor ernannt.«

Da stand Mella auf, trat auf ihn zu und nahm sein Gesicht in die Hände.

»Jetzt mach aber einen Punkt, Andi. Seit wann gibst du denn auf Titel etwas? Angenommen, es wäre wirklich Michael, was ich nicht glaube – was wäre schon dabei, wenn er vorerst nur Forstgehilfe ist? Wichtig ist doch nur, wie der Mensch ist und nicht das, was er ist. Das war wenigstens bisher deine Ansicht.«

»Immerhin, ich habe ganz andere Pläne mit ihr.«

»Davon hast du mir noch nie etwas gesagt.«

»Weil das noch Zeit hat. Viel Zeit sogar. Nein, ich mag gar nicht daran denken. Da zieht man so einen Fratz auf und auf einmal ist er erwachsen oder bildet es sich wenigstens ein! Verliebt sich und geht eines Tages einfach davon!«

»Damit werden wir uns abfinden müssen, Andi. Das ist nun einmal der Lauf des Lebens.«

»Nein, so einfach finde ich mich nicht ab. Wenn es der Jäger schon nicht ist, wer bürgt uns dafür, dass sie nicht an einen Abenteurer gerät?«

»Dann kennst du unsere Lena aber schlecht, Andi. Ich glaube, es ist am besten, wenn wir uns nicht so viele Gedanken machen. Ganz bestimmt wird sie kommen und sich mit mir aussprechen wollen.«

Scheinbar gab Andreas sich damit zufrieden. Aber er konnte die ganze Nacht kein Auge zutun, musste immer über diese ungeheure Neuigkeit nachdenken und konnte nicht begreifen, dass die Jahre ihm so schnell davongelaufen waren. Es fielen ihm jetzt eine ganze Menge Sachen ein, auf die er bisher gar nicht so geachtet hatte. Aber es war wohl kein Zweifel mehr, Lena war erwachsen, sehr erwachsen sogar.

Es fiel ihm ein, dass sie ihn in letzer Zeit nach der Chorprobe immer ziemlich lange im Wirtshaus hatte warten lassen und auf dem Heimweg auf seine Fragen oft ganz zerstreute Antworten gegeben hatte. Sie strolchte jetzt auch viel mehr allein in der Gegend herum, war einsilbiger geworden, und was das Merkwürdigste war – oh, es fiel ihm plötzlich wie Schuppen von den Augen –, sie hatte ihn in letzter Zeit nie mehr so wie früher geküsst.

Das war ihm das sicherste Anzeichen jetzt, dass sie verliebt sein musste. Und das war doch eine ungeheure Wendung in der friedsamen Stille, die bisher im Murrhäuschen geherrscht hatte. Mella nahm das viel zu leicht, sie übersah die Folgen nicht, die Zerstörung der bisherigen Harmonie.

Am nächsten Morgen war er schon frühzeitig im Atelier. Vom Fenster aus sah er, wie Lena die Gießkanne füllte und die umstehenden Blumen goss.

Sie ist wirklich schon erwachsen, dachte er. Wo habe ich denn bloß meine Augen gehabt? Zugleich empfand er den Gedanken wieder schmerzlich, sie etwa verlieren zu müssen.

Kurz entschlossen trat er in die Tür.

»Lena, komm einen Augenblick zu mir herein.«

Er saß auf einem Steinblock, die Hände in den Taschen seines weißen Mantels vergraben, und betrachtete sie unter gesenkten Brauen hervor, als sie mit lockerem Schritt über die Schwelle trat, einen Augenblick wie betroffen stehen blieb und dann auf ihn zuging.

»Guten Morgen, Vater. Du siehst so grau aus im Gesicht. Hast du schlecht geschlafen?«

»Ja, miserabel schlecht.«

»Wir haben Föhn«, sagte sie.

Andreas lachte kurz und gereizt auf. »Es ist nicht der Föhn, Lena. Ich sorge mich um dich.«

Ihre Brauen hoben sich ein wenig. Sonst zeigte sie kein Erschrecken.

»Du sorgst dich um mich? Ja, warum denn?«

»Weil du verändert bist.« Er nahm die Hände aus den Taschen und griff nach einem Tonklumpen. Plötzlich schaute er auf, mitten in ihr Gesicht. »Sag einmal, Lena, bis du verliebt?«

Diesmal erschrak sie und es entging ihm nicht.

»Also, verliebt«, stellte er trocken fest, obwohl eine heftige Unruhe ihn schütteln wollte. »Und darf ich wissen, wer es ist?«

Lenas Blick wurde dunkel, die Unterlippe schob sich trotzig vor. Sie erinnerte sich an einen der letzten Briefe, worin Ludwig ihr geschrieben hatte, er erwarte, wenn es einmal darauf ankäme, dass sie sich nicht unter das beugte, was eventuell der »Herr Professor« über sie beschließen würde. Ohne dass es ihr eigentlich recht bewusst geworden war, hatten Ludwigs Briefe immer so eine kleine Spitze gegen ihre Eltern enthalten. Sie forderten zwar zu keiner offenen Auflehnung auf, sollten ihr aber den Nacken steifen.

Sie wollte schon sagen: Das ist meine Sache, aber in diesem Augenblick warf Andreas Murr den Tonklumpen von sich und stand auf.

»Dann will ich es dir sagen. Dieser Michael Kirchberger ist es.«

Da musste Lena ganz hell auflachen. Es klang wie befreiend durch die hohe Halle und das Echo sprang aus allen Winkeln zurück. Andreas war es, als falle ein Stein von seinem Herzen. Das war wieder einmal das alte, vertraute Lachen, an dem er sich immer erfreut hatte.

»Wie kommst du denn bloß auf den?«, fragte Lena, immer noch lachend.

»Er kommt in letzter Zeit ziemlich oft hier vorbei.«

»Ja, aber doch nicht meinetwegen!«

»Dann ist es gut, Lena.« Er legte den Arm um ihre Schulter.

»Schau, mein Kind, so einfach ist das für mich auch nicht,

wie du vielleicht meinst. Schließlich habe ich ja die Verantwortung für dein Leben. Und wir wollen ja nur dein Bestes. Das solltest du bei allem, was in den nächsten Jahren kommen mag, immer bedenken. Im Frühjahr wirst du achtzehn. Aber man muss sich deswegen doch nicht gleich an einen Mann verlieren! Deine Mutter war schon fünfundzwanzig, als ich sie geheiratet habe.«

»Meine Mutter?« Lena starrte ihn einen Augenblick verdutzt an. »Ich denke, meine Mutter ist tot?«

Es zuckte ein paar Mal verdächtig über seine Brauen hin. Dann sagte er: »Wenn ich von der Mutter spreche, meine ich Mella.«

»Ach ja«, seufzte Lena. »Aber meine wirkliche Mutter – du hast sie doch grenzenlos geliebt?«

»Ja, sehr«, antwortete er kleinlaut und wich ihrem Blick aus. Er schluckte ein paar Mal. »Was du für Fragen stellst, Kind.«

»Ich gebe zu, Vater, dass es keine kindlichen Fragen mehr sind. Du hast wohl kein Bild von meiner Mutter?«

Andreas griff in seine Tasche und zog seine Pfeife mit dem kurzen, gebogenen Mundstück heraus.

»Leider nein.«

»Aber ihr Bild lebt doch in deinem Herzen unverändert weiter?«

»Ja, natürlich.« Er griff nach einem Meißel, wog ihn in der Hand und nahm dann einen schwereren. Er sagte es zwar nicht, doch Lena fühlte, dass er jetzt allein sein wollte. Aber bevor sie ging, schlang sie plötzlich beide Arme um seinen Hals und küsste ihn. So wie früher. Dann rannte sie hinaus.

In tiefem Nachdenken blieb er zurück, die kalte Pfeife zwischen den Zähnen und ohne Lust sie anzuzünden. Ihm war, als sei das Schifflein, auf dem er Fährmann spielte, soeben wieder einmal an einer gefährlichen Klippe vorbeigeglitten. Er dachte über ihre Frage nach: »Aber du hast doch meine Mutter grenzenlos geliebt …?«

Hatte sie es schon hinter sich gebracht? Natürlich wird sie nachgerechnet haben. Und die Rechnung ist nicht aufgegangen, denn Lena wurde jetzt achtzehn, er aber hatte mit Mella bereits die Silberhochzeit gefeiert. Also musste sie denken, dass er einen Ehebruch begangen hätte. Wie rücksichtsvoll, dass sie dies für sich behält, dachte er verbittert und überlegte, ob er nicht doch die ganze Wahrheit vor ihr ausbreiten sollte. Dann wüsste sie, dass er sie die ganzen Jahre belogen hatte. Und wie stünde er selbst da? Arm und hilflos würde er sich vorkommen, wenn sie dann auch nach ihrem wirklichen Vater fragen würde und er ihr nichts sagen könnte, weil er selbst nichts wusste.

Nein, es sollte so bleiben, wie es war. Er dachte an den Tag, an dem Mella und er mit dem Mädchen zum ersten Mal das Haus betreten hatten. Wie sie es umhegt und umsorgt, wie sie seine kleinen Freuden und Leiden miterlebt, wie sie gebangt hatten. Und alles nur im Namen der Liebe. Der reinen Menschenliebe, die von keinem Blutstrom genährt war, sondern nur aus den offenen Herzen strömte.

Ob Lena das jemals verstehen würde?

Lena berichtete Ludwig von dieser Unterredung mit dem Vater und fügte hinzu, dass sie es auf die Dauer einfach nicht fertig brächte, die Eltern anzulügen. Zu Weihnachten, wenn er in den Ferien käme, müsse unbedingt Klarheit geschaffen werden.

»Du musst verstehen«, schrieb sie, »dass ich meine Eltern liebe, und zwar von ganzem Herzen. Und es tut mir bis in die Seele hinein weh, wenn ich das vor ihnen verbergen muss, was ich am liebsten in die Welt hinausjubeln möchte: meine Liebe zu dir.«

Ludwig schrieb zurück, dass er das wohl verstünde. Er schrieb eine ganze Abhandlung über das Verhältnis der Eltern zu einer erwachsenen Tochter. Dabei vergaß er aber wiederum den Giftpfeil nicht. »Im Übrigen braucht der Herr Professor sich gar nicht so groß aufzuspielen«, schrieb er.

Lena maß dem Satz nicht die Bedeutung bei, die erforderlich gewesen wäre, um daraus irgendwelche Schlüsse zu ziehen. Sie war eben verliebt und sah über so manche Unebenheit hinweg. Zum andern stand das Bild des Vaters so makellos in ihrer Seele, dass nichts daran rühren konnte.

Immer tiefer senkte sich der Herbst über das Land. Die Bäume standen schon kahl, der Nebel lag bis in die Mittagsstunden hinein, ehe er sich ein bisschen hob, und die Abende fielen früh ins Tal.

An so einem Tag ging Lena am frühen Nachmittag über die braun schimmernden Wiesen zum Wald hinaus, um einen Arm voll Fichtenreiser zu holen, womit die Rosenstöcke zugedeckt werden sollten, bevor der Frost kam.

Sie hatte schon einen ganz schönen Packen neben sich liegen, als sie plötzlich das Laub rascheln hörte. Sie sah zunächst den Hund und dann erst den Jäger Michael Kirchberger. Sie ließ die Arme mit der Baumschere sinken und sah ihm erwartungsvoll entgegen.

»Das ist wohl verboten?«, fragte sie, als er mit einem Sprung einen kleinen Graben genommen hatte und nun vor ihr stand.

»Eigentlich ja«, sagte er und lächelte sie dabei auf seine knabenhaft scheue Weise an. »Aber bei dir muss ich ja wohl ein Auge zudrücken.«

»Das ist nett von dir, Michael. Und was machen die paar Äste schon aus in einem riesengroßen Wald.«

»Gar nichts«, meinte er und pfiff den Hund zurück, der an einem Wühlmaushaufen zu scharren begonnen hatte.

Im Grunde genommen mochte Lena den Burschen gut leiden. Seine ruhige Bescheidenheit, die Offenheit seines Wesens machten ihn ihr sympathisch.

»Soll ich dir helfen, Lena?«, fragte er.

»Nein, danke. Ich glaube, es reicht schon.«

»Brauchst du sonst noch etwas, Lena?«

»Das ist lieb von dir, aber ich brauche wirklich nichts mehr.« Sie setzte sich auf den Haufen Fichtenbuschen. »Komm, setz dich auch ein wenig. Plaudern wir ein wenig miteinander. Oder hast du keine Zeit?«

»Dazu hab ich immer Zeit.«

Unten, in der Tiefe, lag in bleierner Müdigkeit der See.

Aus dem Murrhäuschen stieg der Rauch kerzengerade in die Luft.

»Ach«, fiel es Lena plötzlich ein, sie lachte auf und legte ihre Hand auf Michaels Arm, »stellt dir vor, mein Vater hat tatsächlich gemeint, dass wir zwei eine Liebschaft hätten!«

Michael wurde brennend rot. Er legte den Hund an die Leine und stocherte dann mit dem Bergstecken kleine Löcher in den Boden vor sich. Endlich konnte er sagen: »Wie kommt er denn darauf?«

»Ja, nicht wahr?«, lachte Lena wieder und zog jetzt ihre Hand zurück.

»Ich begreife bloß nicht, was dabei so ulkig ist«, sagte Michael. »Ich wollte, es wäre so, Lena.«

Lena schaute ihn von der Seite an. Sein Gesicht war ganz streng und ernst. Ja fast traurig. »Meinst du das im Ernst, Michael?«

»Ich glaube, Lena, mit solchen Dingen sollte man nicht spaßen. Natürlich weiß ich, dass ich nichts für dich bin.«

»Doch, ein guter Freund wolltest du mir doch sein.«

»Leider hast du meine Freundschaft bis jetzt noch nicht beansprucht.«

»Warte nur, vielleicht brauche ich sie einmal sogar sehr notwendig.«

Von einem Fichtenast schnellte ein Eichhörnchen, stutzte einen Augenblick und surrte an einem anderen Stamm wieder hinauf. Wally riss wie verrückt an der Leine, aber die Hand des Jägers hielt sie unerbittlich fest. Durch die Zweige ging ein dumpfes Rauschen und die kleinen weißen Wolken am Himmel trieben etwas schneller dahin. Der Rauch aus dem Kamin des Murrhäuschens duckte sich und strich waagerecht über den First.

»Ich glaube, dass das Wetter sich ändert«, meine Michael.

Das ist mir gleichgültig, dachte Lena. Wenn es nur bald Weihnachten würde. Und plötzlich beugte sie sich ein wenig vor.

»Du Michael, warst du schon einmal verliebt?«

Langsam drehte er ihr sein Gesicht zu. Wie warm seine Augen leuchten konnten. »Ja, Lena.«

»So richtig verliebt?«, forschte wie weiter.

»Ich weiß nicht, Lena, ob es da einen Unterschied gibt. Entweder liebt man oder man tändelt nur.«

»Oh, das hast du schön gesagt, Michael.« Sie hatte plötzlich das Gefühl, dass er der einzige Mensch wäre, dem sie sich anvertrauen könnte. »Kannst du schweigen, Michael?«

»Wenn du es verlangst, natürlich.«

Sie legte wieder ihre Hand auf seinen Arm.

»Mich hat es nämlich erwischt.« Es klang drollig, wie sie das sagte, aber in ihren Augen las er den Ernst ihres Geständnisses. Um seine Mundwinkel zuckte es ein wenig und noch tiefer wurde der Glanz seiner Augen, weil er sich für ein paar Sekunden der Hoffnung hingegeben hatte, dass vielleicht ihm ihr Herz sich zugeneigt hätte. Aber so, wie ein Blitz aus heiterem Himmel fährt, trafen ihn ihre weiteren Worte:

»Wenn du schon einmal verliebt warst, wie du sagst, musst du ja wissen, wie einem dabei zumute ist. Man wird allein kaum mehr fertig damit. Und das Merkwürdigste dabei ist, dass man sich den Eltern nicht anvertrauen kann. Ging es dir auch so?«

Er schüttelte den Kopf. »Das verstehe ich nicht ganz. Die ersten, die es wissen dürften, wären meine Eltern.«

»Ja, bei dir ist das vielleicht anders.«

»Das glaube ich gar nicht. Deine Eltern sind gebildete Leute, die sind viel aufgeschlossener als die meinen und genauso gut. Ich würde mich jederzeit meiner Mutter anvertrauen, es sei denn, ich hätte Grund dazu, etwas zu verheimlichen, weil ich wüsste, dass meine Eltern damit nie einverstanden wären. Aber das ist bei dir ja wohl kaum anzunehmen. Deine Wahl wird schon auf den Richtigen gefallen sein.«

»Du kennst ihn, Michael. Es ist der Student, der Ludwig Stiller.«

»Der?«, fragte Michael gedehnt. »Und das dürfen deine Eltern nicht wissen?«

»Zu Weihnachten werden sie es erfahren, wenn er kommt. Du bist bis jetzt der erste Mensch, der davon weiß. Ich weiß nicht, warum, aber ich habe einfach Vertrauen zu dir.«

»Danke, das ehrt mich.«

Sie schaute ihn mit einem schnellen Blick an. »Warum sagst du das so spöttisch?«

»Spott? Wie käme ich dazu! Ich muss doch dankbar sein für dein Vertrauen. Du hast mir dein Herz ausgeschüttet und ich weiß nun, wie es um dich steht. Das ist sehr wichtig für mich, Lena. Glaub es mir.« Er hob seine Hand und ließ sie auf ihrem Haar nieder. »Aber Vertrauen gegen Vertrauen, Lena. Ich hab dich schon viel länger gern als dieser Student.«

Lena nahm seine Hand von ihrem Haar fort, behielt sie aber zwischen ihren Händen, in ihren Augen war fassungsloses Staunen.

»Du? Aber das kann doch nicht möglich sein, Michael. Ich sah dich doch heuer im Sommer zum ersten Mal, als du mit dem Förster bei uns vorbeikamst.«

»Ja, du mich! Ich kenne dich jedoch schon sehr lange.«

»Aber du warst doch im Laufe der letzten Monate öfter einmal bei uns. Du hast mir nie etwas gesagt, hast dir auch nie etwas anmerken lassen.«

»Manchmal war ich nahe daran. Jetzt aber bin ich froh, dass ich mich im Zaum gehalten habe. Ich wäre ja sowieso schon zu spät dran gewesen.« Er stand auf und schulterte sein Gewehr. Dann reichte er ihr die Hand, damit sie leichter aufstehe.

»Bist du mir jetzt böse, Michael?«

»Nein. Du kannst doch nichts dafür. Die Liebe kommt und ist da. Der andere hatte eben weniger Bedenken als ich. Ich wollte warten und – habe zu lange gewartet. Mach's gut, Lena! Und wenn du mich einmal brauchst, du weißt ja, wo ich zu finden bin.«

»Ja, danke, Michael. Aber kommst du denn nicht wieder einmal bei uns vorbei?«

»Ich habe zur Zeit strengen Dienst. Vielleicht lässt es sich am Sonntagnachmittag machen.«

»Ja, gut, komm zum Kaffee.«

Lena bückte sich nach den Fichtenreisern und ging langsam den Hang hinunter.

Als sie sich einmal umdrehte, stand der Jäger noch immer oben bei den Bäumen. Sie hob die Hand und winkte. Er aber stand unbeweglich wie ein grauer Pfahl in der sinkenden Dämmerung. Ihr war zumute, als müsse sie umkehren und ihm irgendetwas Tröstliches sagen. In diesem Augenblick drehte er sich um und verschwand zwischen den Bäumen.

Kurz vor dem Heiligen Abend fuhren Andreas und Mella gleich nach dem Mittagessen nach Bichl, um noch Weihnachtsgeschenke zu besorgen.

Ludwig Stiller sah den Wagen des Bildhauers am Schulhaus vorbeifahren und griff sofort nach seiner Skimütze.

»Wo willst du hin?«, fragte seine Mutter, die gerade einen Teig für Weihnachtsplätzchen walkte. Ihr einst so frisches Gesicht war von tiefer Sorge umschattet, ihre schlanke Gestalt gebeugt und ihre Hände zitterten.

Ludwig deutete zum Fenster hin. »Ins Murrhäuschen.«

Und schon begann Thekla wieder zu weinen.

»Ach, es wäre furchtbar, wenn sie etwas erführen! Wie konntest du aber auch so etwas tun, Ludwig.«

»Jetzt fang nicht schon wieder an«, antwortete er grob und suchte nach einer Zigarette. »Es ist nun einmal geschehen und – ich muss es ihnen ja nicht auf die Nase binden.«

»Das hätte aber nicht geschehen dürfen, Bub. Du bringst den Vater damit ins Grab! Wie konntest du dich auch nur an fremdem Gut vergreifen.«

»Liegt es denn ganz allein an mir? Die monatlichen Zuwendungen, die mein alter Herr mir schickte, waren wahrhaftig karg genug. Schließlich will man ja auch nicht zurückstehen und mitleben.«

»Wir haben gegeben, was wir geben konnten, und Vater hat ja auch alles zurückbezahlt auf Heller und Pfennig. Er kommt aber nicht darüber weg, und – einen Freund zu bestehlen, sagt er, sei das Schlimmste, was ein junger Mensch tun könnte. Das Allerschlimmste aber ist, dass du von der Universität geflogen bist. Ganz abgesehen davon, dass du vier Wochen eingesperrt warst. Es wird uns nichts anderes übrig bleiben, als wegzuziehen. Die Schande treibt uns einfach von hier fort.«

Ludwig stieß ärgerlich den Rauch seiner Zigarette von sich. »Wer weiß denn hier schon etwas davon! Vater wird eben schon kindisch und nimmt alles schwerer, als es in Wirklichkeit ist.«

Da bäumte sich in Thekla Stiller doch der helle Zorn auf. Ihr Gesicht begann vor Erregung zu glühen.

»Die Wirklichkeit schaut immerhin so aus, dass du eine ordentliche Summe Geld gestohlen hast und angezeigt wurdest. Was das für Vater bei seinem ausgeprägten Gefühl für Ehre und Anstand bedeutet, das kannst du wahrscheinlich gar nicht ermessen. Das Schlimme dabei ist für mich, dass ich mir die bittersten Vorwürfe machen muss. Du brauchst gar nicht zu lächeln, ich habe dich zu sehr verwöhnt und verzogen und das Ärgste mag es für eine Mutter wohl sein, wenn sie erleben muss, wenn ihr einziges Kind strauchelt.«

»Man soll einem Gestrauchelten nicht auch noch zusätzlich Steine in den Weg werfen. Man soll ihm die Tür offen halten, dass er zurückfindet!«

»In die warme Geborgenheit, meinst du wohl. Nein, Ludwig. Ich kann es ansehen, wie ich will, es wird immer hinter allem die Angst stehen, dass du rückfällig wirst.«

»So wenig glaubst du an mich? Aber ich habe keine Lust, mir ewig deine Jammerei anzuhören. Es ist schon genug, dass der Alte kaum mehr ein Wort mit mir spricht. Jetzt fängst du auch noch an! Ich geh jetzt! Weiß wahrhaftig etwas Besseres als dieses ewige Gejammer!«

»Geh nur. Vielleicht hast du sogar den Mut, dem Mädchen da oben zu sagen, was du auf dem Kerbholz hast.«

Drohend trat er vor die Mutter hin. »Kein Wort mehr jetzt. Lena darf nichts erfahren, hörst du! Andernfalls verschwinde ich und ihr werdet nie mehr etwas von mir hören. Du kannst jetzt entscheiden. Entweder ihr hört mit euren Vorwürfen auf oder ich hau ab für immer!«

Die Zigarette auf die Herdplatte werfend, ging er hinaus, schnallte draußen seine Skier an und machte sich auf den Weg zum Murrhäuschen.

Lena wartete bereits auf ihn, hatte die Skier schon angeschnallt und brauchte bloß mehr das Haus abzusperren. Sie glitten über die verschneiten Hänge, durch den weißen Winterwald, durch den sonst noch keine Spur als die des Wildes ging. Bis in die Nähe der Jagdhütte kamen sie. Lena sah den Rauch aus dem Schornstein steigen und wusste, dass Michael daheim war. Sie machten einen Umweg um die Hütte und kamen so bei Einbruch der Dämmerung wieder zum Murrhäuschen zurück.

Das war um die Zeit, als Andreas Murr das Extrastüberl beim Postwirt betrat, bei dem er immer einkehrte, wenn er in Bichl war, Mella hatte sich von ihm getrennt um noch eine Kleinigkeit zu besorgen. Als er Mantel und Hut abgelegt hatte, stand er einen Augenblick betroffen und schaute auf den Mann, der neben dem Ofen am kleinen Ecktisch saß und der ganz verfallen aussah.

»Ach, sieh da! Auch in Bichl, Herr Stiller?«, sagte Andreas, sonderbar berührt von dem Bild des schweigenden Jammers.

»Ist es gestattet?«

Über das Gesicht des Lehrers glitt ein abwesendes Lächeln. »O ja, bitte sehr, Herr Professor.« Er stolperte ein wenig mit der Zunge. »Vorausgesetzt, dass Sie sich zu mir setzen wollen. Ich darf das immerhin als eine große Ehre betrachten.«

Andreas kam aus dem Staunen nicht heraus. Wenn ihn nicht alles trog, so war der Lehrer angetrunken. Seine Augen glänzten wie im Fieber, sein Mund zuckte unaufhörlich. Das kannte er bei ihm gar nicht.

»Was ist denn mit Ihnen los, Herr Stiller? Warum soll ich mich nicht zu Ihnen setzen wollen? Und lassen Sie gefälligst den Professor. Schließlich kennen wir uns lange genug, um auf solche Förmlichkeiten verzichten zu können.«

Die Bedienung kam und Andreas bestellte sich ein Viertel Tiroler Roten.

»Mir auch noch einen«, sagte Stiller und trank sein Glas mit einem Zug leer. Dann hob er beschwörend den Zeigefinger. »Merken Sie sich das eine, Herr Murr. Trinken ist für alles gut. Ich habe in meinem Leben nie viel getrunken und habe erst alt und weiß werden müssen, um zu wissen, dass man damit seinen Kummer hinunterspülen kann! Dann leuchtet einem die Welt nochmals im alten Licht und man gibt sich der Illusion hin, dass gewisse Dinge einfach nicht geschehen seien.«

»Sie haben Kummer?«

»Kummer? Ja, so kann man wohl sagen, wenn einem Schande über das weiße Haar gebracht wird.«

»Na, na, übertreiben Sie nicht, Herr Stiller.«

»Ich übertreibe nicht.« Er beugte sich weit über den Tisch und griff nach Andreas' Händen. »Ich danke Gott, dass Sie gekommen sind, Herr Murr und ich mich aussprechen kann über das, was mir auf der Seele liegt wie ein Mühlstein. Sehen Sie, Herr Murr, Sie haben keine eigenen Kinder und was Sie sich da ins Haus genommen haben, ist gesund herangewachsen an Leib und Seele. Glückssache, mein Lieber. Es hätte auch danebengehen können. Mir ist mein eigen Fleisch und Blut danebengeraten.«

Das Mädchen brachte den Wein und kaum hatte die Tür sich hinter ihm geschlossen, fuhr Stiller in wehmütigem Ton fort:

»Da meint man immer, man trage sein eigenes Leben verlässlich weiter in einem eigenen Kind – und dann ...«

Andreas unterbrach ihn ruhig und bestimmt und drückte die zitternden Hände auf die Tischplatte nieder:

»Mein lieber Herr Stiller, ich weiß zwar nicht, was Sie durcheinander gebracht hat, aber so schlimm wird es ja wohl nicht sein.«

Der Lehrer schaute ihn über seine Brillengläser hinweg mit einem Blick an, in dem sich aller Schmerz der Welt angesammelt zu haben schien.

»Nicht schlimm, meinen Sie, sei es, wenn mein Sohn von der Uni geflogen ist, nicht weil er das Examen nicht bestanden hat, sondern weil er einem Kommilitonen ein paar hundert Mark gestohlen hat?«

Peinlich berührt betrachtete Andreas die zusammengesunkene Gestalt vor sich. »Und warum erzählen Sie mir das, Herr Stiller?«

»Weil es aus mir herausmuss! Und weil es ja doch aufkommen wird. Ich war gerade im Vermessungsamt um anzufragen, ob mein Sohn vielleicht auf Grund seiner bisherigen Semester dort anfangen könnte. Man zuckte die Schultern und bedauerte. Es seien alle Stellen besetzt. Mir war zumute, als hätte nicht mein Sohn, sondern ich das Geld gestohlen.«

»Das bilden Sie sich nur ein.«

»Nein. Der Sohn des Vermessungsrates Ebner war mit meinem Ludwig auf derselben Universität und hatte es bereits erzählt.«

Tränen rannen dem unglücklichen Vater über die Wangen. Andreas fühlte heftiges Mitleid mit ihm und dankte Gott, dass Lena in allem so wohlgeraten war. Krampfhaft suchte er nach einem Trost, der den geschlagenen Mann wieder aufrichten könnte.

»Hören Sie einmal, Herr Stiller. Ich begreife durchaus, wie nahe Ihnen die Sache geht. Aber so schlimm ist es ja wieder nicht. Über alles wächst Gras und die Jahre lassen alles vergessen.«

»Ja, aber wenn man vier Wochen wegen Diebstahls gesessen hat, das lässt sich nicht auswischen. Das steht in den Akten und bleibt dort stehen! Ach, wenn ich doch nicht schon so alt wäre und das Grundstück in Steinkirchen nicht gekauft hätte! Im Frühjahr wollten wir bauen, weil ja die Lehrerwohnung frei werden muss. Nun frage ich mich, für wen und warum soll ich das alles noch tun? Was soll ich überhaupt noch tun?«

»Zunächst nicht so viel trinken. Das ist nur ein billiger Trost und kann nur den Kummer auf bequeme Weise für kurze Zeit vergessen machen.«

Stiller schaute sein Gegenüber ganz starr an. Ein wehes Lächeln spielte um seinen Mund. Er leerte sein Glas und rief nach der Bedienung. Andreas hatte seines zur Hälfte ausgetrunken und schüttelte den Kopf, als das Mädchen Stillers Glas fortnehmen wollte.

»Keinen Wein mehr für ihn. Eine Portion starken Kaffee, bitte.«

Stiller nickte und lächelte treuherzig. »Sie haben Recht,

Herr Murr. Menschen wie Sie sollte man immer um sich haben. An denen kann man sich aufrichten. Sie sind doch ganz ohne Fehl …«

»Sagen Sie das nicht, Herr Stiller. Jeder Mensch ist Prüfungen unterworfen. Und nun lassen wir das Thema. Meine Frau muss jeden Augenblick kommen. Sie werden mit mir heimfahren und das ausschlafen, was Sie zu viel getrunken haben.«

Dankbar sah Stiller ihn an. »Sie sind ein guter Mensch, Herr Murr.« Er streckte die Hand herüber. »Werden Sie schweigen über das, was ich Ihnen erzählt habe? Bis Steinkirchen ist ja die Schande noch nicht gedrungen.«

»Halten Sie mich für ein Klatschmaul, Herr Stiller?«

»Zu jedermann schweigen?«

»Natürlich.«

»Geben Sie mir Ihr Ehrenwort.«

Ärgerlich zog Andreas seine Hand zurück. »Das ist zu kindisch, Herr Stiller.«

Stiller lehnte sich zurück. Sein Kopf mit dem wirren weißen Haar hob sich gespenstisch von der dunklen Holztäfelung ab. Andreas sah die tiefen Falten hoffnungslosen Grams in den mageren Zügen. Das Mitleid sprang ihn so heftig an, dass er impulsiv die Hand hinüberstreckte.

»Mein Ehrenwort, ich werde zu jedermann schweigen.«

»Ich danke Ihnen, Professor.«

»Du kannst jetzt nicht mehr weglaufen«, sagte Lena, als Ludwig erschrocken vom Sofa hochfuhr, weil er draußen den Wagen vorfahren hörte. »Du würdest ihnen ja doch nur in die Hände laufen.«

Ludwig Stiller, vorher noch so überlegen, wurde auf einmal recht kleinlaut. »Kann ich denn nicht zur Hintertür hinaus?«

Lena lächelte ganz ohne Angst.

»Wir haben keine Hintertür, Lu.« (Er wollte, dass sie ihn Lu nannte.) »Und überdies, deine Skier stehen vorne bei der Haustür neben den meinen und zudem stehen ja hier noch die

Weingläser und die Kaffeetassen. Und dann – einmal müssen sie es ja doch wissen.«

Ja, es war wirklich schon zu spät, noch verschwinden zu können, denn Mella stampfte bereits im Flur den Schnee von ihren Schuhen und öffnete die Tür.

»Ach, du hast Besuch«, lachte sie und stellte die Pakete nieder. Sie brach mit ihren freundlichen Worten den Bann. »Der Musterknabe«, spottete sie freundlich. »Nett, dass du unserer Tochter Gesellschaft geleistet hast.«

Ludwig hatte sich wieder gefangen. Die Begrüßung war tadellos und die Hilfsbereitschaft, mit der er Mella aus dem Mantel half, war bezaubernd.

»Wir trafen uns zufällig oben am Hang beim Skilaufen«, log er, »und Lena war so freundlich, mich einzuladen.

Lena spürte sofort das Gefühl heftigen Unwillens. »Na, so zufällig war es ja auch wieder nicht«, sagte sie, bereit, nun weiterhin nichts mehr zu verheimlichen und nicht mehr zu lügen. »Lu wird die Weihnachtsfeiertage bei uns sein. Es macht dir doch nichts aus, Mutter?«

»Nein, warum? Übrigens, wir haben gerade deinen Vater von Bichl nach Steinkirchen mitgenommen«, wandte sie sich an Ludwig.

»Tatsächlich?«, fragte er und zog den Mund im linken Winkel ein wenig hoch, als hätte er soeben etwas recht Bitteres zwischen die Zähne bekommen. »Ich wusste gar nicht, dass er nach Bichl gefahren war.«

In diesem Augenblick betrat Andreas Murr den Raum und stutzte.

»Ach, Sie sind da?«, sagte er in einem Ton, der äußerst unwirsch klang. Dann sah er auf den Tisch. »Donnerwetter, man scheint es sich hier recht gemütlich gemacht zu haben. Seit wann trinkst du meinen Chianti Posarelli? Ich dachte immer, du magst keinen Rotwein.«

»Heute ausnahmsweise«, lachte Lena, trat auf ihn zu und nahm ihm die Pelzmütze ab. »Du genehmigst es doch nachträglich, Vater? Wir hatten nur diese eine Flasche und Lu sagte, dass es eine gute Marke sei.«

»Wer ist Lu? Ach so. Dieser Herr Ludwig Stiller.«

»Aber, Andi, du brauchst ihn doch nicht mit Sie anzureden. Schließlich kannten wir ihn doch schon, als er noch ein ganz kleiner Junge war.«

Andreas tat, als habe er das nicht gehört.

»Wir haben gerade Ihren Vater von Bichl heimgebracht.«

»Ja, die gnädige Frau sagte es bereits«, antwortete Ludwig und machte ein hochmütiges Gesicht. Wenn diesem Professor die Flasche Wein etwa Leid tun sollte, wollte er sie ersetzen.

Andreas wusste nicht recht, wie er sich verhalten sollte. Aber wie ein Blitz hatte es ihn durchzuckt: Dieser hinausgeworfene Student, dieser geschniegelte Laffe war es, den Lena liebte! Er sah, wie ihre Augen leuchteten, fühlte die frohe Erregung, die sie durchpulste, und merkte, wie sein eigenes Herz auf einmal todtraurig wurde. Und nur diese Traurigkeit war schuld, dass er nicht so unhöflich wurde, wie er es wollte. Im Gegenteil, er fühlte auf einmal das Bedürfnis, den überheblichen Jüngling aufs Glatteis zu führen. Er setzte sich an den Tisch, ließ sich von Lena ein Glas Wein einschenken und nippte daran.

»Und was macht die Uni, Herr Studiosus?«

Ludwig fühlte sich etwas unbehaglich durch den frostigen Ton.

»Na, ja«, lächelte er. »Man schlängelt sich halt so durch die Semester. Sie wissen ja, wie das ist.«

Andreas wollte eine heftige Antwort geben, verschluckte sie aber gerade noch rechtzeitig, als er sah, mit welch leuchtenden Augen Lena am Munde des jungen Mannes hing.

Ihn fror auf einmal bei dem Gedanken, dass dieser Ludwig Stiller es war, der Lenas Wesen so verändert hatte. Den Michael Kirchberger, den gutmütigen und ganz gewiss recht tüchtigen Jäger, hatte er im Verdacht gehabt. Auf diesen Ludwig Stiller wäre er gar nicht gekommen. Für ihn war er auch gar nicht mehr der Sohn des von ihm so geschätzten Lehrers, sondern ein relegierter Student, ein auf die schiefe Bahn geratenes raffiniertes Bürschchen, das sich den fetten Fisch angeln wollte, als den er Lena wohl ansah.

Andreas biss die Zähne aufeinander und war drauf und dran, den jungen Mann jetzt heimzuschicken. Aber Ludwig sagte in diesem Augenblick, dass er jetzt gehen müsse, weil man daheim wahrscheinlich mit dem Abendbrot auf ihn warte.

»Du kannst aber auch bei uns eine Kleinigkeit essen«, munterte Mella ihn auf zu bleiben. Andreas warf ihr einen hilflosen Blick zu.

»Ich habe keinen Hunger und gehe noch ins Atelier. Ruft mich, wenn die Abendnachrichten kommen.«

Ohne sich von dem jungen Mann zu verabschieden ging Andreas Murr hinaus. Er hätte auch vom Flur aus ins Atelier gelangen können. Aber er trat durch die Haustür und sah die Skier, die neben der Tür an der weißen Wand lehnten. Und er sah die Sterne hoch über sich am Himmel und den Mond, dessen Licht auf dem weißen Schnee wie Silber glänzte.

Oftmals hatte er schon Trost empfangen von den Sternen, wenn sie so still auf ihn niederblickten. Heute aber kam kein Trost von ihnen oder sein Herz war so von Trauer und Enttäuschung verschüttet, dass es für keinen Trost mehr empfänglich war. Er wusste aber, dass er nicht so traurig bleiben durfte, dass er aus dieser Lähmung erwachen musste, um die Ordnung wiederherzustellen im Herzen des Kindes, das meinte schon erwachsen zu sein und doch in kindlicher Einfalt einem Taugenichts in die Hände gefallen zu sein schien.

Er hatte dem Mann da unten im Schulhaus zwar sein Ehrenwort gegeben – aber was bedeutete das, wenn das Glück des Kindes bedroht war? Die Liebe hatte einen Ring geschlossen um sie alle drei, um ihn, um Mella und um Lena. Und nun kam da einer daher und wollte den Ring sprengen!

Andreas Murr lachte rau vor sich hin. »Da wird ihm aber der Schnabel sauber bleiben!«

Lieber, dachte er, gleich den Verdruss als später. Es war nur noch zu erwägen, ob er jetzt, ein paar Tage vor Weihnachten, noch reinen Tisch schaffen oder die Feiertage erst vorübergehen lassen sollte. Zunächst wollte er eine Nacht darüber schlafen.

Er hörte Schritte im Flur, ging schnell ins Atelier, drehte das Licht an und zog die Vorhänge zu.

Andreas Murr war sich in dieser Nacht schlüssig geworden, das gegebene Ehrenwort zu halten. Er glaubte, wenn er in recht liebevoller Art Lena den Burschen ausredete, dass sie dann ohne weiteres gehorchen und sich seinen Wünschen fügen würde.

Da trat ihm aber Mella am nächsten Morgen mit ihrer Meinung entgegen. Klug wie sie war, fiel sie nicht gleich mit der Tür ins Haus, sondern redete schön langsam auf ihr Thema zu. Vom vielen Schnee zuerst und dass man nicht vergessen dürfe auch über die Feiertage im Atelier zu schüren, weil sonst die Wasserleitungen einfrören. Und dann plötzlich:

»Dieser junge Stiller ist doch ein famoser Bursche.«

Andreas war gerade beim Rasieren und stand vor dem Spiegel. »So, meinst du?« Im Spiegel sah sie, dass sich dabei sein Mund spöttisch verzog.

»Ja, findest du nicht?«

»Nein, das ist ganz und gar nicht meine Meinung.«

Mella ordnete die Tassen am Frühstückstisch.

»Ja, ich weiß schon. Du hast ihn noch immer so in Erinnerung, wie er einmal war. Ein verweichlichtes Muttersöhnchen, ohne inneren Halt. Aber es ist doch kaum mehr etwas davon zu merken. Das Studium und die Stadt haben einen ganz anderen Menschen aus ihm gemacht. Es ist nur schade, dass du gestern einfach ins Atelier gegangen bist. Er ist ein ausgezeichneter Unterhalter.«

Andreas drehte sich langsam um. Der Blick seiner Augen war hart und scharf.

»Und damit hat er vermutlich unserer Lena den Kopf verdreht.«

»Was brauch ich jetzt noch?«, sprach Mella zu sich selbst. »Ach ja, die Butter fehlt noch. Willst du auch etwas Schinken heute, Andi, oder ein gekochtes Ei?«

»Weder das eine noch das andere! Mir ist der Appetit vergangen, weil du so von diesem ›Musterknaben‹ schwärmst.«

»Ein Musterknabe ist er längst nicht mehr, sondern ein junger Mann, der sein Ziel kennt und mit beiden Füßen fest im Leben steht.«

»Da schau her! Und das hast du gestern in der knappen Zeit bereits festgestellt?«

»Nein, Andi. Es ist vielmehr so, dass Lena mir gestern ihr Herz ausgeschüttet hat. Sie wollen sich zu Weihnachten verloben.«

Seine Brauen zogen sich schmerzhaft zusammen. »So, so! Sie hat dir ihr Herz ausgeschüttet. Ich brauche davon ja nichts zu wissen. Vielleicht darf ich meinen guten Chianti Posarelli dazu spenden und was es sonst noch bei dieser Feier geben soll, aber sonst habe ich es einfach zur Kenntnis zu nehmen.«

Mella ließ vor Schreck einen Löffel fallen. »Aber, Andi, was hast du denn? Das ist doch sonst nicht deine Art! Wir haben doch damit rechnen müssen, dass Lena eines Tages ihr Herz an einen Mann verlieren wird.«

»Aber nicht an so einen!«, schrie er unbeherrscht heraus. »Nimm bitte zur Kenntnis, dass dieser Ludwig Stiller mir absolut nicht passt.«

»Aber, Andi, schrei doch nicht so! Du tust ja gerade, als hätte sie sich einem Verbrecher an den Hals geworfen!«

Er lachte gereizt auf und warf das Handtuch weg. »So ähnlich könnte man es auch nennen, ja.«

Verständnislos schüttelte Mella den Kopf. »Das verstehe ich nicht. Wir wissen doch, woher er kommt. Seine Eltern sind achtbare Leute und –«

»Nichts gegen seine Eltern! Die Mutter war zwar immer eine etwas verschrobene Person, die möglichst hoch hinaus wollte. Aber kurz und gut, ich bin dagegen!«

»Das musst du dann aber Lena wirklich genau begründen können.«

»Kann ich, verlass dich darauf.«

»Ja, aber bitte, keinen Streit jetzt vor den Feiertagen.«

»O nein, ich werde ganz vernünftig mit ihr sprechen. Lass uns dann bitte allein.«

»Sei still jetzt, ich höre sie kommen.«

Frisch und beschwingt kam Lena herein, gab wie üblich Vater und Mutter einen Kuss auf die Wange und setzte sich an den Frühstückstisch. Andreas musste sie immerzu ansehen und konnte der Gedanken kaum Herr werden, die ihn bedrängten. Wie lange mag diese Liebschaft schon dauern? Warum war ihm nie etwas aufgefallen? Und warum hatte auch Mella sich so täuschen lassen? Oder wusste sie vielleicht schon längst von der Sache? Ganz sicherlich! Man hatte es nur vor ihm verheimlichen wollen. Vielleicht hatte man das Gefühl, dass er dagegen sein würde.

Wie golden ihr Haar im Licht schimmerte, das durchs Fenster hereinfiel. Wie ihr Mund blühte und ihre Augen glänzten! Vielleicht hatte Andreas Murr noch nie so stark empfunden, wie sehr er dieses Kind liebte. Er sah in ihr immer noch das Kind, das an seiner Hand die ersten Schritte getan und das er die ersten Worte gelehrt hatte. Ach, wohin war sie entschwunden, diese herrliche, unbeschwerte Zeit?

»Ich möchte nachher etwas mit dir besprechen, Lena«, rang er sich schließlich ab. Er sah, wie Lena mit der Mutter einen Blick wechselte, und lächelte traurig vor sich hin.

»Du brauchst gar keine Angst zu haben«, sagte Mella, als wolle sie das Kind beruhigen, das gar nicht unruhig war.

»Ich habe auch keine Angst, Mutter.«

»Angst muss man auch nur dann haben, wenn man etwas Unrechtes getan hat und weiß, dass man darüber Rechenschaft ablegen soll«, meinte Andreas.

Endlich war es dann so weit. Gemeinsam trugen Mutter und Tochter das Kaffeegeschirr ab. Andreas erhob sich und ging ins Wohnzimmer. Er hörte, wie sie draußen in der Küche noch tuschelten, und spitzte die Ohren, konnte aber nichts verstehen.

Er nahm sich vor, ganz ruhig zu bleiben, holte aus einer Zigarrenkiste eine schwarze Brasil und zündete sie an, genauso, wie er es an Feiertagen tat oder bei feierlichen Anlässen.

Dann kam Lena. Sie suchte seinen Blick, aber er hatte sein Gesicht gerade mit Rauch eingewölkt.

»Bitte, schließ die Tür und setz dich, mein Kind. Ja, ja, setz dich nur ruhig dorthin. Wir wollen ganz vernünftig etwas miteinander besprechen.«

Auf Lenas Gesicht lag immer noch der helle Schein. Die weißen Zähne schimmerten wie Elfenbein bei dem erwartungsvollen Lächeln, das sie dem Vater zeigte, der jetzt ihr gegenüber Platz nahm. Zuerst betrachtete er noch ein paar Sekunden schweigend die Brasil in seinen Fingern. Dann hob er den Blick.

»Ich habe gehört, Lena, dass du dich übermorgen verloben willst?«

»Ja, Vater.« Lena faltete die Hände über dem Tisch. »Ich bin froh, dass Mutter dich schon ein wenig vorbereitet hat, dann fällt es mir nicht so schwer, mit dir darüber zu sprechen.«

»Hör einmal gut zu, Lena. Wir zwei waren immer zueinander wie gute Freunde und es wundert mich eigentlich, dass es dir schwer fällt, mir das zu sagen, was in diesem Fall ja nun gesagt werden muss. Ich will dich verstehen, verlange aber auch, dass du mich verstehst.«

»Na also, es ist eben so, wie Mutter schon sagte. Wir wollen uns zu Weihnachten verloben. Und ich glaube nicht, Vater, dass du meinem Glück im Wege stehen willst.«

»Nein, Lena, deinem Glück werde ich nie im Wege stehen. Bist du aber überzeugt, dass dies dein Glück sein wird?«

»Ja, Vater.«

Ein paar hastige Züge an der Zigarre. »Sag mir bitte einmal, was will er denn eigentlich werden?«

In diesem Augenblick wurde Lena etwas unsicher. »Weißt du, Vater, das ist nämlich so –«

»Wie ist es? Wollte er nicht Rechtsanwalt werden?«

»Ja, aber nun hat er eingesehen, dass er seinen Eltern die weitere Last eines Studiums nicht mehr aufbürden kann. Du weißt ja, Herr Stiller wurde seiner Gesundheit wegen schon frühzeitig pensioniert –«

»Also das Studium sozusagen unterbrochen?«, fragte Andreas.

»Ja, unterbrochen. Das heißt, er hat aufgehört und will sich sobald wie möglich nach einem einträglichen Job umsehen.«

»Um einen was?«

»Um einen Beruf, der es ihm ermöglicht, seine Eltern zu unterstützen.«

»Aha. So ist das. Ein schöner Zug von ihm. Zu einem Winkeladvokaten könnte es immerhin noch reichen. Schön, schön. Und das hat er dir alles erzählt?«

»Ja, wir haben ganz offen über alles gesprochen, Vater.«

»Und du glaubst das natürlich?«

»Ich habe keinen Grund, daran zu zweifeln.«

»Weil du eben sehr verliebt bist. Und Verliebte nehmen ja bekanntlich jedes Ammenmärchen für wahr.« Andreas wölkte sein Gesicht wieder ein und fragte dann: »Auf den Gedanken bist du wohl nie gekommen, dass deine Wahl mir eventuell absolut nicht passen könnte?«

Lena schaute ihn verdutzt an. »Wie sollte ich auf diesen Gedanken kommen? Ich weiß doch, dass du nur mein Bestes willst und mir mein Glück von Herzen gönnst.«

»Eben darum, weil ich nur dein Bestes will, werde ich mich mit allen Mitteln dagegen sträuben, dass ihr beide zusammenkommt.«

Das konnte nur Trotz sein und aufsteigender Unwille, was jetzt in den blauen Augensternen aufglühte. Lena stand auf und streckte sich. Es war, als wachse sie in diesen Minuten um einen Kopf. Ihre Stimme hatte einen harten, metallenen Klang.

»Du vergisst, Vater, dass ich ihn liebe, mehr als alles auf der Welt.«

»Was weißt du schon von der Welt, mein Kind! Du bist im Augenblick für mich nur irrsinnig verliebt, weiter nichts. Du siehst in dieser Episode den Inhalt deines Lebens und verlierst dabei vollkommen den Überblick für das tiefe und echte Gefühl.«

Lena hatte sich an den Kamin gelehnt, in dem ein knisterndes Feuer brannte. Sie hatte begriffen, worum es dem Vater ging. Ihr war klar geworden, wie sie seine Worte zu deuten hatte. Dieser scheinbar so ruhig dasitzende Mann, der mit seiner Zigarre spielte, war nicht ihr Verbündeter, sondern ihr Feind. Diese Feststellung betrübte sie zunächst, dann aber wuchsen Trotz in ihr und der eiserne Wille, für das zu kämpfen, was sie für den Inhalt ihres Lebens hielt.

»Wenn ich dich recht verstehe, Vater«, begann sie, »dann bist du also gegen diese Verbindung.«

»Jawohl, ganz und gar.«

»Und darf ich wissen, warum?«

»Das darfst und sollst du sogar wissen, mein Kind. Weil ich einfach nicht haben will, dass du in dein Unglück rennst. Ludwig Stiller ist deiner nicht wert. Ich habe dich nicht aufgezogen, dass du dich dem Nächstbesten an den Hals wirfst.«

Ihre blauen Augen blitzten. »Was hast du eigentlich gegen ihn?«

»Sehr viel. Hör einmal zu, mein Kind –«

»Bitte, nenn mich nicht immer Kind. Ich bin erwachsen genug, um selbst urteilen zu können, an wen ich meine Gefühle verschenke.«

Seine Brauen zogen sich nachdenklich zusammen. Er befeuchtete den Finger und klebte ein locker gewordenes Deckblatt der Zigarre an.

»Du wirst im Frühjahr achtzehn, Lena, und musst dich schon damit abfinden, dass ich bis zu deinem einundzwanzigsten Lebensjahr noch einiges über dich zu bestimmen habe. Ich wollte eigentlich ganz in Ruhe mit dir sprechen. Aber ich spüre bei dir Trotz, wo eine Bereitschaft zum Verstehen vorhanden sein müsste.«

Lena wartete eine Weile. Die etwas vorgeschobene Unterlippe deutete darauf hin, dass der Trotz sich noch verstärkt hatte.

»Ich höre aus allem nur heraus, dass du mit meiner Wahl nicht einverstanden bist.«

»Aber schon ganz und gar nicht«, wiederholte Andreas, diesmal schärfer, und stand ebenfalls auf. »Und nun muss ich dir wohl auch sagen, warum, nicht dass du meinst, es sei nur eine Laune von mir oder Egoismus. Nicht aus Rücksicht auf seine Eltern hat Ludwig sein Studium unterbrochen, sondern weil er rausgeflogen ist aus der Universität.«

Lena erblasste, und ihr Trotz wurde etwas lahmer. »Du lügst!

»Ich habe nicht nötig zu einer Lüge zu greifen. Aber wenn du mich dessen schon bezichtigst, muss ich dir doch noch sagen, warum er hinausgeflogen ist. Er hat einem Kommilitonen Geld gestohlen und wurde dafür auch vier Wochen eingesperrt. So, nun weißt du es. Vielleicht begreifst du nun auch, warum ich dagegen bin und immer dagegen sein werde. Bring mir einen Handwerker oder sonst einen anständigen Burschen, ich werde deinem Glück nie im Wege stehen. Dieser Gauner aber kommt mir nicht ins Haus.«

Es wurde für Minuten mäuschenstill im Raum. Nur die kleine Uhr auf dem Sims tickte. Zu ihrem eigenen Erschrecken merkte Lena, wie etwas in ihr zusammenstürzte, als sei eine Mine unter einem Haus explodiert. Und als Rauch und Staub sich verzogen hatten, stand nur mehr ein Gerippe da – der blanke Hass. Er flammte in Lenas Augen, brannte in ihrem Herzen und löschte alle Vernunft aus.

Da stand der Mann, der ihrem Glück im Wege sein wollte, und sah zum Fenster hinaus, als könnte ihn die winterliche Landschaft ergötzen. Seine Schultern waren von der Last der Jahre schon etwas gebeugt. Über seinem Haar stieg wieder die bläuliche Rauchwolke der Zigarre auf.

Endlich hatte Lena sich gefasst. Hart und fordernd klang ihre Stimme durch den Raum.

»Ich hoffe, dass dies nicht dein letztes Wort ist, Vater.«

»In dieser Sache schon«, antwortete er ohne sich umzudrehen.

»Dann nimm zur Kenntnis, dass ich mich deinem Willen widersetzen werde. Du hast Ludwig einen Gauner genannt. Du erzählst mir da etwas von einem Diebstahl, an den ich nicht glaube. Und selbst wenn es wahr wäre, so ist das für mich noch kein Grund, jetzt nicht erst recht zu ihm zu stehen. Am allerwenigsten aber steht es dir zu, Moral zu predigen und über andere, wenn sie wirklich einmal gefehlt haben sollten, zu Gericht zu sitzen.«

Langsam drehte Andreas Murr sich um. Sein Gesicht hatte alle Farbe verloren.

»Wie meinst du denn das? Möchtest du dich nicht etwas deutlicher ausdrücken?«

Etwas mahnte Lena für Sekunden zur Vorsicht, aber dann rannte der Hass wieder mit ihr davon.

»O ja, wenn du es durchaus wünschst. Ludwig und ich sind zwei junge Menschen, die sich lieben. Wo steht denn geschrieben, dass das verboten ist? Jedenfalls sind wir keine Ehebrecher.«

Zuerst verstand Andreas den letzten Satz nicht gleich. Aber dann schoss ihm das Blut ins Gesicht.

»Wie kommst du auf Ehebrecher?«

»Weil du einer bist.«

Die Zigarre flog in die Ofenglut. Mit zwei Schritten stand er vor ihr.

»Sag das noch einmal.«

Lena war keinen Schritt zurückgewichen. Jetzt zeigte es sich, dass die versteckten Hetzereien des Studenten Ludwig Stiller doch ihre Früchte getragen hatten.

»Ist es vielleicht nicht so?«, fragte sie mit singendem Hohn. »Oder meinst du, ich kann nicht bis fünf zählen? Ihr beide seid über fünfundzwanzig Jahre verheiratet, ich aber bin erst achtzehn.« Andreas Murr hatte die Hand gehoben, dann ließ er sie wieder sinken.

»Nein, ich kann dich nicht schlagen, obwohl du es jetzt verdient hättest. Aber was du mir jetzt gesagt hast, das werde ich nie vergessen können. Es geschieht mir ganz recht. Ich hätte schon früher bedenken müssen, dass nur Undank der Lohn ist für alles, was man meint, an Gutem zu tun. Und damit wir uns klar sind, Lena. Wir haben zu lange in Liebe und in einem wirklich guten Verstehen miteinander gelebt, um jetzt eine Kluft zwischen uns aufzureißen, die uns das Leben zur Qual machen würde. Du hast nun zu entscheiden zwischen uns, die wir dir bisher gute Eltern gewesen sind, und diesem zwielichtigen Subjekt, das dir deinen sonst so klaren Kopf verdreht hat. Ich vermute sogar, dass er dich gegen uns aufhetzt. Wenn du meinst, dass du dich nicht von ihm trennen kannst, dann gehe deiner Wege. Vielleicht gehen dir später einmal die Augen auf und du begreifst dann, was es heißt, ein Zuhause zu verlieren.«

Das hatte Lena am allerwenigsten erwartet. Schon um vieles kleinlauter, fragte sie: »Soll das heißen, dass du mich aus dem Hause weist?«

»Ich habe dir gesagt, du kannst wählen zwischen uns und ihm. Du musst dich nicht heute entscheiden. Ich lasse dir gerne ein paar Tage Zeit. Nur eins merke dir, ins Haus kommt der Kerl mir nicht mehr.«

»Dann bleibt mir nichts anderes übrig, als zu ihm zu gehen.«

Um seinen Mund zuckte es vor Schmerz. Aber dann riss er sich zusammen, wurde hart zu sich selbst. »Tu, was du nicht lassen kannst.«

Als er hinausging, sah es aus, als seien seine Schultern noch tiefer gesunken.

Drei Wochen haben Andreas Murr und Lena nicht miteinander gesprochen. Lena schnitt ihn, denn sie sah in ihm die Ursache ihres Unglücks. Die Ursache auch für ein ganz und gar verpfuschtes Weihnachtsfest, denn Ludwig war tätsächlich nicht gekommen. Und sie wusste auch, dass der Vater ihm einen Brief geschrieben und ihm verboten hatte, das Murrhaus nochmals zu betreten.

Wenn sich ein Zusammensein mit dem Vater gar nicht vermeiden ließ, so sah Lena mit schmalen Augen über ihn hinweg und nahm sich vor, niemals um ein gutes Wort zu betteln. Einsperren konnte er sie nicht und so ergab es sich immer wieder einmal, dass sie mit Ludwig zusammentraf.

Natürlich hatte er alles abgeleugnet, den Diebstahl und das Gefängnis, und sie musste ihm glauben, denn Ludwig Stiller hatte am ersten Januar in der Genossenschaftsmolkerei den Posten eines Rechnungsführers übernommen. Mit

Triumph in der Stimme erzählte es Lena daheim während des Mittagessens.

Andreas blickte nur flüchtig auf. Mella dagegen hakte sofort ein.

»Na siehst du, Andreas, das ist doch immerhin ein Beweis –«

Andreas legte den Löffel weg und ging hinaus. Ihm war unfassbar, dass man bei der Genossenschaftsmolkerei so leichtfertig handeln konnte. War es denn wirklich nicht bekannt, warum Ludwig Stiller aufgehört hatte zu studieren? War er der einzige, dem der verzweifelte Vater sich anvertraut hatte?

Am meisten aber ärgerte es ihn, dass Mella die Sache nicht so sehen wollte, wie sie war. Sie stand Lena bei und deckte sie womöglich noch. Darum gab es auch zwischen ihnen Spannungen. Er fühlte sich hinausgeschoben aus einem Kreis, der so verlässlich geschienen hatte, fühlte sich hintergangen, war der Niemand und hatte nicht mehr die Kraft wie früher, um sich aufzulehnen gegen das Schicksal.

Nein, er konnte sich nicht mehr hochreißen, seine Schwingen waren gelähmt. Zu schwer trug er an dieser Enttäuschung. Er wurde wortkarg und verschlossen, hielt sich meist im Atelier auf oder stieg in den Wagen, fuhr weg ohne zu sagen, wohin.

»Andi«, sagte Mella eines Tages und legte alle Wärme in ihre Stimme, »so kann es doch nicht weitergehen. Ich sehe doch, wie du dich quälst und nie mehr zu einem Lachen findest.«

»Soll ich lachen, wenn mir das Weinen näher steht? Mich wundert bloß, dass sie überhaupt noch da ist! Ich habe ihr freigestellt zu gehen oder diesen Kerl aufzugeben.«

Mella wurde nun doch energisch. »Das ist doch dummes Gefasel! Wohin sollte sie denn gehen?«

»Dorthin, wo sie hergekommen ist.«

»Sie ist nicht von sich aus hierher gekommen. Wir haben sie hergeholt. Du hast das anscheinend vergessen, Andi.«

»Ja, wir haben sie hergeholt und das reut mich heute. Ich würde nie mehr ein Kind annehmen, das weiß ich. Denn wie sie es einem danken, das erlebe ich jetzt.«

»Und du vergisst dabei, wie viel Sonne sie uns in Haus gebracht hat und wie viele schöne Stunden wir erlebt haben in allen Jahren seither.«

»Die wir jetzt teuer bezahlen müssen.«

»Du tust, als sei das größte Verbrechen geschehen. Wie war es denn bei uns beiden? Habe ich mir etwas einreden lassen? Man war damals auch gegen dich. Du warst arm, hattest keinen Namen und keine Zukunft. Nur ich allein habe an dich geglaubt und zu dir gehalten.«

Andreas Murr sah zum Fenster hinaus. Ein paar Krähen zogen mit trägem Flügelschlag über den verschneiten Hang herauf und fielen in den Wald ein.

»Ja, ich war arm«, sagte er dann. »Arm, aber ehrlich und meinte es auch mit dir ehrlich.«

»Selbst wenn du es nicht so ehrlich gemeint hättest, Andi, ich hätte das wahrscheinlich gar nicht bemerkt, weil ich eben auch unsterblich in dich verliebt war.«

Er sah sie mit einem gequälten Lächeln an.

»Der Vergleich zwischen mir und diesem Kerl ist gerade nicht schmeichelhaft für mich. Du meinst also, wir sollen uns in Geduld fassen und warten, bis sie enttäuscht und mit zerstörtem Herzen wieder heimfindet ins warme Nest? Und dann wären wir wieder gut genug, nicht wahr?«

»Ja, Andreas, auch diese Verpflichtung haben wir damals auf uns genommen. Es wäre unserer nicht würdig, wenn wir sie allein ließen in der inneren Not, in die sie dann kommen müsste. Und, Andi, vielleicht hast du es doch ein wenig verkehrt angepackt. Du hättest den jungen Stiller zu Weihnachten ruhig kommen lassen, vernünftig mit ihm sprechen und ihm ein Jahr Wartezeit abverlangen sollen mit der Begründung, dass Lena eben noch zu jung sei.«

»Meine liebe Mella«, antwortete er resigniert, »das alles ändert leider nichts an der Tatsache, dass Lena sich an einen unwürdigen Menschen verloren hat und mich als ihren Feind betrachtet, weil ich dagegen bin. Erinnere dich doch, bitte! Schon immer war er verschlagen und verlogen, nicht wie andere Burschen seines Alters. Als Musterknabe hat ihn seine

Mutter immer präsentiert und ein Lump ist aus ihm geworden. Es ist mir unverständlich, wie er den Posten bei der Genossenschaftsmolkerei hat bekommen können. Wenn ich etwas dabei zu reden gehabt hätte, ich hätte bei seiner Einstellung eine Kaution verlangt. Aber es hat keinen Zweck, Mella, wenn wir beide uns auf unsere alten Tage auch noch entzweien wollten. Schließlich haben wir beide nur das Beste gewollt.«

Andreas wandte sich ab, suchte in der Schublade des Küchenkastens nach einer Tüte mit Vogelfutter, ging hinaus und streute Körner in das Futterhäuschen, das am Gartenzaun hing. Wenig später fuhr er mit dem Wagen weg, wieder ohne zu sagen, wohin.

Der Frühling ließ in diesem Jahr lange auf sich warten. Der März verregnete, im April schneite es nochmals ausgiebig, der Schnee blieb sogar acht Tage liegen und man konnte die Skier wieder anschnallen.

Dann kamen ein paar Föhntage, die mit allem aufräumten und dem Frühling das Tor ganz weit öffneten. Wie ein ungestümer Bursche stürzte er sich über die Berge hinunter und brachte alles zum Blühen und zum Knospen.

Mit dem Frühling, den Gott so herrlich an das Land verschenkte, kam für Lena auch langsam die Enttäuschung. Zuerst wollte sie es nicht recht glauben, aber dann wurden die Beweise, dass Ludwig Stiller sie mit der Kassiererin des neuen Strandcafés »Alpenblick« betrog, immer dichter.

Das Strandcafé hatte den Winter über geschlossen gehabt und zum ersten April seine Pforten wieder geöffnet. Zu diesem Zeitpunkt war auch das fremde Mädchen gekommen, Ilona, eine dunkle Schönheit, die den Burschen das Blut rebellisch machte.

Die Wirtsleute hatten schon richtig spekuliert. Das Geschäft begann zu florieren, der Umsatz stieg und das Mädchen Ilona schwebte wie eine Königin durch das Lokal.

Das Café lag gerade so, dass Ludwig Stiller von seinem Schreibtisch in der Molkerei aus hinübersehen konnte. Wenn die Fenster offen standen, konnte er Ilona zwischen den Tischen hin und her huschen sehen. Er kannte ihre Bewegungen bereits, bevor er zum ersten Mal als Gast dort auftauchte zu einer Zeit, wo andere nicht ins Café gehen konnten, weil es am hellen Nachmittag gegen drei Uhr war.

Aber da er ja sein eigener Chef war, konnte er wohl eine halbe Stunde einmal alles absperren und eine Tasse Kaffee trinken gehen und wäre es nur deshalb, um sich dieses Mädchen einmal genau anzusehen und abzuwägen, ob es sich lohne, auch einmal einen Abend dafür zu opfern.

Es lohnte sich wahrhaftig. Ilona war nicht spröde, rauchte mit ihm gerne eine Zigarette und ging sofort auf den leichten Ton ein, den er anschlug. Er erkannte gleich, dass er mit diesem Mädchen anders reden konnte als mit Lena. Ihr durfte man ohne Hemmungen sagen, dass sie schön sei, schön auf eine ganz besondere Art, und dass es ganz gut sei, dass endlich einmal so etwas wie sie in das langweilige Nest Steinkirchen hereingekommen sei.

»Ja?«, fragte Ilona und zeigte lachend die Herrlichkeit ihrer Zähne. »Aber gerade Sie sollten das nicht betonen.«

»Natürlich«, meinte er. »Ich kann mir ja denken, dass Ihnen das auch die anderen sagen, die jetzt so fleißig hier einkehren. Komisch, im vorigen Jahr haben alle noch einen Bogen um das Café gemacht, jetzt finden sie auf einmal Geschmack am Kaffee, die Bauernfünfer.«

»Wir führen ja auch Wein und Bier«, erklärte ihm Ilona und lächelte über die »Bauernfünfer«, denn es waren immerhin einige recht respektable Burschen darunter, die zwei Flaschen Wein trinken konnten ohne beim Heimweg zu wanken.

Freilich, dieser Molkereirechnungsführer war etwas anderes. Das hatte Ilona längst bemerkt, denn auch sie konnte von hier aus so manchen Blick hinüberwerfen, wenn am Vormittag die Bauernfuhrwerke aus der ganzen Umgebung herankamen und mit viel Lärm die Milchkannen auf der Rampe abgeladen wurden. Dann tauchte zuweilen Ludwig mit schön gekämmtem Haar auf, hatte Schreibblock und Bleistift in der

Hand und notierte etwas. Er tat dies in letzter Zeit mit einer gewissen Pose, zündete sich eine Zigarette dabei an und schielte unauffällig unter gesenkten Brauen zum Café hinüber.

Es blieb nicht aus: Er wurde bald täglicher Gast im »Alpenblick« und hatte mehr Zeit als die anderen Burschen, die früh aufstehen mussten und schon meist vor der Polizeistunde heimgingen. Ludwig aber blieb über die Polizeistunde hinaus, er konnte warten, bis er mit Ilona allein war, und geriet dadurch ein wenig in Zeitnot, wenn er mit Lena ein Treffen verabredet hatte. Die Zeitnot war es eigentlich weniger, die Lena zu spüren bekam, sondern mehr die Unruhe und das Nervöse, das von ihm Besitz ergriffen hatte. Er war oft nicht bei der Sache und mit feinem Instinkt spürte Lena, dass etwas zwischen sie und ihn gekommen war und dass sie an ihm nicht mehr den Halt fand, den sie so notwendig in dieser Zeit brauchte.

Früher hatte er zu trösten gewusst, wenn sie ihm ihr Leid klagte, dass sie es schwer habe zu Hause. Jetzt hörte er oft verdrossen zu und schaute auf die Uhr oder über ihren blonden Scheitel hinweg nach den rötlich erleuchteten Fenstern des Cafés »Alpenblick«, in dem Ilona auf ihn wartete.

Etwas wie Angst begann Lenas Herz zu umklammern. Wo aber daheim schon so eisiges Schweigen herrschte, wollte sie nicht auch bei ihm, dem Geliebten, die karge Zeit, die sie beisammen waren, das Schweigen herrschen lassen, noch dazu, wo die Angst immer lauter in ihr zu rufen begann.

Sie trafen sich wieder einmal am Rand des Moores, bei den Birken, unter denen sich vor vielen Jahren die schöne Sabina Distoller mit dem Italiener Guido so oft getroffen hatte.

Lena war schon zehn Minuten da, als er langsam angeschlendert kam um dann zum ersten Mal zu erleben, dass sie nicht das zahme, geduldige Liebchen war, das froh sein musste, wenn er überhaupt erschien.

Heute hob sie das Handgelenk mit der Uhr und fragte dann in einem Ton, der ihn aufhorchen ließ:

»Du, sag einmal, wofür hältst du mich denn eigentlich?

Glaubst denn, ich nähme es stillschweigend hin, wenn du mich eine Viertelstunde warten lässt?«

Er zog die Brauen verwundert hoch. »Was ist denn das für ein neuer Ton?«

»Der, den du von mir herausforderst«, antwortete sie mit noch größerer Schärfe. »Das letze Mal waren es fünf Minuten. Heute eine Viertelstunde, das nächste Mal wird es vielleicht eine halbe Stunde sein und eines schönen Tages wirst du dann überhaupt nicht mehr kommen.«

Die Dämmerung legte sich über das Moor und der Wind raschelte in den jungen Birkenblättern. Ludwig zündete sich eine Zigarette an.

»Ja, weißt du«, sagte er, »das wird jetzt überhaupt immer schwieriger werden. Es bleibt zu lange Tag und nachts traust du dich ja nicht aus dem Haus.«

»Es handelt sich nicht darum, Lu, ob ich mich traue, sondern ob ich es will. Und ich will es nicht, weil ich die allerletzte Brücke zum Daheim nicht abbrechen darf.«

»Dein Daheim! Deine innigst geliebten Eltern! Das ist dir wichtiger als ich.«

»Wie kannst du denn bloß so sprechen, Lu? Du begreifst wohl immer noch nicht, was ich um deinetwillen schon auf mich genommen habe. Vater spricht kaum mehr ein Wort mit mir und die Mutter schaut mich manchmal mit einem so traurigen Blick an, dass es mir ins Herz schneidet.«

Er machte einen tiefen Zug an seiner Zigarette und schaute gelangweilt über das Moor.

»Wenn deine Eltern nicht so voreingenommen wären gegen mich, wäre so manches anders.« Er sagte das mit leiser, melancholischer Stimme, die aus Lena allen Groll fortnahm.

Sie wollte ja nicht mit ihm streiten. Es war doch die Stunde, die sie sich jeden Tag mit allen Gedanken herbeiwünschte. Die Stunde, aus der sie die Kraft schöpfen musste, um tapfer zu bestehen gegen den immer währenden stillen Vorwurf, der sie daheim umgab. Schüchtern streckte sie die Arme nach seinem Gesicht und wollte sagen: ›Sei wenigstens du ein bisschen lieb zu mir …‹ Da er aber die Zigarette zwischen den Lippen und die Hände in den Hosentaschen hielt, ließ sie es sein und sagte nur: »Manchmal meine ich jetzt sogar, dass sie Recht haben könnten.«

»Womit Recht haben?«

»Dass sie voreingenommen sind gegen dich.«

Ludwig warf die Zigarette in weitem Bogen von sich. Sie erlosch zischend in einem kleinen Tümpel. »Das ist ja allerhand! Jetzt fehlt gerade noch, dass du an meiner Liebe zweifelst!«

»Noch nicht, Lu. Aber du bist nicht mehr so wie früher.«

Endlich nahm er seine Hände aus den Hosentaschen und umfasste ihre Schultern.

»Das bildest du dir nur ein. Doch zugegeben, die Einstellung deiner Eltern macht mich manchmal mutlos und nimmt mir den Schwung. Du darfst nicht vergessen, dass dein Vater mir verboten hat, euer Haus zu betreten.«

»Ja, ich weiß. Ich halte aber trotzdem zu dir – vielleicht findet sich doch noch ein Weg. Manchmal denke ich, du solltest einmal mit Vater sprechen.«

»Vor ihn hinknien und bitten und betteln vielleicht?«

»Ihn nicht bitten, sondern selbstbewusst vor ihm stehen und den Mut aufbringen, für dein Glück zu kämpfen. Obwohl – im umgekehrten Falle könnte ich zum Beispiel zu deinem Vater gehen und ihn bitten, dass er unserem Glück nicht im Weg sei.«

Er streichelte sie und schaute zu den Sternen auf, die über den Bergen zu flimmern begannen.

»Ja, du schon«, sagte er nach einer Weile. »Du brächtest das fertig. Du bist eben anders als ich. Und das ist ganz gut so, weil sich ja bekanntlich die Gegensätze anziehen. Du bist nur immer ein wenig ungeduldig.«

»Nein, ich bin nicht ungeduldig. Ich bin bloß kein Kind mehr, bin bereits achtzehn geworden und man kann mich nicht mit billigen Reden abspeisen. Ich weiß genau, was ich will. Ich will dich. Du bist der erste Mann in meinem Leben, dem ich vertraue, den ich liebe und an den ich vor allem glaube. Ich würde dir nicht raten, Lu, mich mit einer anderen zu betrügen.«

Er erschrak ein wenig über ihre Worte. Hatte sie vielleicht etwas über Ilona gehört? Einen Augenblick dachte er, dass es dann auch gleichgültig sei, zum Bruch würde es mit Lena so oder so kommen. Aber wenn sie so vor ihm stand, wenn ihr Mund vor ihm blühte und ihre Augen ihn so selbstvergessen ansahen, konnte er sich dem Zauber nicht entziehen, der von ihr ausging. Dann bemitleidete er sich selbst, dass der leichtsinnige Funke immer wieder durch sein Blut sprang und ihm ein klares Ziel vernebelte.

Von der Höhe herunter sah man die Lichter des Murrhauses brennen. Lena stand so, dass sie nicht hinaufsehen konnte. Erst als er sie in seine Arme nahm und küsste, sah sie die erhellten Stubenfenster und löste sich seufzend aus seinen Armen.

»Nun ist unsere Zeit schon wieder um. Ich muss heimgehen.«

»Ja, das ist unser Elend«, seufzte er mit und vielleicht war es ihm in diesem Augenblick auch ernst. »Kannst du dir denn keinen Hausschlüssel verschaffen?«

»Das hülfe nichts, die Türen werden von innen zugesperrt.« Sie warf sich plötzlich an seinen Hals. »Ach, Lu, nimm mich fort von da oben. Du – ich weiß etwas. Wir gehen fort – alle beide, weit weg, dorthin, wo niemand uns kennt.« Ihre ganze brennende Not offenbarte sich in diesem Wunsch.

Überrascht und erschüttert von diesem Ausbruch, stammelte er: »Fort, meinst du? Aber wohin denn?«

»Das weiß ich nicht. Nur fort. Du wirst auch woanders wieder eine Stelle finden und ich werde auch irgendwo unterkommen. Schließlich hab ich doch auch etwas gelernt.«

Wie schuldbewusst legte er seine Stirn gegen die ihre. Aber es war kein Schuldbewusstsein, eher eine Angst vor diesem kühnen Entschluss und vor der Verantwortung, die sie ihm da aufbürden wollte. Dazu war er gar nicht der Mensch. Zudem bedachte er sofort auch die weiteren Komplikationen, die sich daraus ergeben mussten. Seine Liebe war bereits im Abflauen, Lena aber würde sich an ihn hängen wie ein Klotz, würde ihm Fesseln anlegen.

»Du gibst keine Antwort?«, fragte sie und zwang ihn, ihr in die Augen zu sehen.

»Ja, weißt du, dieser Vorschlag kommt mir eigentlich völlig unerwartet. Das braucht doch Überlegung.«

Sie ließ ihn los und nickte. »Gut, dann überlege es dir. Begleitest du mich ein Stückchen?«

Er nahm ihren Arm und sprach auf sie ein, wie sehr man so einen Schritt durchdenken müsste. Und ob sie sich darüber klar sei, was sie aufgäbe, denn es sei doch allgemein bekannt, dass sie einmal die Erbin eines stattlichen Vermögens werden würde. Ob sie auch überzeugt sei, dass er es wert wäre, wenn sie ein solches Opfer brächte. Er redete und zerredete damit alles, zu dem Lena den Mut gehabt hätte. Trotz stieg wieder in ihr hoch.

»Betteln kann ich nicht darum«, sagte sie.

»Nein, aber du wirst verstehen, dass dies einer gewissen Vorbereitung bedarf. Schließlich kann ich nicht Hals über Kopf meine Stellung verlassen.«

»Das verstehe ich zur Not noch, Lu. Ich habe auch nicht gemeint, dass du morgen schon mit mir fortlaufen sollst. Wir müssten schon alles genau vorbereiten, vorausgesetzt, dass du überhaupt den Mut dazu hast.«

»Mut ist vielleicht nicht das richtige Wort«, meinte er.

»Doch, doch. Aber man hat ihn nur, wenn man wirklich liebt.« Sie blieb stehen und sah einer Sternschnuppe zu, die über den Himmel zog. Es sah so aus, als falle sie mitten in den See und erlösche darin. »Am Anfang hättest du noch mehr Mut gehabt, scheint mir.«

Wie genau sie immer alles traf! Am Anfang, ja, da war er von Lena noch bis in die letzte Tiefe hinein erfüllt gewesen. Da hatte es aber auch noch keine Ilona gegeben, die viel unkomplizierter war und jenen Schuss Leichtsinn hatte, der auch ihm im Blut lag.

»Verzeih«, sagte Lena in einem Anflug von Reue, »wenn ich dir heute das Herz ein wenig schwer gemacht habe. Überstürz nichts und überleg dir alles in Ruhe. Und vergiss dabei niemals, dass es ja nur meine Liebe zu dir ist, die mich auf solche Gedanken bringt. Zwar könnte ich warten, bis ich volljährig bin und mir niemand mehr etwas dreinzureden hat, aber dazu müsstest du mir etwas versprechen.«

»Ja? Was denn?«

»Dass du mir treu bleibst wie ich dir.«

»Das ist doch selbstverständlich«, antwortete er ohne Zögern und rechnete nach. Das wären ja fast noch drei Jahre. Dreimal dreihundertfünfundsechzig Tage. Zweimal in der Woche betrog er sie bereits und vielleicht betrog er sie auch heute noch, denn Ilona wartete auf ihn. Er zuckte zusammen, als es vom Kirchturm halb elf Uhr schlug.

»Ich glaube dir«, flüsterte Lena, »weil es einfach nicht sein darf, dass du dich jemals einer anderen zuwendest. Und – du hast mich doch lieb? Es ist schon lange her, dass du mir das gesagt hast.«

»Natürlich hab ich dich lieb«, sagte er, aber sein Herz war nicht bei ihr, sein Denken ging den Hügel hinunter zum Café »Alpenblick«, wo Ilona um diese Zeit bereits begann, die Stühle auf die Tische zu stellen und die Gläser zu waschen, damit sie nachher, wenn der letzte Gast gegangen war, ganz frei für ihn sein konnte.

Mit Ilona hatte er es in anderer Hinsicht nicht so leicht wie mit Lena. Sie nahm ihm sein Zuspätkommen auf eine andere Weise übel und sagte auf seine lahme Entschuldigung genau das, was er nicht erwartet hatte.

»Spar dir deine Ausreden«, sagte sie. »Bei mir bist du da falsch dran, mein Lieber. Ich bin nicht Lena.«

Ludwig Stiller zuckte zusammen. »Welche Lena?«, fragte er überflüssigerweise.

»Frag doch nicht so dumm! Du weißt genau, wen ich meine!«

Er wollte leugnen und verhaspelte sich.

»Woher weißt du denn das?«

»Ich weiß es eben. Aber du täuschst dich in mir, wenn du glaubst, dass du mit mir auch spielen kannst. Ich bin nicht angewiesen auf dich und es ist ein großer Irrtum, wenn du meinst, ich müsste dir auch noch dankbar sein, wenn du zuerst bei Lena bist und dann um Mitternacht noch ein bisschen Zeit für mich hast!«

Sie sagte das nicht etwa gereizt oder zornig. Es war eine ganz sachliche Feststellung. Sie ging dabei an ihm vorbei zur Theke. Eine Wolke Parfüm weht ihn an. Ihre Stirn war glatt wie Marmor. Ihr Mund lächelte.

Sie schenkte zwei Gläser mit Gin ein und gab ein wenig Sodawasser dazu.

»Oder hättest du lieber etwas anderes?«, fragte sie nur der Form halber, denn sie schenkte bei ihm immer nur das ein, was sie wollte, und verlangte an Bezahlung auch, was sie wollte. Meistens um die Hälfte mehr als den üblichen Preis. Die Bauernburschen konnte sie nicht schröpfen. Die zogen die Stirn kraus und rechneten nach. Ludwig aber war Kavalier, wenigstens gab er sich ihr gegenüber als solcher. Aber gerade er hätte besser rechnen müssen. Dadurch hätte er allerdings in ihren Augen verloren, denn Ilona war ihm gegenüber großzügig und schrieb auf bis zum Ersten.

»Was macht bei dir schon ein Hunderter aus«, konnte sie lachen. »Siehst du, das gefällt mir so an dir, dass du großzügig bist. Du rechnest nicht mit jeder Mark.«

Im zweiten Monat stand er bereits mit hundertfünfzig Mark bei ihr in der Kreide. Außerdem hatte er ihr eine Armbanduhr gekauft, weil sie Geburtstag gehabt hatte. Die Uhr war klein und zierlich, mit einem Goldreif, und nahm sich sehr schick aus an ihrem Handgelenk.

Sie saßen im hinteren Winkel auf der kleinen Polsterbank. Es brannte nur eine Lampe mit rötlichem Schirm. Die Wirtsleute hatten sich bereits zurückgezogen.

Ilona hatte ihren Arm um seinen Hals geschlungen. Von Lena sprach sie nicht mehr. Sie hatten eine halb geleerte Flasche Sekt und zwei Gläser vor sich stehen. Die Uhr an der gegenüberliegenden Wand tickte leise und zeigte gerade Mitternacht.

»Hast du es dir schon durch den Kopf gehen lassen, wohin wir gemeinsam in Urlaub fahren?«, fragte sie.

Er trank einen Schluck und küsste sie. Er brauchte sich da nicht viel durch den Kopf gehen zu lassen, denn sie hatte ja bereits gesagt, wohin sie wolle.

»Nach Italien doch, oder?«

Sie nickte. »Ich weiß da ein ganz entzückendes Nest in der Nähe von Rimini. Wir müssen nur bis zum Herbst warten, bis es hier ruhiger geworden ist. Für nächste Woche sind weitere zwölf Gäste angemeldet und von da an sind die Fremdenzimmer den ganzen Sommer über belegt«, erklärte sie.

»Bist du eigentlich schon einmal mit einem anderen da unten gewesen, weil du dich da so gut auskennst?«

Unter halb gesenkten Lidern hervor blickte sie ihn an. Ihre Mundwinkel bogen sich gleich zwei kleinen Schlänglein nach unten.

»Eifersüchtig?«

Er war es, leugnete es aber. Doch konnte er Ilona nichts vormachen.

»Was vor dir war, das geht dich gar nichts an«, sagte sie in überlegenem Ton. »Sei nur zufrieden, dass ich jetzt außer dir keine anderen Interessen habe.« Oh, sie konnte oft recht ironisch sein. Sie hatte ihn fest in der Hand, wusste um die Flammen, die aus ihr sprangen und ihn versengten. Im Grunde genommen war er jetzt schon ein williges Werkzeug in ihrer Hand.

Draußen wurden Schritte vernehmbar. Sie lösten sich voneinander, saßen ganz friedsam da, zwei stille Zecher, die nicht immer auf die Uhrzeiger geschaut hatten.

Es waren die zwei Polizisten, die Polizeistunde geboten. Ilona stand auf und lächelte.

»Der Herr hat bereits bezahlt und ausgeschenkt wird nichts mehr. Es sei denn, dass die Herren Polizisten vielleicht noch ein Glas Bier haben möchten.«

Die »Herren Polizisten« hätten das vielleicht ganz gerne gemocht, wenn Ilona allein gewesen wäre. Aber es saß ja dieser Molkereirechnungsführer bei ihr, dem sie nicht trauten. Also gingen sie weiter ihre Runde durch die Nacht, die Anhöhe hinauf, an den Einöden vorbei und kamen erst gegen zwei Uhr morgens in ihr Stationsgebäude zurück.

Das war um die Zeit, als Ludwig Stiller sich auf den Heimweg machte. Merkwürdig, er kam nie los von Ilona, die mit ihrer kindlichen Schulschrift wieder einmal die Zeche in das blaue Heftchen eintrug, vielleicht um zehn Mark mehr, denn sie liebte das Geld. Sie küsste ihn unter der Haustür, hörte noch eine Weile auf seine Schritte und löschte dann das Licht.

Da erst trat der Jäger Michael Kirchberger hinter dem Stamm des alten Nussbaumes hervor, wo er geschlagene vier Stunden gestanden hatte.

»So ein Hund«, zischte er und warf das Gewehr zornig über die Schulter. Man müsste ihn zusammenschießen dürfen! Oder, was das Vernünftigste wäre, er müsste Lena warnen. Aber so verliebt, wie sie war, würde sie es ihm gar nicht glauben. Man müsste sie schon hierher führen, damit sie es mit eigenen Augen sähe.

Bergwärts lenkte er den müden Schritt. Den Hut hatte er abgenommen, ein wirbelnd wehender Wind spielte in seinen Haaren.

Er stand eine ganze Weile oben vor dem Murrhaus unter Lenas Fenster und fand nicht den Mut, ein Steinchen zu heben, um es ans Fenster zu werfen. Was hätte er auch sagen sollen, warum er sie um diese Zeit sprechen möchte.

Er schüttelte den Kopf und ging weiter. Die grässlichsten Bilder bedrängten ihn und machten sein Herz schwer. Das Blut wollte ihm stocken, wenn er sich vorstellte, wie dieser Lump die stolze Lena in seinen Armen hielt und ihr seine Liebe ins Ohr flüsterte, um nacher einer anderen ohne Skrupel das Gleiche zu sagen.

Ja, so dumm, so leichtgläubig und vertrauensvoll ist ein junges Menschenherz, wenn es wirklich liebt. Dann ist es bereit, mit der ganzen Welt zu brechen. Erziehung und Stolz werden weggeworfen wie billiger Tand und die Eltern sieht man als seine ärgsten Feinde an, wenn sie ihr Kind nicht auf einem falschen Weg begleiten wollten. Alle Liebe, alle Anhänglichkeit ist auf einmal verschüttet, das Vertrauen ist weg, nur Ablehnung ist noch da und Feindschaft.

Unter diesen Gedanken erreichte Michael seine Jagdhütte. Durch seinen Schritt aufgeschreckt, schrie eine Eule ihren klagenden Ruf in die Nacht. Hinter den Bergen zog schon ein fahles Licht herauf, das den Beginn des neuen Tages ankündigte.

Eines Tages ging Lena nach dem Mittagessen ins Dorf. Sie richtete es so ein, dass sie an der Molkerei vorbeimusste, aber sie traf Ludwig nicht an. Er hielt noch seinen dringend erforderlichen Mittagsschlaf. Im Café »Alpenblick« war die Terrasse voller Mittagsgäste und Ilona rannte wieselflink zwischen den Tischen hin und her. Bei Lenas Anblick gab es ihr einen Ruck, der so heftig war, dass sie fast das Tablett mit dem Geschirr hätte fallen lassen. In ihren dunklen Augen blitzte etwas auf, das nichts anderes war als brennender Neid, der in Sekundenschnelle erkannt hatte, dass sie selbst sich nicht messen konnte mit Lenas birkenschlanker, heller Schönheit.

Lena wurde sonderbar berührt von dem tückischen Blick, mit dem Ilona sie musterte. Ohne dass sie sich darüber Rechenschaft geben konnte, regte sich in ihrem Innern ein Gefühl von Angst, die mit groben Händen nach ihrem Herzen griff. Es wollte sich ihr eine Vision aufdrängen, gegen die sie sich aber sofort energisch wehrte. Ludwig Stiller war so sehr in ihrem Herzen verankert, dass sie sich vor sich selbst schämte solch einem Gedanken auch nur eine Minute Raum zu gönnen.

Gleich einem Bann lag die Mittagsstille über dem Dorf. Beim Luiger schob gerade der Stefan einen Leiterwagen aus der Tenne und lüftete freundlich seinen Hut. Er sang auch mit im Kirchenchor, ein stiller, besonnener Mensch sonst, mit dem sie sich immer gut verstanden hatte.

»Wohin denn, Lena?«

»Ach, nur so ein bisschen durchs Dorf.«

Er stand vor ihr, ein wenig hilflos. In seinen schönen braunen Augen leuchtete etwas wie Mitleid. »Arme Lena«, sagte er.

Sie war schon im Weitergehen, als sie sich noch einmal umdrehte.

»Wieso soll ich arm sein?«

Er hob die Schultern und ließ sie wieder sinken. »Da kann man nicht gut was sagen.«

Lena stand nun ganz nah bei ihm und sah ihm in die Augen. Er konnte ihren forschenden Blick nicht ertragen und wandte das Gesicht dem Haus zu, aus dem gerade der Bauer trat.

»Was kann man nicht gut sagen, Stefan?«, fragte Lena zum zweiten Mal. »Mit mir kannst du ganz offen reden.«

Er sah sie zweifelnd an. »Vielleicht glaubst du es mir gar nicht, obwohl – Lena, es ist die Wahrheit.«

»Was ist die Wahrheit?«

»Dass der Stiller-Ludwig es mit der Ilona vom ›Alpenblick‹ hält.«

Lena hatte merkwürdigerweise sofort das Gefühl, dass hier die Wahrheit gesprochen wurde. Sie wurde schneeweiß bis in die Lippen hinein, und was sie hätte herausschreien mögen vor Schrecken und Angst, das wurde nur ein Flüstern.

»Das ist nicht wahr, Stefan.«

Der Bursche schaute wieder zum Haus hin, vor dem sein Vater noch immer stand. Dann fasste er Lena am Arm und führte sie ein wenig abseits, hinter die Tennenbrücke, wo der Holder in mannshohen Büschen in voller Blüte stand und einen betäubenden Duft verschwendete.

»Manchmal war ich schon nahe daran, Lena, mich mit dir auszusprechen, und mir war oft, als ob gerade du mir helfen könntest.«

Immer verständnisloser schaute Lena den Burschen an. »Ich dir helfen, Stefan? Wie könnte ich das?«

»Na ja, schau, es ist halt so, dass ich mich verrannt hab in meiner Liebe zu der Ilona. Aber der Stiller-Ludwig hat mehr Erfolg bei ihr. Wenn ich einmal meine, sie wäre mir gut, dann macht er sie mir wieder abspenstig. Er hat halt ein viel besseres Mundwerk als ich und ist ein Herr gegen mich.«

Lena senkte den Kopf ganz tief. Ihr war, als müsse sie sich

in die Erde verkriechen vor Scham. Allmählich erkannte sie auch, dass es nicht nur die Eifersucht allein war, die Stefan dazu veranlasste, ihr das zu sagen. Vielleicht auch wirklich noch ein bisschen Mitleid. Aber war er denn der einzige, der wusste, wie schamlos Ludwig Stiller sie betrog? Warum hatte ihr bisher niemand ein Sterbenswörtchen davon gesagt? Gönnte man es ihr vielleicht?

Sie hob den Kopf und sah Stefan durchdringend an.

»Es ist nun so ziemlich gleich, Stefan, ob du mir das aus Mitgefühl oder aus Eifersucht gesagt hast. Nur hättest du mir das schon früher sagen sollen. Wer weiß denn noch davon? Und ist es überhaupt wahr?«

»Lena, mit solchen Sachen spaßt man nicht«, antwortete Stefan. »Geh hinüber zum Steinbrecher-Peter oder zum Adlmeier-Bartl und meinetwegen noch zu einem halben Dutzend anderer. Sie können dir dasselbe sagen. Der Stiller sitzt jeden Abend im ›Alpenblick‹ und vom Augenblick an, wo er erscheint, hat die Ilona nur mehr Augen für ihn. Meistens geht er erst spät nach Mitternacht heim, ein paar Mal war es aber auch schon heller Tag und er ist gleich von ihr weg in sein Büro gegangen, weil schon die ersten Milchfuhrwerke ankamen.«

Die Holderblüten dufteten schwer, die Vögel sangen ringsum und die weißen Wolken zogen geruhsam dahin und spiegelten sich, gleich flaumigen Wolkentieren, im klaren Wasser des Sees. Alles blieb sich gleich. Nichts stürzte zusammen und es tat sich auch die Erde nicht auf, um Lena Murr zu verschlingen, so wie sie es sich in diesem Augenblick wünschte.

Und es war wiederum merkwürdig, dass sie keine Sekunde daran zweifelte, es könnte vielleicht nicht die Wahrheit sein, was ihr da hinter einer Tennenbrücke gesagt worden war. Sie erkannte auf einmal, dass sie es in der letzten Zeit instinktiv ganz richtig gefühlt hatte, betrogen zu werden. Nun wusste sie es genau. Diese Erkenntnis war aber nicht so schrecklich wie der Gedanke, dass die Eltern doch in allem Recht gehabt hatten. Besonders der Vater hatte Recht gehabt. Wie stand sie nun da?

»Ich danke dir, Stefan«, sagte sie schließlich. Ihr Mund zuckte dabei, als wolle sie über die Widersinnigkeit lachen, dass sie sich für etwas bedankte, was ihr Leben zerstören könnte.

Ja, so große und schwere Worte fand sie bei sich im Stillen, als sie langsam den Weg zurückging. Mein Leben ist zerstört ... Ich werde niemals mehr froh sein können und vielleicht wird der Vater mir als letzten Dienst und zum Zeichen, dass er mir alles verziehen hat, einen Engel aus weißem Marmor schlagen, denn – ich werde wahrscheinlich jetzt sterben ...

Ja, so sagte sie es sich vor und sie hatte dabei sogar das Gefühl, als sei sie bereits halb gestorben, als trügen ihre Füße nur mehr einen seelenlosen Leib die Straße entlang, am Café »Alpenblick« vorbei, direkt zur Genossenschaftsmolkerei hin. Da erst erwachte sie aus ihrem Dämmerzustand, begriff und erkannte alles auf einmal wieder sehr klar und deutlich und formte in sich bereits die Worte, die sie sagen würde.

Ludwig sah sie, da sie von der Rückseite her kam, nicht über die hölzernen Stufen zur Rampe gehen, wo die Milchfuhrwerker ihre Kannen abzustellen pflegten. In dem großen, mit Fliesen ausgelegten Raum war es kühl. Es roch nach Milch und Käse. Zwei Frauen hantierten im Hintergrund und bemerkten Lena nicht, die auf die Tür zuging, über der »Büro« stand. Ohne anzuklopfen trat sie ein und darum vielleicht runzelte Ludwig die Stirn, denn hier hatte jeder anzuklopfen und es war schwer genug gewesen, dies auch den Bauern beizubringen.

Er saß hinter einem ziemlich großen Schreibtisch und nahm sich dabei recht imponierend aus. Der Aschenbecher war mit Zigarettenkippen bis an den Rand gefüllt. Lena stand steif vor dem Schreibtisch, so wie die Bauern, wenn sie am Monatsende ihr Milchgeld in Empfang nahmen.

Ludwig Stiller blickte sie unsicher an und seine Stimme war genauso unsicher, als er endlich sagte: »Du kommst zu mir, Lena? Wie nett, dass es dir einfällt, mich hier einmal aufzusuchen in meinem Wirkungskreis!«

Er saß so ungünstig, dass das Licht vom Fenster voll auf

ihn fiel. In ihrem stummen Betrachten sah Lena, wie verlebt sein Gesicht war, dass er dunkle Ringe unter den Augen hatte, die von wenig Schlaf zeugten, und dass seine Fingerspitzen gelb waren vom vielen Rauchen.

Weil sie immer noch schwieg, wuchs seine Unsicherheit.

»Willst du dich nicht setzen?«

»Nein. Und ob es gar so nett ist, weshalb ich gekommen bin, das wird sich ja zeigen. Wenn du die Wahrheit sagst, werde ich sowieso gleich wieder gehen.« Lena trat einen Schritt vor, stemmte die eine Faust auf den Schreibtisch und beugte sich ein wenig hinüber. Sie war auf einmal wieder ganz ruhig.

»Ist es wahr, dass du mit der Kassiererin vom Café ›Alpenblick‹ ein Verhältnis hast?«

Sie sah, dass er zusammenzuckte und gierig nach der Zigarettenschachtel griff, wie um sich Zeit zu verschaffen durch das Anzünden einer Zigarette.

»Wer hat dir denn diesen Blödsinn erzählt?«, fragte er ohne sie dabei anzusehen.

»Das ist unwichtig. Ich habe dich etwas gefragt, auf das ich eine klare Antwort haben muss, ein klares Ja oder Nein!«

Allmählich hatte er sich wieder gefasst und überlegte, was sie wissen und nicht wissen könnte. Er war nicht geneigt, sich diesen abkanzelnden Ton gefallen zu lassen und erinnerte sich der Macht, die ihm über dieses Mädchen gegeben war. Er legte das eine Bein über das andere und sagte:

»Du nimmst den Mund ein bisschen gar voll. Verhältnis ist wohl nicht ganz das richtige Wort. Man wird doch schließlich noch nach Feierabend ein Glas Bier trinken dürfen und mit einem Mädchen ein paar Worte wechseln.«

»Bis um drei Uhr früh oder noch später?«

Ihre Frage war messerscharf und hätte ihn eigentlich ernüchtern sollen. Er aber war so von sich eingenommen, dass er meinte, ganz leicht mit ihr fertig zu werden. Schließlich liebte sie ihn doch!

»Hör einmal zu, mein Mädchen –«

Ihre Augen sprühten ein dunkles Licht. »Lass bitte diesen Ton! Ich bin nicht das Mädchen, für das du mich hältst. Da du einer klaren Antwort ausweichst, hast du meine Frage bereits beantwortet.«

»Aber so lass dir doch sagen, Lena –«

Sie schüttelte den Kopf. »Du brauchst mir nichts mehr zu sagen. Es ist noch gar nicht so lange her, dass ich dich gefragt habe, ob dich etwas bedrücke. Du kamst mir irgendwie verändert vor. Jetzt ist mir alles klar. Ich begreife nur nicht, wie ein Mensch so gemein sein kann. Du bist nicht einmal ein Lump, schon eher ein Verbrecher.«

Er zuckte heftig zusammen, wurde dann brennend rot im Gesicht und schlug mit der Hand auf den Schreibtisch. »Ich verbitte mir diesen Ton!«

Sie lachte ihm kalt ins Gesicht. »Spiel dich doch nicht so auf! Wenn jemand sich erregen müsste, dann wäre ich es.« Sie schlug die Hände vors Gesicht. »Um deinetwillen habe ich mich mit meinen guten Eltern überworfen, habe meinen Vater verletzt, der mir mein ganzes Leben lang immer nur Liebe in reichem Maße gegeben hat! Ich habe ihm nicht glauben wollen, was du für einer bist. Ganz recht geschieht mir jetzt diese Demütigung.«

»Aber, aber –«, stotterte er.

»Sei still«, unterbrach Lena ihn heftig. »Ich habe geglaubt, einen im Kern doch anständigen Menschen vor mir zu haben. Ich werde jede Erinnerung an dich schuldbewusst zudecken müssen, wenn ich weiterleben will! Hör gut zu, was ich dir jetzt sage. Wenn du den Mut gefunden hättest, mir offen zu bekennen, dass sich dein Herz einem anderen Mädchen zuneige, ich glaube, dass ich dich verstanden hätte und auch die Kraft gehabt hätte, dich zu vergessen. Dich und alles, was mit dir zusammenhängt. So aber wird immer der Stachel in mir zurückbleiben. Eine bittere Reue, vielleicht auch eine Lehre fürs Leben. So – und nun bin ich fertig. Ich schenke dir jede Rechtfertigung und hoffe bloß, dass ich dir nicht mehr allzu oft begegne. Wenn es sich nicht anders vermeiden lässt, so erwarte ich wenigstens so viel Taktgefühl von dir, dass du mir dann ausweichst.«

Sie zog ihre Hand vom Schreibtisch zurück und ging langsam zur Tür, gerade, als überlege sie, ob sie noch etwas zu sagen hätte, was noch unbedingt gesagt werden müsste.

Ludwig sah ihr nach und holte tief Luft, suchte krampfhaft nach einem passenden Wort, das vielleicht doch noch etwas retten könnte. Aber er fand keines und dann schloss sich hinter Lena auch schon die Tür. Langsam schleppte sie sich über den Hügel hinauf. Nichts sah sie von der Schönheit des Tages, nichts von der Bläue des Sees und von der hellen Schönheit über den Bergen.

Sie fand die Mutter in der Küche vor, nachdem sie sich wie schuldbewusst an den Atelierfenstern vorbeigeschlichen hatte, hinter denen sie den Vater meißeln hörte.

Mella erschrak über das Aussehen des Kindes, aber bevor sie etwas fragen konnte, sagte Lena bereits ohne alle Umschweife alles – wie auf dem Weg hierher auswendig gelernt –, was nach ihrer Meinung keines Verschweigens mehr bedurfte.

»Ich bin in der Molkerei gewesen, Mutter, und habe mit ihm« (der Name Ludwig wollte nicht mehr über ihre Lippen) »alles ausgeredet, was man noch zu sagen hat, wenn es mit zwei Menschen zu Ende ist.«

»Was? Du bist ihm auch noch ins Geschäft nachgelaufen?«, fragte Mella erschrocken. »Lass das ja den Vater nicht hören!«

»O doch, auch er könnte es hören und vielleicht freut er sich sogar, wenn er hört, dass mein Narrenspiel zu Ende ist. So hat er in seiner Klugheit es immer genannt, was ich für die große und einmalige Liebe gehalten habe. Es müsste ihn auch freuen, wenn ich selbst ihm bestätige, wie sehr er im Recht war, dass der Sohn des braven Lehrers Stiller ein Lump ist. Das weiß ich seit einer Stunde. Versteh mich nicht falsch, Mutter: Wenn ich etwas bereue, dann nur, dass ich mich in diesem Menschen getäuscht und dass ich euch so wehgetan habe. Ich habe geglaubt, im Namen der Liebe dürfe man auch das, und jetzt erkenne ich, dass das alles verkehrt war. Das war meine Jugendsünde, Mutter. Andere in meinem Alter machen andere Dummheiten. Ich habe es so gehalten.«

Ohne eine Antwort abzuwarten verließ Lena die Küche, ging in ihr Zimmer hinauf und schloss sich für diesen Tag ein.

Am nächsten Morgen kam eine andere Lena herunter. Und als Andreas Murr, der die halbe Nacht mit Mella über alles gesprochen hatte, was nun zu tun sei, die Hand hob und sie auf ihr Haar legte, da meinte Lena, es vollziehe sich ein neues, ein anderes Wunder an ihr, weil sie nicht begreifen konnte, dass ein Mensch, dem sie so wehgetan hatte, sich trotzdem eine so große Menge an Zuneigung bewahrt hatte. Aus Beschämung darüber kamen ihr die Tränen.

Am Nachmittag aber musste Lena sich hinlegen. Der Arzt stand vor einem Rätsel und wusste nicht, welche Diagnose er stellen sollte. Es war kein Fieber da und auch keine Schmerzen. Nur eine grenzenlose Gleichgültigkeit, mit der Lena alles betrachtete, was um sie her geschah.

»Sie muss einen schweren seelischen Schock erlitten haben«, sagte der Doktor, als Andreas ihn zu seinem Wagen hinausbegleitete. »Vielleicht können Sie dahinter kommen.«

»Ich weiß bereits, was es ist«, antwortete Andreas und nahm sich vor, nun doch den Weg zur Molkerei mit der Hundepeitsche zu gehen. So ganz ungeschoren sollte der Kerl da unten nicht davonkommen.

Diesen Entschluss schob er zwar immer wieder um einen Tag hinaus, erst als Lena immer schwächer und dem Leben gegenüber immer gleichgültiger wurde, packte ihn der helle Zorn.

Mit seinem Zorn und der Hundepeitsche, die er unter der Jacke verborgen hielt, kam er bereits zu spät, denn seit zwei Tagen war Ludwig Stiller, der Rechnungsführer der Genossenschaftsmolkerei, spurlos verschwunden und mit ihm fünfundzwanzigtausend Mark Milchgeld der Bauern.

Im Café »Alpenblick« nannte das Mädchen Ilona den Verschwundenen ohne Umschweife einen Lumpen, der auch sie um achthundert Mark geprellt hätte. Aber es hatte den Anschein, als ertrüge sie den Verlust ihres Geldes leichter als die Bauern den ihres Milchgeldes. Sie erzählte, dass er vor Tagen noch bei ihr gewesen sei, bis drei Uhr in der Früh, und dass keinerlei Anzeichen vorhanden gewesen wären, dass er flüchten wolle. Sie sagte »Lump« und schaute dabei mit ihren samtschwarzen Augen in Richtung Süden und vielleicht trafen sie sich beide doch im Herbst in dem kleinen Nest bei Rimini. Wer sah schon in die Herzen der Menschen und ganz besonders in das Herz eines Mädchens, das die Liebe so leicht nahm wie den Wind.

Der Hochsommer tänzelte durch das Land und Lena lag jeden Tag viele Stunden im Liegestuhl, elend im leeren Herzen, immer ein wenig schläfrig, aber dankbar für jede Handreichung der stiller gewordenen Mutter und noch dankbarer dem Vater für jedes Streicheln seiner Hand, das alles ausdrückte, was um der Verzeihung willen hätte gesagt werden können.

Der Doktor kam und ging. Manchmal schüttelte er den Kopf und einmal wurde er sogar heftig.

»Sie tun ja selbst gar nichts zu Ihrer Genesung«, knurrte er. »Warum essen Sie nichts und das am wenigsten, was ich Ihnen verordne?«

»Weil ich keinen Hunger habe«, gestand Lena.

»Nein, weil Sie eigensinnig sind und sich in der Rolle einer Märtyrerin gefallen.«

Zum ersten Mal erlebte der Doktor, dass sie lächelte.

»Sie irren sich, Herr Doktor. Ich gefalle mir selbst gar nicht und einmal werde ich auch wieder aufstehen und um das Haus gehen, als ob das alles nicht gewesen wäre. Vielleicht bin ich dann nicht mehr die alte Lena Murr, sondern ein anderes Wesen, aus dessen Körper etwas gefallen ist, was man zum Leben nicht unbedingt braucht.«

Der Doktor hatte längst erfahren, wie übel dieser Patientin mitgespielt worden war von jenem Luftikus, hinter dem die Bauern von Steinkirchen ihre Flüche herschickten, obwohl ihnen der Schaden ersetzt worden war, weil der alte Lehrer sein sauer erworbenes Grundstück veräußerte, um die Verfehlung seines »Musterknaben« zu decken und wenigstens ohne Scham sterben zu können.

Als für den alten Lehrer die Totenglocken klangen, lag Lena wieder im Garten, ein junges, schönes Menschenkind, die blauen Augen unter den langen Wimpern ins Weite gerichtet. Und doch sammelten sich vor ihrem Blick all die Bilder der entschwundenen Kindheit, die ersten Schuljahre beim Lehrer Stiller, der immer ein wenig hilflos ausgesehen hatte mit seiner randlosen Brille. Genauso hilflos mochte er jetzt auch auf den Tod gewartet haben, von dem Lena wusste, obwohl die Mutter und der Vater bisher peinlich vermieden hatten davon zu sprechen.

Die Glocken klangen weit ins Land hinaus und hinauf in den Bergwald, in dem sich das Echo verlor. Er hat seinen Vater auf dem Gewissen, musste Lena denken. Und er hätte auch mich auf dem Gewissen, aber mein Herz ist noch viel zu gesund und zu jung. Mich konnte er nur an den Rand des Grabes bringen. Jetzt aber habe ich mich wieder gefangen. Ich werde weiterleben. Der Vater hat gestern gesagt:

»Du bist in deiner Krankheit erst richtig schön geworden. Und wenn die Trauer aus deinem Herzen fortgeflogen ist, wirst du auch wieder anfangen, an das Glück zu glauben.«

Glück? Konnte es das in ihrem Leben noch einmal geben?

Über ihr im Apfelbaum raschelte es leise, dann fiel der erste reife Apfel in ihren Schoß. Ihre Hände griffen danach, sie spielte ein wenig damit. Er sah gesund und rotwangig aus. Aber als sich ihre Zähne in einer plötzlichen Gier ins weiße Fleisch gruben, kroch ein kleines Würmlein aus dem Kernhaus.

Wie bei den Menschen, dachte sie. Außen Glanz und innen Fäulnis.

So ganz tief diesem Gedanken hingegeben, hatte sie die Schritte überhört, und erst als der Schatten über sie fiel, drehte sie leicht den Kopf.

»Ach, Michael, du bist es! Ich habe schon gemeint, der Doktor sei es wieder. Komm, setz dich doch. Du warst schon eine Ewigkeit nicht mehr hier.«

»Vier Tage sind es erst, Lena«, erinnerte er sie und fügte hinzu, dass er im Augenblick viel Dienst zu machen habe, weil der andere Forstgehilfe auf Urlaub sei.

»Du brauchst dich doch nicht zu entschuldigen, Michael. Außerdem glaube ich es dir.«

Michael setzte sich neben sie ins Gras, legte sein Gewehr neben sich und schränkte die Hände um die angezogenen Knie.

»Wie geht es dir, Lena?«

Sie wandte das Gesicht zu ihm hin. Wie braun gebrannt er war! Bis tief auf die Brust hinunter. Ein Geruch von Moos und Harz lag in seiner Kleidung.

»Danke, Michael. Es geht mir jetzt so gut, dass ich dich etwas fragen kann ohne Angst haben zu müssen, dass es mir wehtut.«

»Und was willst du mich fragen?«

»Hast du es gewusst? Bitte, frag jetzt bloß nicht, was du gewusst haben sollst. Du weißt genau, was ich meine.«

Michael nickte nur, nahm den Hut ab und spielte mit der Feder daran.

»Du hättest es mir sagen müssen, Michael«, sagte sie mit leichtem Tadel in der Stimme.

»Ich wollte es ein paar Mal und hab's dann nicht gekonnt.«

Sie griff nach seinen Händen und lächelte. »Ich verstehe schon, warum du es mir nicht gesagt hast.«

»Vielleicht hättest du es mir gar nicht geglaubt, Lena?«

»Doch, dir schon. Ich habe es doch auch dem Luiger-Stefan geglaubt. Aber lassen wir das. Sieh her, diesen wunderschönen Apfel, und doch hatte er den Tod in sich. Übrigens, Michael, herzlichen Dank für die Almrosen, die du mir durch die Holzfäller geschickt hast.«

Er wurde rot. »Ich dachte schon, man hätte sie nicht abgegeben.«

»O doch, sie stehen oben in meinem Zimmer und sind noch so schön wie am ersten Tag.«

»Ja, mit Wasser halten sie sich eine lange Zeit. Ist übrigens der Herr Professor da?«

»Ja, Vater ist im Atelier. Mutter ist allein zur Beerdigung gegangen. Man wollte mich nicht ohne Aufsicht lassen.«

»Ich geh schnell zu ihm.«

Forschend sah sie in sein Gesicht. »Hast du etwas Besonderes mit ihm zu besprechen?«

»Nein. Er fragte mich kürzlich wegen ein paar Klafter Buchenholz. Ich habe sie ihm jetzt ausgemessen. Er kann sie jetzt holen lassen.«

Andreas Murr freute sich immer, wenn der Jäger kam. Er schätzte ihn vor allem wegen seiner verlässlichen, immer gleich bleibenden Ruhe und seiner Verschwiegenheit. Niemals hatte er Lena gegenüber die geringste Andeutung gemacht, dass sie in ihrem ersten Lebensjahr im Haus des Zimmermanns Kirchberger, also gewissermaßen Michaels Ziehschwester, gewesen war. Michael hätte ihn in arge Verlegenheit bringen können, wenn er schwatzhaft gewesen wäre.

Sofort legte der Bildhauer den Meißel aus der Hand und kam Michael entgegen.

»Nett, dass du dich wieder einmal sehen lässt, Michael. Hast du Lena schon getroffen?«

»Ja, ich war gerade bei ihr.«

»Komm nur recht oft. Es will uns geradeso scheinen, als wenn dein Kommen günstig auf ihr Befinden wirkt.«

Michael wurde ein wenig verlegen. Konnte er dem Mann sagen, dass er am liebsten jeden Tag hergekommen wäre um, wenn auch nur für ein paar Minuten, Lena sehen zu können?

»Komm, setz dich, Michael. Was gibt es Neues?«

Michael nahm auf einem der Steinblöcke Platz.

»Ja, es gibt tatsächlich etwas Neues, Herr Professor. Lenas wirklicher Vater ist kürzlich daheim bei meinen Leuten in Attling aufgetaucht.«

Andreas fuhr erschrocken herum. »Was sagst du da?«

»Ja, als ich vergangene Woche meinen freien Tag hatte, den ich immer daheim verbringe, fuhr plötzlich ein Auto bei uns vor. Ein Herr stieg aus und fragte nach Lena.

»Und?« Nur selten kam es vor, dass Andreas so aufgeregt war wie in dieser Minute. Seine Hand zitterte, als er ein Streichholz anriss, um die erloschene Zigarre wieder zu entzünden. »Bitte, was war dann?« drängte er.

»Er behauptete, dass er Lenas Vater sei und dass seine Nachforschungen ihn zu uns geführt hätten. Er sei lange im

Ausland gewesen, wolle wieder nach Venezuela zurück und würde Lena dorthin mitnehmen.«

»Und was habt ihr geantwortet?«

»Dass wir von Lena längst nichts mehr wissen.«

»Hat er sich damit zufrieden gegeben?«

»Ich hatte den Eindruck, dass er keineswegs traurig darüber war. Im Auto draußen saß eine rotblonde Frau und wartete auf ihn. Er erzählte uns dann noch, dass dies seine zweite Frau wäre, die erste tödlich verunglückt und Lenas Bruder fast zur gleichen Zeit gestorben sei. Es war alles ein bisschen merkwürdig und undurchsichtig, denn ich weiß ganz genau, dass die Frau, die damals mit der Lena bei uns wohnte, Plonner hieß. Dieser Mann aber nannte sich Westhoff. Ich sagte ihm das auch. Plonner wäre ihr Mädchenname gewesen, antwortete er darauf. Den habe sie wahrscheinlich wieder angenommen, weil mit ihm einmal etwas gewesen wäre, dessen sie sich vielleicht geschämt habe. Aber das sei nun längst alles vorbei und abgebüßt und er wäre jetzt Filialleiter einer deutschen Firma in Venezuela. Diesen kurzen Urlaub habe er nun genutzt, um seine Tochter zu suchen und um sie eventuell mit hinüberzunehmen.«

Andreas bemerkte, dass ihm der Schweiß auf der Stirn stand. »Und dann?«, fragte er weiter. Seine Stimme war belegt.

»Dann hat die Frau im Wagen draußen gehupt. Wahrscheinlich hat es ihr zu lange gedauert. Er ließ dann bloß noch seine Adresse zurück, falls wir von seiner Tochter doch noch einmal etwas hören sollten.«

»Hast du die Adresse?«

»Ja«, antwortete Michael und zog sie aus seiner Brieftasche. »Westhoff«, murmelte Andreas vor sich hin. »Eugen Westhoff ...« Wo hatte er bloß den Namen schon einmal gehört? Es fiel ihm nicht ein. »Und meinst du, dass er schon wieder dorthin zurückgefahren ist?«

»Er sagte, dass sein Schiff in drei Tagen ginge.«

Ein tiefes, befreites Aufatmen. Dann packte Andreas Murr den Jäger an beiden Schultern. »Wirst du es ihr sagen?«

Ruhig und lange schaute Michael in die hellen Augen über sich.

»Ich glaube kaum, dass es Lena irgendwie nützlich sein könnte.«

»Nein, im Gegenteil. In ihrem jetzigen Zustand überhaupt nicht. Du weißt ja, dass sie mich für ihren wirklichen Vater hält.«

»Das meinen übrigens alle.«

Andreas Murr lachte gezwungen auf. »Mit der Zeit redet man sich das so ein, dass man es beinahe selbst glaubt. Die Laune des Zufalls ließ es zudem noch geschehen, dass sie mir tatsächlich ähnlich sieht. Also, lassen wir sie bei dem Glauben. Ich wäre dir jedenfalls dankbar, wenn du weiterhin schweigen würdest über alles, was dir bekannt ist.«

»Ich hätte weder einen Schaden noch einen Nutzen, wenn ich davon redete. Außerdem – warum sollte ich Ihnen Unannehmlichkeiten bereiten?«

»Ja, eben. Das meine ich auch. Aber deine Eltern, deine Geschwister?«

»Es lebt ja nur mehr der Vater und meine Geschwister waren damals noch zu jung. Sie erinnern sich nicht mehr an die damaligen Ereignisse.«

»Dann ist es gut. Jedenfalls danke ich dir, Michael. So, und jetzt musst du mich allein lassen. Vielleicht leistest du Lena noch ein wenig Gesellschaft. Oh, da seh ich ja auch Mella bereits heimkommen. Wenn es dir nichts ausmacht, kannst du mit uns zu Mittag essen.«

Als Andreas allein war, sprach er immer wieder den Namen Eugen Westhoff vor sich hin um dann ärgerlich den Kopf zu schütteln. Es fiel ihm einfach nicht ein, wo er den Namen schon einmal gehört hatte.

Auch Mella wusste mit dem Namen nichts anzufangen. Sie tat überhaupt so, als messe sie der Sache nicht viel Bedeutung bei. In Wirklichkeit beschäftigte sie sich aber sehr stark damit, malte sich in schrecklichen Bildern aus, dass dieser Fremde plötzlich einmal hier auftauchen und Rechte geltend machen könnte, um die es dann zum Streit, womöglich sogar zu einem

Prozess käme. Vor allem war ihr darum zu tun, dass Lena nichts davon erfuhr. Das könnte sie in eine neue Krise stürzen, noch bevor sie die andere ganz überstanden hatte.

In der dritten Nacht, als sie wieder stundenlang wach gelegen hatte, leuchtete es hinter ihrer Stirn wie ein Blitz auf. Ihre Hand tastete hinüber zum anderen Bett um Andreas zu wecken, der sich schlaftrunken aufrichtete und nach dem Lichtschalter griff.

»Was ist denn los?«

»Andi, ich weiß jetzt, wer dieser Westhoff ist.«

»So? Wer denn?«

»Ich glaube nicht, dass du dich noch daran erinnern kannst. Es ist schon so lange her. Wir waren seinerzeit noch in München und haben, als wir unsere Abschiedsparty gaben, davon gesprochen, dass einer aus Eifersucht einen anderen erschossen hat. Erstochen oder erschossen, das weiß ich jetzt nicht mehr so genau. Aber daran erinnere ich mich jetzt genau, dass der Mann Westhoff geheißen hat.«

Wie Schuppen fiel es Andreas plötzlich von den Augen, plötzlich war er hellwach.

»Tatsächlich, du hast Recht. Jetzt erinnere ich mich auch wieder. Es berichteten ja damals alle Zeitungen über den Fall.«

Diese Feststellung erschütterte ihn so sehr, dass er aufstehen musste. Er öffnete das Fenster ganz und beugte sich hinaus. Die Nacht war vom Mond erhellt und hüllte alle Dinge in ein silbernes Licht. Selbst die Schatten schienen an ihren Rändern noch zu leuchten.

Endlich drehte er sich um, ging zu Mella, setzte sich auf den Bettrand du fasste nach ihren Händen. Ihr Gesicht sah ganz fröhlich aus. Die Sorgenfalten der letzten Tage waren verschwunden.

»Jetzt darf Lena die Wahrheit überhaupt nicht mehr erfahren«, sagte er.

Über Mellas Gesicht breitete sich ein stilles Lächeln. »Ja, ja, Andi. Nun musst du den Ehebruch schon auf dir sitzen lassen.«

»Den ich für mich selbst erfunden habe«, lachte er. »Wenn es übrigens stimmt, dass dieser Westhoff wirklich Lenas Vater ist, dann hat sie von ihm aber gar nichts geerbt. Oder hast du schon einmal festgestellt, dass sie jähzornig oder gewalttätig gewesen wäre?«

»Nein, in gar keiner Weise. Ihr Wesen war von ruhigem Gleichmaß, bis auf die erste Verirrung ihres Herzens. Und wie sie darauf reagiert hat, das haben wir ja auch erlebt. Ich glaube, sie war noch nie so anhänglich wie jetzt und bereut es bitter, dass sie uns einmal solchen Kummer gemacht hat.«

»Ist alles schon vergessen«, antwortete er. »Und wenn ich sie draußen in ihrem Liegestuhl so liegen sehe, dann kommt mich das Mitleid an und ich habe dann Angst, dass sie nie wieder ganz gesund wird.«

»Das glaube ich nicht, Andi. Ein junger Baum richtet sich nach jedem Sturm wieder auf.«

»Aber es muss doch recht tief in ihr gesessen haben.«

»Wundert dich das? Leicht hat sie nie etwas genommen. Und schau, Andi, selbst in den schwersten Stunden, als das Band zwischen ihr und uns zerreißen wollte, habe ich es nie bereut, dass wir sie zu uns genommen haben. Und ich würde es wieder tun, weil ja die schönen Stunden, die wir durch sie erlebt haben, nicht erlöschen können. Sie ist das Band geworden, das auch uns beide wieder fest zusammenschmiedete.«

»Hatten wir uns denn voneinander entfernt?«, fragte er.

»O ja, Andi. Du warst dir dessen bloß nicht bewusst.«

»Nein, dessen war ich mir nie bewusst und im Grunde genommen war es bei allem doch immer so, dass ich ohne dich nicht hätte sein können. Oder hat es dich vielleicht schon einmal gereut, dass du mich geheiratet hast?«

»Nein, Andi. Noch keine Stunde. Es war schön, mit dir gelebt zu haben.«

»Gelebt zu haben? Wir leben doch weiter miteinander.«

»Ja, hoffentlich noch recht lange. Aber nun lösch das Licht, Andi.«

Drei Tage blieb Andreas weg, und als er zurückkam, strahlte er wieder Ruhe und Zuversicht aus.

Es war gar nicht so schwierig gewesen, Nachforschungen

anzustellen. Bei Lenas Vater handelte es sich tatsächlich um jenen Eugen Westhoff, der aus Eifersucht einen anderen erschossen hatte und zu fünfzehn Jahren Gefängnis verurteilt worden war. Zehn Jahre davon hatte er abgesessen, und als er dann wegen guter Führung entlassen wurde, erfuhr er, dass sein Sohn und seine Frau nicht mehr lebten. Nach der kleinen Tochter, die er nie gesehen hatte, begann er gar nicht erst zu forschen, sondern wanderte nach Venezuela aus und heiratete dort wieder. Erst jetzt, bei einem kurzen Urlaub in der alten Heimat, hatte er es sich mehr aus Neugierde zur Aufgabe gemacht, etwas über diese Tochter zu erfahren. Mit besonders großem Eifer betrieb er diese Nachforschungen allerdings nicht, sonst hätte er die aufgefundene Spur noch bis zum Murrhäuschen verfolgt. Auf alle Fälle war er jetzt wieder nach Venezuela abgereist und würde wahrscheinlich nie wieder aufkreuzen.

Und das war gut so.

Ach ja, es schien überhaupt alles wieder gut zu werden. Eines Tages, als die Äpfel schon reif zwischen dem Herbstlaub schimmerten, war Lena wieder gesund und es war wohl kein anderer als der junge Jäger Michael Kirchberger, der ihr wieder Lebensmut gegeben hatte.

Ja, Michael kam mit der Regelmäßigkeit einer Uhr ins Murrhäuschen und war dort von allen gern gesehen. Und wenn er wider Erwarten einmal nicht kommen konnte, war es zuerst Mella, die sich darüber wunderte. Dann zog Andreas seine Uhr heraus und schüttelte den Kopf.

»Wo bleibt er denn heute so lange?«

Lena sagte nichts. Sie horchte auf ihr Herz und das rief nicht nach dem Förster. Noch nicht. Das, was sie für ihn empfand, war Dankbarkeit und sonst nichts.

Trotzdem wurde sie mit den Wochen gewahr, dass sie ihm immer geneigter wurde. Sie wusste, dass er sie immer noch liebte, und manchmal sah sie die Not in seinen Augen. Sie fühlte, dass er auf ein Wort von ihr wartete, und es tat ihr selbst Leid, dass sie das nicht sagen konnte, was er wahrscheinlich erwartete. So aber konnte es auch nicht weitergehen, sagte sich Lena. Und einmal, als sie mit Michael hinter dem Haus saß, wo die Sonne noch viel Wärme verschwendete, weil es ein windstiller Winkel war, brachte sie unvermittelt ein Gespräch in Gang – was ihn aufs Tiefste verwirrte.

»Du hast einmal gesagt, Michael, dass du mich gern hast. Weiß du es noch?«

Er nickte. Der Atem stockte ihm. Brach jetzt die Stunde über ihn herein, die er sich in tausend Träumen schon gewünscht hatte?

»Du hast damals auch gesagt«, sprach Lena weiter, »dass du immer für mich da sein würdest, wenn ich dich brauche. Und das hast du gehalten. Du bist so selbstlos gewesen in all den Wochen, in denen ich krank war. Ich glaube nicht, Michael, dass du es gewusst hast, wie sehr ich deine Nähe brauchte. Ich bin an einem Abgrund gesessen und deine Hand hat mich gehalten, dass ich nicht restlos stürzte. Das hast nur du fertig gebracht, weil du mich immer schon gern gehabt hast. Ich aber habe mich bisher recht undankbar benommen.«

»Aber Lena, wie kannst du bloß so etwas behaupten?«

»Es ist aber so, wie ich sage, Michael. Du stehst meinem Herzen nahe, aber Liebe ist es nicht, Michael. Manchmal meine ich, ich sehe mitten in dein Herz und ich fühle, wie du auf etwas wartest, das ich dir nicht geben kann. Es hilft alles nichts, ich muss ehrlich sein zu dir, ganz ehrlich, selbst wenn ich dir damit wehtun muss. Ich darf dir nicht einmal sagen, du sollst Geduld haben, weil du dann Hoffnungen daran knüpfst, die ich vielleicht nicht erfüllen kann. Zuerst muss ich mit mir ganz ins Reine kommen. Die Krankheit habe ich überwunden und das habe ich auch dir zu verdanken. Aber es ist etwas angeschlagen in mir und das ist noch nicht vernarbt. Ich weiß nicht, Michael, ob du das verstehst?«

»O doch, das verstehe ich sogar gut«, antwortete er und dabei spielte ein trauriges Lächeln um seinen Mund. Die Erfüllung seines Wunsches rückte in unendliche Ferne. Und doch musste er ihr dankbar sein für ihre Offenheit. Nur etwas begriff er in diesem Augenblick. Er musste sich wieder zurückziehen, so wie damals, als sie ihm gestanden hatte, dass sie den anderen liebte. Nun war sie wieder gesund. Jetzt bedurfte sie seiner nicht mehr, und wenn – ja, dann würde sie ihn schon rufen.

Er hielt ihre Hand und sie sahen hinauf zu den Bergen. Die Sonne sank und der rote Feuerball kleidete die Gipfel in leuchtendes Gold und dann in das satte Purpur, wie Könige es auf ihrem Mantel tragen.

»Ich muss jetzt gehen«, sagte Michael und stand auf.

Ganz nahe standen sie voreinander. Ringsum leuchtete der Abend in allen Farben. Es leuchteten die reifen Äpfel im herbstlich schimmernden Laub, es schillerten die Astern in satter Schönheit hinter dem Pflanzgartenzaun, es glänzten die blonden Haare des Mädchens.

Die Brust wurde Michael ganz eng. Warum fand er bloß nicht den Mut, sie in seine Arme zu nehmen? Schüchtern legten sich seine Hände um ihre schmalen Hüften. Da spürte er den erschrockenen Ruck, der durch ihre Gestalt ging, und sah die leise glimmende Angst in ihren Augen. Sofort ernüchterte es ihn und er ließ sie los.

»Ja, dann gehe ich jetzt«, wiederholte er, weil er vor Verlegenheit nichts anderes zu sagen wusste.

»Hab guten Weg, Michael.«

»Danke, Lena.« Er ließ die Hand los, die sie ihm gereicht hatte und drehte sich um. Es war wohl sinnlos, darauf zu warten, dass sie auch jetzt vielleicht noch sagte: »Komm bald wieder …«

In den Wochen ihrer Krankheit hatte sie diese drei Worte nie zu sagen vergessen, wenn er von ihr weggegangen war. Aber jetzt war sie wieder gesund. Jetzt brauchte sie ihn nicht mehr. Der Helfer hatte seine Schuldigkeit getan. Er konnte gehen.

Er ging in den sinkenden Abend hinein und wurde nicht zurückgerufen.

Nach vierzehn Tagen begann Lena unruhig zu werden. Sie dachte nach, ob sie etwas Unrechtes gesagt habe. Immer öfter begann sie zum Wald hinaufzuschauen. Aber immer, wenn sie meinte, dass jemand zwischen den Stämmen heraus träte auf die Wiese, war es eine Täuschung. Dann begann sie bis zum Wald selbst hinaufzugehen. Den ganzen Weg bis zur Jagdhütte ging sie nicht. Noch nicht. Erst nach einer weiteren Woche vergeblichen Wartens überwand sie sich dazu. Aber die Jagdhütte war zugesperrt, die Fensterläden geschlossen.

Sie saß eine Weile auf der Bank vor der Hütte. Es war ein Tag mit tief hängenden Wolken und der Wind stöhnte in den Bäumen. Ein trauriger Tag. Allerseelenstimmung. Genau ihrer Verfassung angepasst. Sie begriff auf einmal, dass Michael absichtlich fernblieb, dass er sie meiden wollte, und erkannte in diesem Augenblick zugleich, dass er ihr näher stand, als sie es sich hatte eingestehen wollen.

An diesem Abend, als sie gemütlich vor dem Kaminfeuer in der Stube beieinander saßen, sagte Andreas Murr plötzlich sinnend:

»Wo steckt denn eigentlich Michael? Er hat sich ja schon eine Ewigkeit nicht mehr bei uns sehen lassen.«

Lena, die sich vorgenommen hatte, vor den Eltern nie mehr etwas zu verheimlichen, antwortete sofort: »Ich war heute oben bei der Jagdhütte, aber sie war verschlossen.«

Andreas wechselte einen schnellen Blick mit Mella. Dann fragte er ruhig: »Ach, du warst oben?«

»Ja, selbst auf die Gefahr hin, dass es wie Nachlaufen aussehen könnte. Michael war jetzt genau drei Wochen nicht mehr hier. Eigentlich drei Wochen und zwei Tage.«

Mella legte den Arm um ihre Schultern. »Wie genau du es weißt, Lena! Kannst du vielleicht auch noch die Stunden sagen?«

Lena schmiegte sich in die Armbeuge der Mutter wie früher als Kind.

»Ja, auch das kann ich. Drei Wochen, zwei Tage und achtzehn Stunden.«

Andreas hatte sich Feuer mit einem Span aus dem Kamin geholt und zündete seine Pfeife an. »So genau kann man nur rechnen, wenn man verliebt ist.«

Lena gab lange keine Antwort, und was sie dann sagte, war eine Frage. »Und wenn ich es wäre?«

Stille. Nur die Uhr auf dem Sims tickte und manchmal hörte man den Wind im Kamin singen. Lena saß wie versteinert da, die Hände im Schoß verkrampft. Dann war auf einmal die Hand der Mutter wieder da, leise, behutsam über das Haar streichelnd.

»Bist du es denn?«

»Eben nicht, Mutter. Ich bin nicht verliebt in Michael, aber er fehlt mir einfach. Er ist mir wie ein Bruder.«

»Kenn ich genau«, lächelte Andreas Murr und fächelte die Rauchwolken vor seinem Gesicht weg. »Im Ernst, Lena: Gegen Michael wäre nichts einzuwenden. Er ist charakterlich einwandfrei, ein tüchtiger Bursche, der seinen Weg genau kennt. Vielleicht denkst du ein bisschen nach, ob du nicht bei seinem letzten Hiersein etwas gesagt hast, das ihn vor den Kopf gestoßen hat. Vielleicht ist er in dich verliebt?«

Lena nickte.

»Das ist es eben. Michael liebte mich, schon lange, bevor das – andere war.«

Das »andere« aber durfte keinen Raum mehr haben in diesem Haus. Es war die ganze Zeit über bewusst totgeschwiegen worden, zugedeckt als ein trauriges Kapitel, das nicht einmal des Erinnerns wert war. Und darum brachte Andreas das Gespräch abrupt in eine andere Richtung.

»Ich habe es mit Mutter bereits besprochen, Lena. Im Frühjahr fahren wir beide auf ein paar Monate weg. Du bis nämlich noch gar nicht so gesund, wie du aussiehst.«

Lena war überrascht von dieser Mitteilung, war aber für den Vorschlag sofort Feuer und Flamme. »Wohin denn?«

»Irgendwohin in den Süden oder vielleicht auch nach Ägypten. Wir werden uns treiben lassen.«

Ja, treiben lassen, dachte Lena. Und restlos alles Schlimme vergessen.

»Aber kann denn Mutter nicht auch mitfahren?« fragte sie.

»Das habe ich ihr auch vorgeschlagen. Sie will aber das

Haus nicht allein lassen. Oder freut es dich nicht, mit mir allein zu reisen?«

Da fiel Lena dem Vater um den Hals. »Du kannst noch fragen, ob es mich freut?« Tränen rannen ihr über das Gesicht. »Es ist mein Fehler, dass ich nie zeigen kann, wie sehr ich mich freue. Und dass ich euch auch nie hab zeigen können – wie sehr ich euch liebe.«

Daraufhin machte sie sich los und ging still hinaus.

Michael mied das Murrhäuschen nicht gerade absichtlich, aber es kam ihm sehr gelegen, dass er ganz plötzlich in den Innendienst versetzt worden war um im Forstamt zu Bichl den Innendienst kennen zu lernen, was ja auch zu seiner Laufbahn gehörte.

Von Kind an innigst mit der Natur vertraut, fiel es ihm in den ersten Wochen ziemlich schwer, hinter dem Schreibtisch sitzen zu müssen. Das Herz tat ihm weh, wenn er vom Fenster aus die herbstlich flammmenden Wälder sah. Und sein Blick ging sehr oft zum Fenster hinaus in das enge Tal, weiter in südliche Richtung, wo er den kleinen See wusste und die Landschaft mit dem schönen Apfelgarten, in dem fast einen ganzen Sommer lang, dem Leben schon halb abgewendet, Lena gelegen hatte.

Das Bild dieses Mädchens lebte unvermindert in seinem Herzen, genauso wie sich ihre Worte in sein Inneres gegraben hatten: »Du bist meinem Herzen sehr nahe, Michael, aber ich liebe dich nicht ...«

Ihr Worte aber hatten ihn unerbittlich aus seinem Traum herausgerissen und die Vorstellung aufgezwungen, dass er seine Sehnsucht begraben müsse. Das konnte er aber nur, wenn er sie nicht mehr sah. Und so war ihm die Versetzung in den Innendienst gerade recht gekommen.

Die Wochen gingen dahin und der Winter fiel bereits über das Land her, als der Bildhauer Andreas Murr ganz unverhofft eines Mittags die Gaststube betrat, wo Michael immer sein Essen einzunehmen pflegte.

Es war ihm nicht anzumerken, ob die Freude wirklich so

von Herzen kam oder ob sie gespielt war. Auf alle Fälle streckte Andreas Murr Michael Kirchberger impulsiv die Hand entgegen.

»Na, das freut mich aber, dass ich dich wieder einmal sehe. Es ist doch noch Platz frei hier?«

»Ja, bitte schön, Herr Professor.«

»Komm, komm, ich hab dir, glaube ich, schon einmal gesagt, du brauchst mich nicht Professor zu nennen. Du machst dich ja äußerst rar bei uns.«

Michael war froh, eine plausible Entschuldigung zu haben.

»Man hat mich in den Innendienst versetzt.«

»Aha! Und – ist dir das lieber?«

»Man hat mich darüber nicht befragt. Natürlich wäre ich lieber im Revier, obwohl der Dienst hier nicht streng ist. Viel Papierkram halt, wie bei allen Behörden.«

Das Essen kam und bedächtig zerkleinerte Andreas mit dem Löffel den Knödel.

»Also – nun raus mit der Sprache, Michael. Warum bist du eigentlich nie mehr gekommen? Meine Frau fragte übrigens gerade dieser Tage wieder einmal nach dir.«

Aha, die Frau, dachte Michael. Lena also nicht.

»Ich hoffe, dass es Ihrer Frau gut geht«, sagte er und dachte, nun muss er ja doch endlich von Lena etwas sagen, denn sie war ja krank gewesen und nicht seine Frau.

»Danke der Nachfrage. Es geht ihr gut. Wir dachten schon, dass vielleicht jemand von uns dich gekränkt hätte.«

»Aber nein«, antwortete Michael und wurde rot. »Wer soll mich denn gekränkt haben?«

»Vielleicht Lena? Sie sprudelt manchmal etwas heraus und meint es gar nicht so.«

Michael nippte an seinem Bier. »Ich denke«, sagte er nach einer Weile, »dass gerade Lena immer genau weiß, was sie sagt.«

Andreas Murr lächelte vor sich hin. Also hat sie ihm doch nicht das Rechte gesagt, kombinierte er und erinnerte sich gleichzeitig auch, was Lena gesagt hatte. Sie sei ihm zugetan wie einem Bruder. Aber wenn man liebt, kann man nicht dauernd Bruder sein.

Er war nun fertig und schob den Teller weg. Dann nahm er einen großen Schluck. Sollte er nun Michael sagen, dass Lena ihn vermisste? Einen Augenblick überlegte er, dann kam die ewige väterliche Eifersucht wieder zum Durchbruch, die kindische, unverständliche Eifersucht, die meint, man könnte eine Tochter ewig nur für sich allein haben.

In diesem Augenblick sah Michael auf die Uhr. »Ich muss nun leider gehen. Meine Mittagszeit ist um.«

»Macht es etwas, wenn du fünf Minuten später kommst?«

»Es macht nichts, aber ich bin immer pünktlich.«

Aber wenn Lena jetzt hier sitzen würde, wäre er leichten Herzens unpünktlich, dachte Andreas. Und das ärgerte ihn wieder.

»Auf alle Fälle, es hat mich sehr gefreut, dich wieder einmal getroffen zu haben.«

»Die Freude war ganz meinerseits«, antwortete Michael.

»Und recht schöne Grüße für daheim!«

»Ich werde es ausrichten.«

Michael griff nach seinem Hut, der neben ihm auf der Bank lag. Dann reichte er Andreas Murr die Hand.

»Auf Wiedersehen, Herr Murr.«

»Auf Wiedersehen, Michael.«

Schon im Weggehen drehte sich Michael noch einmal um. »Und Lena geht es doch wieder gut?«

»O ja, sehr gut.«

»Dann ist es schon recht.«

Die Tür schloss sich hinter Michael. Er ging irgendwie verstimmt weg und blieb auch die nächste Stunde noch in dieser schlechten Laune. Sein Blick ging wieder durchs Fenster im zweiten Stock des Forstamtes in südliche Richtung.

Wenn ihm gar so sehr daran gelegen wäre, hätte er mich ja einladen können, dachte Michael. Aber kein Wort, dass er wieder einmal kommen sollte, und von Lena hätte er überhaupt nichts gesagt, wenn ich mich nicht überwunden und gefragt hätte. Überhaupt – sinnierte Michael weiter – brauchte der Herr Professor gar nicht so sehr auf seine Vaterrechte zu pochen. Wenn seine Eltern Lena damals nicht weggegeben hätten, dann wäre sie mit ihm aufgewachsen, dann würde kein Mensch ihn hindern können, sie zu heiraten. So aber meinte sie, sie wäre die wirkliche Tochter des Professors Murr, und wusste gar nichts von der kleineren Welt, in der er aufgewachsen war. Er wurde immer verbitterter.

In ähnlicher Verstimmung fuhr Andreas Murr nach Steinkirchen zurück.

Wenn dem Burschen wirklich so viel an Lena läge, dann hätte er nicht gerade vor dem Weggehen nur so beiläufig nach ihr gefragt. Dann hätte es eigentlich seine erste Frage sein müssen. Ganz sicher hatte das bei ihm gar nicht so tief gesessen, wie Lena es meinte. Vielleicht hatte er in Bichl längst eine andere gefunden, der er mehr bedeutete als nur so viel wie ein Bruder.

Es ist ja eigentlich ganz gut, dass es so ist, dachte er weiter. Dann bleibt sie mir hoffentlich noch recht viele Jahre, weil ich ja noch nicht alt genug bin, schon ins Austragsstüberl ihres Herzens zu ziehen. Ich möchte noch mittendrin sein in ihrem Leben.

Mit diesen Gedanken kam er nach Hause, zu einer Zeit, als man sich gerade anschickte, den Nachmittagskaffee zu trinken. Er erzählte alles Mögliche, wie schlecht das Straßenstück zwischen Steinkirchen und Bibersham immer noch sei, was er alles in Bichl erledigt habe und dann ganz zum Schluss sagte er noch wie beiläufig:

»Ach ja – da fällt mir gerade noch ein. Wen, meint ihr, habe ich wohl getroffen?«

Lena wusste es merkwürdigerweise sofort, aber sie fragte nicht. Sie überließ das der Mutter.

»Wen denn?«, fragte Mella.

»Den Michael. Er ist jetzt im Forstamt in Bichl im Innendienst tätig. Er hat mir recht schöne Grüße an euch beide aufgetragen.«

»Danke«, sagte Mella. Lena wartete darauf, dass der Vater vielleicht noch mehr sagen würde, etwas, das für sie persönlich bestimmt gewesen wäre. Aber Andreas Murr war schon wieder bei einem anderen Gesprächsstoff.

Da glaubte Lena begreifen zu müssen, dass Michael seine Konsequenzen gezogen und seine Hoffnungen begraben hatte. Sie konnte ihm das gar nicht übel nehmen, aber es schmerzte doch irgendwie.

Sehnsüchtig wartete sie auf die Weihnachtstage und glaubte fest daran, dass Michael Kirchberger an einem der Festtage doch kommen würde.

Aber Michael kam nicht.

Lena wurde sich eindringlicher bewusst, dass sie etwas in ihrem Leben verloren hatte. Und sie erkannte, dass es wert war, diesem Verlorenen nachzutrauern.

Dieser Zustand des ewigen Sinnierens begann sich wieder auf ihr Gemüt zu legen und sie begann so apathisch zu werden, dass es Mella nicht verborgen blieb.

Eines Tages, als der Märzföhn den Schnee schon aufgesaugt hatte, fasste Mella Lena bei der Hand und führte sie hinaus in den Flur, wo das Angelzeug an der Wand hing.

»Wir gehen zum Forellenfischen, Kind.«

Bis zum Bach hinunter sprachen sie kaum etwas. Erst als sie nahe der Brücke am Uferrand saßen, wo die Palmkätzchen schon silbern an den Zweigen prangten, nahm Mella einen Anlauf.

»So Lena, nun sag mir, was mit dir los ist. Worüber denkst du denn so angestrengt nach?«

Lena hatte die Arme auf die angezogenen Knie gestützt und die Fäuste unter das Kinn geschoben. So sah sie auf das hurtig dahinfließende Wasser.

»Ich denke gerade nach«, sagte sie, »ob man zu dieser Jahreszeit überhaupt Forellen fischen darf?«

Mella lächelte kaum merklich über diese Antwort.

»Es wird sowieso keine anbeißen«, meinte sie. »Früher hätte uns der Distoller vielleicht angezeigt, aber heute ist er lammfromm zu uns und überdies liegt er seit Lichtmess im Bett. Er soll es an der Leber haben. Du bist aber meiner Frage ausgewichen. Ich habe es anders gemeint, Lena. Ich will nicht in dich dringen, ich will es ganz dir überlassen, ob du Vertrauen zu mir hast.«

Lena seufzte tief auf. »Mit Vertrauen hat das nichts zu tun, Mutter. Es geht darum, dass ich einmal auf euch nicht hören wollte und dann geirrt habe, wie sich selten ein Mensch geirrt haben wird.«

»Sag das nicht, Lena. Wer nie irrt, erkennt den richtigen Weg nicht.«

»Es denken nicht alle so wie du, Mutter.«

»Mag sein, dass du Recht hast. Aber das bestätigt nur, dass ich Recht habe: Dich bedrückt etwas.«

»Bist du darum mit mir fischen gegangen, Mutter, um mir das zu sagen?«

Mella warf die Angel von neuem aus. Sie spürte den Trotz, der in Lenas Worten lag.

»Weißt du, wohin dieses Wasser mündet, Lena?«

»In den See doch.«

»Ja, aber es fließt auf der anderen Seite wieder hinaus und weiter bis nach Bichl. Und dort, habe ich gehört, soll einer im Forstamt sitzen mit demselben Trotz wie du.«

Lena spürte, wie sie rot wurde, fühlte aber auch zugleich, wie ihre Hemmungen dahinschwanden. Impulsiv barg sie ihren Kopf an Mellas Schulter und Mella legte ihren Arm behütend um die Schulter des Kindes und am liebsten hätte sie alles, was dem Kind Sorgen machte, auf sich genommen, denn sie liebte Lena mit tiefer Innigkeit.

Und nur ihre starken Gefühle machten es aus, dass sie die Frage so innig stellte, dass es nicht wie Neugierde aussah:

»Hast du ihn denn so lieb?«

Lena nahm den Kopf nicht hoch. Sie nickte nur.

»Na ja, es wird schon alles recht werden, Kind.«

»Eigentlich müsste ich mich schämen, weil ich mir so lange nicht darüber klar war, wie ich zu ihm stehe. Ich hätte mir so vieles ersparen können. Mir und euch, wenn ich schon früher erkannt hätte, wie ehrlich es Michael immer schon mit mir gemeint hat.«

»Er wird es heute noch genauso ehrlich meinen.«

»Vielleicht, Mutter. Aber ich habe ihn doch sehr vor den Kopf gestoßen. Nicht bloß einmal. Das letzte Mal so deutlich, dass ihm einfach nichts anderes übrig blieb, als sich von mir zurückzuziehen.«

In den Palmzweigen zwitscherten die Stare. Hoch und schneeweiß schwammen ein paar Wolken über die Berge , auf denen noch Schnee lag. Vom Dorf her läuteten die Glocken und einmal hörte man einen Traktor über einen Feldweg fahren. Dann war es wieder still.

»Ich meine«, nahm Mella das Gespräch wieder auf, »du solltest mit Vater wirklich vier oder sechs Wochen weggehen und Raum und Zeit zwischen das legen, was dir jetzt das Herz so schwer macht. Und wenn du dich dann immer noch nach ihm sehnst – und er dich wirklich einmal geliebt hat –, dann sehe ich keinen Grund, warum ihr nicht zueinander finden sollt.«

»Ja«, sagte Lena auf einmal ganz fröhlich. »Das wird vielleicht ganz gut sein. Im Grunde genommen wäre alles ganz einfach. Ich brauchte ihn bloß einmal in Bichl aufzusuchen. Aber ich glaube, bevor ich das kann, werde ich alt. Oder bist du Vater einmal nachgelaufen, Mutter?«

»Nein«, lächelte Mella und zog die Schnur aus dem Wasser, steckte das Angelzeug ins Futteral und stand auf. »Wir trafen uns und – blieben zusammen.«

Lena stand nun ebenfalls auf und glättete ihren Rock.

»Ja, dann hattet ihr es eben leichter als ich.«

Diese kindliche Feststellung wäre eigentlich komisch gewesen. Aber Mella lachte nicht, fasste Lena bei der Hand und sie gingen über die leicht angegrünten Wiesen zum Murrhäuschen hinauf.

Die Märzsonne schien warm durch die Fensterscheiben im Forstamt zu Bichl. Sie fiel wie ein Scheinwerfer auf die glänzende Schreibtischplatte und die Schriftstücke, vor denen Michael Kirchberger saß.

Es war etwa neun Uhr vormittags, als Forstrat Wimmer das Zimmer betrat. Er war ein kleiner, beweglicher Herr mit einer großen Hornbrille, die ihn eher wie einen Studienrat aussehen ließ.

Michael war bei seinem Eintreten aufgestanden. Aber

Wimmer wehrte ab. »Bleiben Sie doch sitzen, Kirchberger. Sie werden nämlich noch die Gelegenheit haben, drei Stunden Fußmarsch zum Bannwald hinauf zu machen. Es tut mir Leid, aber Oberförster Enthammer hat sich gestern krankgemeldet und die zwei Partien, die da oben arbeiten, müssen neu eingewiesen werden.«

Michael sah seinen Vorgesetzten etwas erstaunt an.

»Gestatten, Herr Forstrat, aber die Leute haben doch erst vorgestern da oben begonnen«

»Ja, aber sie müssen sofort an der weiter südlich gelegenen Grenze anfangen, denn ich habe soeben Meldung bekommen, dass dort der Borkenkäfer wütet. Also ist das dringender.«

Michael begann sogleich seine Papiere zusammenzuräumen und verschloss sie im Schreibtisch.

»Da morgen bereits Samstag ist, können Sie auch die Löhne gleich mit hinaufnehmen. In der Buchhaltung ist schon alles hergerichtet.«

Eine Viertelstunde später machte sich Michael, nur mit Hakelstecken und Fernglas ausgerüstet, auf den Weg. Als er das Städtchen hinter sich gelassen hatte, musste er noch etwa eine halbe Stunde über Wiesen wandern, auf denen bereits die ersten Leberblümchen standen. Dann nahm ihn er Wald auf. Es ging ziemlich steil bergan. Nach etwa zwei Stunden hielt er auf einem Kahlschlag kurze Rast. Von hier aus hatte man einen weiten Fernblick in die Ebene hinaus und hinein in das langgezogene Tal bis Steinkirchen. Auf einem Baumstumpf sitzend suchte er zuerst sein Elternhaus in Attling, dann ging er mit dem Glas langsam südwärts. Der See leuchtete auf, die Hügel ringsum, der Kirchturm, das Sägewerk Distoller und dann rechts auf dem Hügel das Murrhäuschen. Er konnte es genau erkennen und das weite Geviert des Apfelbaumgartens, in dem Lena fast einen ganzen Sommer lang einer Enttäuschung nachgelitten hatte.

Lena! Wenn er sie nur aus dem Sinn brächte! Aber es half alles nichts. Er litt ihretwegen und wusste, dass er dieses Sehnen lebenslang in sich tragen würde.

Der Tag war von einer wundersamen Wärme. Leise rauschten die Zweige über ihm und der Gesang der Vögel hallte durch den Wald, als würde ein großes Orchester gestimmt.

Die Zeit lief mit ihm davon und mit seinen Träumen. Als er einmal auf die Uhr sah, merkte er, dass er fast eine halbe Stunde hier gesessen und die Welt vergessen hatte. Er musste aber hinauf zum Bannwald. Man hatte ihn nicht fortgeschickt, damit er auf einer Lichtung träumte.

Nach einer weiteren Stunde hörte er bereits den hellen Klang der Äxte und das Singen der Sägen in den Echogründen des Waldes. Er kam seinem Ziel immer näher. Kreuz und quer lagen bereits eine Menge Stämme übereinander. Er umging sie und schritt zwischen den noch stehenden Bäumen dahin. Niemand hatte ihn gesehen und er selbst war so in Gedanken versunken, dass er auf nichts achtete.

Dann blieb er stehen. Kaum zwanzig Meter von ihm entfernt arbeiteten die Holzfäller. Hier oben ging der Wind stärker. Michael hörte die Männer sprechen. Rhythmisch abgestimmt zu einem Dreierschlag krachten die Vorschlaghämmer auf die Eisenkeile, die sich bei jedem Schlag weiter in den Einschnitt fraßen. Bei jedem Schlag erbebte der Baum bis in den Wipfel hinauf.

Dann wehrte der Baum sich nicht mehr. Er ergab sich dem menschlichen Willen. Er seufzte am Stamm hinauf. Gleichzeitig ächzte und krachte es unten am Stock. Die Fichte drehte sich, als wolle sie noch einmal in einer bestimmten Richtung ins Land hinaussehen. Gleich darauf seufzte der Wipfel lauter, es schwoll zu einem pfeifenden Sausen an und das Knistern am Stock unten wurde zum berstenden Donner.

Wie gebannt starrte Michael auf den Riesen, der sich langsam neigte. Im flüchtigen Augenblick einer Sekunde erfasste er wohl, dass der stürzende Riese, von einer Windbö erfasst, die Richtung änderte, dass er prasselnd in die Zweige noch stehender Bäume fiel, dadurch abgebremst wurde und doch unerbittlich seinen Weg zur Erde fand.

Michael hörte auch noch die entsetzten Schreie der Holzfäller, verfing sich in einer Wurzel und empfing den harten, unbarmherzigen Schlag eines Astes.

Entsetzt sprangen die Männer hinzu.

»Jesus, Maria«, stammelte der Guch. »Der Michael ist es!«

Dann neigte sich der Vörner über den Verletzten. Quer über seiner Brust lag der Ast. Ein dünner Blutstreifen rann über die Stirn auf die linke Schläfe.

Der Guch nahm Michaels Hand. Sie war warm und trocken.

»Michael …«, rief er rau, mit erstickter Stimme.

Michael schlug die Augen auf. Sie waren groß und ernst, aber nicht voller Angst. Um seinen Mund spielte ein trauriges Lächeln.

»Die halbe Stund …«, flüsterte er. »Die halbe Stund … die ich verträumt hab … da unten in der Lichtung …«

Zwei Männer bemühten sich nun den Ast abzusägen, andere spreizten einen dicken Prügel unter den Stamm, damit er nicht mit seinem ganzen Gewicht auf den Getroffenen niederfallen könne.

»Langsam, langsam«, mahnte der Guch.

Und sie gingen langsam und vorsichtig vor. Auf die gefallene Fichte war ein Vogel geflogen und sang. Vielleicht hatte er darinnen sein Nest. Er sang eine ganze Weile, bis man Michael hervorgezogen und abseits ins Moos gelegt hatte. Dann schwang er sich in den strahlenden Mittagshimmel hinauf, Ausschau haltend nach einem neuen Nest.

Michael hörte den Vogel nicht mehr singen und spürte nicht, dass sie ihn in die Mulde betteten. Die Wipfel rauschten das Lied ihrer Kraft und über den Bergen flimmerte die Sonne, als ob es schon Mai wäre. Er kam erst wieder für einen Moment zu sich, als man ihn unten im Bichler Krankenhaus auf den Operationstisch legte, sah Gestalten in weißen Mänteln über sich gebeugt, die besorgte Gesichter machten. Eine davon horchte an seinem Herzen, das manchmal den Schlag aussetzte.

»Lena …«, flüsterte er. »Lena Murr …« Dann schwand ihm wieder das Bewusstsein.

Das Auto stand vor der Tür des Murrhäuschens. Der Deckel des Kofferraums stand weit offen. Andreas Murr verstaute gerade den dritten Koffer, als Lena in einem grauen Kostüm, ein Seidentuch um den Hals, reisefertig aus dem Haus trat.

»Haben wir nichts vergessen?«, fragte Andreas.

»Ich glaube nicht, Vater.«

Mella erschien um sich von den beiden zu verabschieden, die ihre längst geplante Fahrt antraten.

In diesem Augenblick sahen sie jemanden über den Hügel heraufkommen. Es war die Frau des Postboten Gruber, die gewöhnlich die Telegramme austrug.

»Was wird denn die wieder bringen?«, fragte Mella.

Andreas antwortete mit gelassener Ruhe: »Für mich jedenfalls nichts mehr, denn wenn alles programmgemäß gegangen wäre, wären wir schon seit einer Stunde unterwegs.«

Die Frau brachte kein Telegramm, sie hatte nur auszurichten, dass aus dem Krankenhaus Bichl angerufen worden wäre. Dort läge schwer verletzt der Forstassistent Michael Kirchberger und spräche in den kurzen Augenblicken des Bewusstseins nur immer den Namen Lena Murr aus.

Lena war blass geworden bis in die Lippen hinein. Vergessen war die Fahrt in den Süden. Nur ein Gedanke beherrschte sie: Ich muss zu Michael.

»Bitte, Vater, fahr mich doch sofort nach Bichl.«

Einen Augenblick war er unsicher, aber er erkannte, dass er Lena diesen Wunsch nicht abschlagen konnte. Überdies begann Mella bereits die Koffer wieder herauszunehmen. Er sah nicht besonders geistreich aus in diesem Moment, als er erkannte, dass ihm die beiden Frauen ihren Willen aufzwangen. Nur weil es jetzt nicht wie geduldiges Dreinschicken in alles aussehen sollte, fragte er:

»Und unsere Fahrt?«

»Die interessiert mich jetzt nicht mehr, Vater. Verstehst du denn das nicht?«

»Es wird sich so ziemlich gleich bleiben, ob ich es verstehe oder nicht. Du hast die Wahl zwischen Italien und einem

Menschen, an dem dir bisher ja nicht besonders viel gelegen war.«

Er wollte noch weitersprechen, aber dann sah er die Tränen in Lenas Augen schimmern und er setzte sich wortlos ans Lenkrad.

Kaum hatte auch Lena Platz genommen, fuhr er schon an und jagte den Wagen in einem irrsinnigen Tempo nach Bichl, ohne dass Lena ihn auch nur ein einziges Mal wie sonst gemahnt hätte: »Bitte, fahr nicht so schnell.«

Es konnte ihr gar nicht schnell genug gehen, und bis der Vater im Krankenhaus langsam nachkam, hatte Lena bereits im Flur eine Schwester erwischt und von ihr erfahren können, was eigentlich geschehen war.

»Und kann ich zu ihm?«

»Da müssen wir den Chefarzt fragen. Kommen Sie.«

Der Chefarzt kam gerade von der Visite aus einem der Zimmer. Auf Lenas Frage hob er bedauernd die Schultern.

»Es tut mir Leid, aber vorerst ist nicht daran zu denken. Im Augenblick ist er wieder bewusstlos. Wie war doch Ihr Name gleich?«

»Lena Murr.«

»Ach, Sie sind es! Ja, nach Ihnen fragt er in den wenigen Augenblicken, in denen er bei sich ist. Murr? Vielleicht die Tochter des bekannten Bildhauers Murr?«

In diesem Augenblick bog Andreas um die Ecke.

Andreas kannte den Chefarzt. Sie gaben sich die Hand.

»Wir waren gerade startbereit für eine Fahrt nach Italien. Da kam Ihr Anruf.«

Der Chefarzt schaute verdutzt auf.

»Mein Anruf?« Er schüttelte den Kopf und sah dann die Schwester an. »Schwester, forschen Sie doch einmal nach, wer da angerufen hat.«

»Steht es schlimm um ihn?«, fragte Lena voll drängender Ungeduld.

»Das lässt sich im Augenblick noch nicht sagen. Es ist schlimm genug und man kann nur hoffen, dass seine Bärennatur die Krisis überwindet. Ärztlicherseits wurde jedenfalls alles getan.«

Die Schwester kam zurück und berichtete, dass die Oberschwester Angelika nach Steinkirchen telefoniert hätte, weil der Verunglückte sie dringend darum gebeten habe.

Ärgerlich verzog der Chefarzt das Gesicht. »Das war ohne meine Einwilligung. Was sollen wir jetzt machen? Den Forstrat habe ich weggeschickt, ein Mädchen war da, das vorgab seine Schwester zu sein, und jetzt … Darf ich fragen, Herr Professor, in welchem Verhältnis Sie zu dem Verunglückten stehen?«

»In welchem Verhältnis? Eigentlich –«

»Er steht uns sehr nahe«, half Lena dem Vater aus und es war in diesem Augenblick durchaus zu erkennen, wem er »sehr nahe« stand.

»Ach so«, schmunzelte Chefarzt Burger. »Ich verstehe. Warten Sie doch bitte einen Moment, ich will einmal sehen, was sich tun lässt.«

Nach fünf Minuten kam er zurück.

»Es ist zwecklos. Er ist nicht bei Bewusstsein.«

»Dann warte ich eben«, sagte Lena. »Darf ich ihn wenigstens für einen Augenblick sehen?«

Der Chefarzt wechselte einen Blick mit der Schwester.

»Schwester, veranlassen Sie das. Aber wirklich nur für einen Augenblick.«

Andreas Murr sah den beiden nach, wie sie den langen Gang hinuntereilten. Lena bestimmte das Tempo, die Schwester hatte Mühe nachzukommen.

Dann wandte er sich an den Arzt. »Unter uns, Herr Doktor, besteht Aussicht? Und wie geschah es überhaupt? Meines Wissens war Michael doch im Innendienst.«

»Das stimmt. Aber durch irgendeine Umstellung musste ihn der Forstmeister in den Bannwald hinaufschicken. Und da kam er – wie das möglich war, weiß man auch nicht –, jedenfalls geriet er unter einen stürzenden Baum und wurde sehr schlimm dabei erwischt. Ein Ast bohrte sich zwischen die Rippen und hat die Lunge verletzt.«

Lena kam zurück mit einem Gesicht, in dem neben der Angst bereits der feste Wille stand, das Gegenteil von dem zu tun, was der Vater vielleicht meinte, der sich bestimmt morgen auf die Fahrt nach Süden begeben wollte.

»Ja, Lena«, sagte er zärtlich und ein wenig traurig zugleich. »Dann fahren wir also wieder heim.«

Lena sah ihn an mit jenem Blick, der ihn immer schon weich gemacht hatte.

»Ich bitte dich, Vater, mich hier zu lassen. Einmal hat Michael mir versprochen, dass er immer für mich da sein würde, wenn ich ihn brauche. Und er war immer da, selbst in meinen dunkelsten Stunden. Jetzt ist es umgekehrt. Jetzt braucht er mich.«

»Ja, aber – wie stellst du dir denn das vor, Lena?«

»Oh, ganz einfach. Bis er die Krise überstanden hat, werde ich mir ein Zimmer nehmen. Notfalls könnte ich auch hier, im Aufnahmeraum, auf einem Feldbett schlafen, hat mir die Schwester gesagt.«

»Ich weiß nicht, ob das einen Sinn hat, Lena.«

»Doch, doch. Er wird aufwachen und dann wird er mich brauchen.«

Michael erwachte gegen drei Uhr am Nachmittag. Ganz langsam stieg er herauf aus der dunklen Welt, die nicht mehr Traum und noch nicht Sterben war. Zögernd tastete er sich ins volle Bewusstsein zurück und erfasste von Sekunde zu Sekunde mehr, was um ihn war: die Schwester am Fußende des Bettes und dann die andere Gestalt im hellgrauen Reisekostüm, die sich über ihn beugte. Er sah das blonde Haar und die blauen Augen über sich. Ein schwaches Lächeln spielte um seinen Mund.

»Lena – du bist gekommen?«

»Hast du es denn anders erwartet, Michael? Ich werde bei dir bleiben, aber nur, wenn du mir versprichst nicht zu reden.«

Sie sah dabei die Schwester an und die nickte.

Was blieb dem Chefarzt anderes übrig als sein Einverständnis zu erteilen, dass diese etwas eigenwillige Professorentochter einen Teil der Pflege übernahm, zumal der Kranke sichtlich darauf ansprach. Am dritten Tag seit Lenas Hiersein besserte sich Michaels Zustand.

»Wie macht sie denn das nur?«, staunte der Chefarzt.

Lena machte gar nichts. Sie saß nur an seinem Bett, hielt seine Hände oder las ihm vor mit leiser Stimme, in der eine tiefe Zärtlichkeit mitschwang.

Es kamen Andreas und Mella und der Kranke suchte mit etwas ängstlichem Blick in ihren Gesichtern. Waren sie gekommen um Lena wegzuholen? Keine Spur. Mella war voller Verständnis und strich zuerst dem Kranken, dann Lena übers Haar. Andreas beließ es bei einem Händedruck, der nicht unfreundlich war, fügte aber mit einem stillen Seufzer hinzu, dass er nun wohl die Reise allein werde antreten müssen.

Da umschlang Lena mit beiden Armen seinen Hals.

»Du bist der beste Vater, den es auf der Welt gibt!«

»Danke«, sagte er trocken und es war nicht zu erkennen, ob dies für den »besten Vater der Welt« galt oder den Kuss, den Lena ihm gab.

Auf alle Fälle fühlte Andreas Murr sich in dieser Zeit überflüssig und er fuhr am nächsten Morgen weg.

Mella half ihm die Koffer verstauen. Als er schon im Wagen saß, fiel ihm noch ein:

»Sollte sich da in Bichl wider Erwarten ein Rückschlag einstsellen, bin ich die ersten drei Wochen hauptpostlagernd in Venedig zu erreichen. Ich glaube aber nicht, denn der Kerl hat eine Natur wie aus Eisen, scheint mir.«

»Seien wir froh darüber, Andi.«

Er nickte grimmig. »Natürlich bin ich auch froh. Aber das bitte ich mir aus: Wenn es schon nicht anders sein kann, mit der Verlobung wird gewartet, bis ich zurückkomme.«

Der Motor sprang an.

»Komm gesund wieder, Andi. Auch wenn du lang wegbleibst, sorge dich nicht um uns daheim.«

Langsam rollte der Wagen den Berg hinunter.

Es war das erste Mal in ihrer langen Ehe, dass Andreas und Mella so lange getrennt waren. Vielleicht war Andreas Murr inzwischen schon zu alt geworden, um sich dieses Alleinseins ganz tief erfreuen zu können. Wo er auch ging, überall fehlte ihm Mella.

Von Venedig aus schrieb Andreas Briefe nach Hause, wie Mella sie vorher noch nie erhalten hatte. Und es war schön für sie, so zwischen den Zeilen und auch manchmal ganz offen zu erfahren, wie sehr sie Andreas fehlte und wie sehr er sie doch liebte.

Er wusste es selbst nicht, warum er es unterließ, in seinen Briefen zu fragen, wie es Michael gehe. Irgendetwas hinderte ihn daran, denn immerhin war Michael derjenige, der ihm etwas nehmen wollte. Aber das half ihm gar nichts. So bekam er nach Rom berichtet, dass Michael die Gräben ausgeputzt habe und jetzt gerade daran sei, das Holz zu spalten und auf der Südseite aufzurichten. Auch auf dem Dach habe er ein paar gebrochene Schindeln durch neue ersetzt und die Windbretter angenagelt. Was er, Andreas, dazu meine, wenn Michael auch das Haus streichen würde? Michael habe noch vierzehn Tage Rekonvaleszentenurlaub, erhole sich mit jedem Tag prächtiger …

Hier nickte Andreas grimmig vor sich hin.

»Sie werden ihm schon die besten Leckerbissen auftischen, während ich hier immer mehr vom Fleisch falle mit den ewigen Spaghetti …«

Ja, und Michael sei peinlichst darauf bedacht, dass man jede Briefmarke fein säuberlich ablöste, damit sie nicht beschädigt würde. Das mache ausschließlich immer er selbst.

»Damit möchte er sich ja nur bei mir einschmeicheln«, brummte Andreas und schob den Brief ins Kuvert. »Da zieht man so ein Kind auf und dann kommt einfach ein wildfremder Mensch daher und nimmt es einem weg. Womöglich erwartet man von mir sogar noch, dass ich mich darüber auch noch freue! Was hat er denn bisher schon an ihr getan? Alles, was sie kann, hat sie von mir. Briefmarken ablösen und Holzaufrichten. Als ob das eine Kunst wäre! Aber weil er es tut, ist es eben auch ein Kunstwerk. Er wird alles aus dem Effeff können und die Zeche hab ich zu bezahlen. Zugegeben, ja, er kann wirklich ein recht braver Kerl sein. Aber bin ich es vielleicht nicht? Das sollen sie nur nicht vergessen ...« So redete Andreas in seinem Hotelzimmer laut vor sich hin.

Mitte Juli kam Andreas Murr zurück, abgemagert, aber vor Gesundheit strotzend. Das von der südlichen Sonne tiefbraun gebrannte Gesicht hob sich scharf von dem weißen Haar ab. Seine Bewegungen waren elastisch wie bei einem Jungen.

Das Haus am Hügel war neu gestrichen, das Weiß ein wenig mit Ocker abgetönt, die Fensterläden diesmal nicht mehr grün, sondern ein einem satten Rotbraun, die Querleisten weiß abgesetzt.

Andreas betrachtete alles sehr kritisch. Dann nickte er. Wenn das dieser Michael gemacht hatte, dann hatte er es jedenfalls recht sauber gemacht.

Zu weiterem Nachdenken kam er nicht. Die Haustür wurde aufgerissen und Lena flog ihm an den Hals. Dann kam auch Mella heran, nicht so stürmisch wie das Mädchen, sondern in etwas zurückhaltender Freude. Das Heimkommen war ein beglückendes Gefühl für ihn. Hoch hob sich seine Brust.

»Du siehst blendend aus«, lachte Mella. »Die Ferien sind dir anscheinend gut bekommen. Aber ich bin froh, dass du wieder da bist.«

»Ja, endlich wieder daheim im stillen Hügelhaus.«

»Im neu gestrichenen, falls du es noch nicht bemerkt haben solltest«, sagte Lena.

Er überging diese Anspielung und ließ sie raten: »Wisst ihr, was ich jetzt als erstes gleich haben möchte?«

»Ein Bad natürlich«, meinte Mella.

»Das auch. Aber dann sobald wie möglich ein richtiges Essen. Endlich wieder einmal Hausmannskost. Schweinernes mit Kraut und Knödeln!«

»Oder einen gespickten Rehrücken mit Spätzle?«, schlug Lena vor.

Wildbret? Das klang nach Wald und Jäger! Andreas schmunzelte.

»Meinetwegen. Und dazu eine richtige Maß Bier.«

Zwei Stunden später konnten sie essen. Andreas meinte, dass ihm seit der Zeit seiner Armut nichts mehr so vortrefflich geschmeckt hätte.

Der Michael kam am späten Abend. Erschrocken blieb er auf der Schwelle stehen, als er den Professor mit am Tisch sitzen sah. Seine ganze mühsam erworbene Ruhe und Zuversicht geriet in diesem Augenblick ins Wanken, denn wenn man es ihm auch auszureden versucht hatte, es half nichts, vor diesem Mann hatte er einen ungeheuren Respekt.

»Oh, der Herr Professor ist schon da?«, stammelte er. Andreas amüsierte sich köstlich über die Verlegenheit des jungen Mannes.

»Ich bin so frei. Oder bist du vielleicht der Meinung, dass ich zu früh gekommen sei?«

»Aber nein, wie kommen Sie bloß darauf?«

Da war bereits Lena bei ihm. Nahm ihm die Büchse ab und den Hut und hängte beides an den Haken neben der Tür. Dann nahm sie ihn bei der Hand und führte ihn an den Tisch.

»So, Michael, nun sag einmal schön grüß Gott und denk dir nichts. Vater wird dir den Kopf schon nicht abreißen.«

»Da hast du Recht«, lachte Andreas dröhnend. »Ohne Beilagen wäre mir so ein Eisenschädel zu zäh. Im Übrigen habe ich bereits ausgezeichnet gegessen«

Der Bann war gebrochen und Michael setzte sich neben den zurückgekehrten Hausherrn, der jetzt seinen alten Platz wieder einnahm, den Michael innegehabt hatte in den ganzen Wochen.

»Sie sehen blendend aus«, sagte Michael, schon etwas mutiger geworden.

»Das hat man mir bereits gesagt. Im Übrigen trifft das auch auf dich zu. Du hast dich wieder mächtig rausgemausert. Keine Nachwirkungen mehr?«

»Nein, keine.«

»Ich kann mir ja vorstellen, dass dich meine zwei Grazien

wieder richtig hochgepäppelt haben.« Andreas fand richtiggehend Spaß daran, den Burschen und auch die zwei Frauen von einer Verlegenheit in die andere zu bringen mit seinen halb spaßhaften, halb ironischen Bemerkungen. Aber dann hatte er auf einmal das Gefühl, als hätte es diese Vierergemeinschaft immer schon gegeben, und er begann dieses Beisammensein mit einer richtigen Behaglichkeit zu genießen. Er begann von seiner Reise zu erzählen und ließ die Lauschenden mitwandern durch alle Schönheiten dieses südlichen Landes mit einer Eindringlichkeit, dass sie zum Schluss meinten, selbst dabei gewesen zu sein.

Niemand achtete auf die Zeit und es ging schon auf Mitternacht, als Michael erschrocken aufstand.

»Nun muss ich aber wirklich gehen.«

»Was? Wohin denn heute noch?« Andreas sah Mella an. »Könnte er denn nicht im Atelier drüben schlafen?«

»Nein«, wehrte Michael ab. »Ich muss morgen früh um vier Uhr meinen Dienst beginnen und heute noch unbedingt auf die Hütte. Aber dass ich nicht vergesse, Herr Professor, wenn Sie einmal Lust hätten, mit mir auf eine Morgenpirsch zu gehen?«

»Den Vorschlag nehme ich gerne an. Kann das jederzeit sein?«

»Jederzeit.«

Als Lena dem Förster seinen Hut reichte, bekam Andreas wieder das schmerzlich ziehende Gefühl der Entsagung und musste denken: Diese kleinen Handreichungen haben bisher alle mir gehört. Aber dann sah er das beglückende Lächeln, mit dem die beiden jungen Menschen sich selbstvergessen ansahen, und wurde wieder ganz friedlich.

»Halt ihn nur nicht mehr zu lange auf«, sagte er, als die beiden hinausgingen.

Lena kam auch wirklich schon nach ein paar Minuten zurück mit einem Leuchten in den Augen, das ihm alles verriet. Vor allem auch dies, dass er ihrem Glück nicht im Weg sein durfte.

Er wusste eigentlich gar nicht, warum Lena ihn so stürmisch umarmte und küsste, und dachte nur: Na ja, ein paar Brosamen ihres Glücks lässt sie auch auf mich niederrieseln.

Hoch oben über dem Bergwald, auf einem Almrosenhang, der schon übergossen war vom Feuer der aufgehenden Sonne, saßen Andreas Murr und der Jäger Michael Kirchberger zu Füßen einer einsamen Wetterföhre. Ganz einträchtig saßen sie nebeneinander, nichts Trennendes war mehr zwischen den Männern, denn was irgendwie noch trennend gewesen war, das hatten sie in einer langen Nacht in der Jägerhütte beredet und ausgeräumt.

Andreas Murr war am Abend zu Michael in die Hütte gekommen. Sie hatten wirklich nur ein paar Stunden geschlafen und waren schon beim ersten grauen Schimmer aufgebrochen.

Langsam zerflossen die Nebel, gaben eine Waldzunge nach der anderen frei, enthüllten hier eine sonnenbeglänzte Bergzinne, dort eine Sennhütte oder einen schiefen Heustadel.

Kaum hörbar fächelte ein leiser Wind in den Büschen und ließ die kleinen Blätter zittern.

Stille. Träumende, sonnige Stille lag hoch über den Niederungen. Tief atmend, mit einem stillen Lächeln um die Lippen, betrachtete Andreas alles ringsum.

»Ist das schön«, sagte er einmal ergriffen. »Und da lebt man fast zwanzig Jahre hier ohne das ein einziges Mal gesehen zu haben.«

»Es blieb eben mir vorbehalten, dich zum ersten Mal hier mit heraufzunehmen«, antwortete Michael.

»Ja, ausgerechnet du hast kommen müssen.«

»Wäre dir ein anderer lieber?«

Andreas schüttelte den Kopf und legte dann seine Hand auf die Schulter des Jägers.

»Nein, Michael, du bist schon der Richtige.« Und sich vertraulich näher beugend: »Eins lass dir aber gesagt sein, mein lieber Schwiegersohn, lass am Anfang nicht zu viel hineinkommen, sonst bist verratzt. Die Ehe ist wie ein Glücksspiel und die Frauen versuchen es zuerst einmal auf die Art und dann auf die andere, wie sie die Oberhand gewinnen können.

Das darf man nicht übersehen. Lieber einmal mit der Faust auf den Tisch schlagen, auch wenn es nicht notwendig ist. Aber das imponiert ihnen und sie getrauen sich dann nicht alles, wenn sie einen Widerstand vermuten.«

Michael lachte. »Du gibst mir ja ganz nette Ratschläge.«

»Das ist bloß unter uns gesagt.«

»Danke. Aber ich glaube, in einer Ehe ist es am besten, wenn jeder einmal nachgeben kann. So haben es wenigstens meine Eltern, Gott hab sie selig, gehalten.«

Andreas sah eine Weile zu den weißen Wolken auf, die über die Bergspitzen nach Süden zogen. Vielleicht nach Venedig, an die Adria. Dann wandte er sich wieder dem Jungen zu.

»Du hast Recht, Michael. Manchmal ist es sogar gut, wenn man bei wichtigen Entscheidungen auf die Frauen hört. Sie haben oft einen viel besseren Instinkt als wir Männer. Bloß darf man sie das nicht wissen lassen, sonst werden sie eingebildet. Aber – ich habe dir heute Nacht alles gesagt, was du wegen Lena wissen musst. Und ich glaube, dass die Regelung, die ich getroffen habe, am besten ist. Wir bleiben zusammen. Das Haus am Hügel hat Platz für uns alle. Und einmal wird es doch euer Haus sein.«

»Ich bin froh, dass du diese Lösung gewählt hast«, sagte Michael.

»Es bleibt mir ja nichts anderes übrig. Ihr habt mich vor vollendete Tatsachen gestellt, obwohl ich der Meinung bin, dass es nicht immer ratsam ist, sich zu früh zu binden. Mann und Frau sollen frei nebeneinander bleiben, bis die inneren Fähigkeiten eines jeden entwickelt sind. Lena hat sich über dieses Gesetz schon einmal hinweggesetzt und ist in die Irre gegangen. Diese Läuterung war gut für sie. Sie ist gewachsen dabei und du bist auch reifer als manch anderer in deinem Alter. So kann ich wenigstens der Zukunft gelassen entgegensehen. Ich glaube, dass du mich nicht enttäuschst, Michael.«

»Soll ich dir einen Eid drauf leisten?«

»Nein, du hast mir heute Nacht deine Hand darauf gegeben und das genügt mir.«

Der Tag war nun vollends erwacht, die letzten Nebel in der

Tiefe hatten sich verzogen, alles wurde frei und klar. Ein stiller blauer See leuchtete dort unten, man sah den Kirchturm und die Häuser von Steinkirchen und auf dem Hügel das kleine Haus mit den neu gestrichenen Fensterläden.

Michael reichte seinem zukünftigen Schwiegervater das Fernglas hin.

»Von hier aus kann man alles verfolgen«, sagte er.

»Das sagt mir, dass du schon öfter hier warst!«

»Es ist mein liebster Platz geworden, seit ich zum ersten Mal mit dem Förster zu eurem Haus kam.«

»Jetzt ist es noch unser Haus und einmal – wird es eures sein«, antwortete Andreas und nahm das Glas vor die Augen.

Kerzengerade stieg der Rauch da unten empor. Und dann sah Andreas eine Gestalt aus dem Haus kommen und zum Brunnen gehen.

»Ach, Mella ist auch schon munter.«

»Nein, das ist Lena«, sagte Michael. »Stell ein bisschen schärfer, dann kannst du vielleicht sehen, wie sie heraufwinkt.«

»Tatsächlich. Dann weiß sie also, dass wir hier sind?»

»Sie weiß, dass ich jeden Tag genau um diese Zeit hier bin. Aber wenn es dir nichts ausmacht, gehen wir jetzt in die Almhütte. Ich habe einen rasenden Hunger.«

»Und ich erst«, lachte Andreas, gab das Glas zurück und sprang auf. Er fühlte sich wie neugeboren und wusste nicht, ob es die frische Luft hier oben machte oder die tiefe Zufriedenheit, die er in seinem Herzen fühlte. Oder vielleicht die Erkenntnis, dass man selbst wieder jung wird, wenn man sich am Glück junger Menschen erfreut.

Am ersten September hielten Lena Murr und Michael Kirchberger Hochzeit. Die Glückwünsche und kleinen Geschenke, die im Haus am Hügel eintrafen, zeugten von einer allgemeinen Wertschätzung und rührenden Anhänglichkeit.

Am Nachmittag fuhr Andreas das junge Paar nach Bichl zum Bahnhof, von wo aus sie ihre Hochzeitsreise antraten, die sie dorthin führte, wo Andreas Murr im Frühjahr erst gewesen war.

Als er zurückkam, fand er Mella mutterseelenallein auf der Bank vor dem Haus sitzen. Er sah auf den ersten Blick, dass sie geweint hatte, nahm neben ihr Platz und fasste nach ihrer Hand.

»Wie einem ein fremdes Kind bloß so ans Herz wachsen kann«, sagte Mella. »Ich hätte das nie geglaubt.«

Andreas dachte wahrscheinlich dasselbe. »Weißt du, Mella, so unnatürlich ist das eigentlich auch wieder nicht. Mir fällt da ein Vergleich ein. Einem alten Apfelbaum setzt man ein fremdes Reis auf, eine ganz andere Sorte, weißt du. Und der alte Apfelbaum schenkt dem jungen, fremden Spross seine Kraft. Er nährt es, es wächst heran, treibt Blüten, trägt Frucht und mit den Jahren vergisst der alte Apfelbaum, dass man ihm etwas Fremdes in sein Leben gesetzt hat.«

»Ja, so ist es«, bestätigte Mella und schob ihre Hand tiefer in die seine, die warm und kräftig war.

Im Tal läuteten die Abendglocken. Als wären die Träume zu Klängen geworden, so schwangen die Töne in der Luft, die stillzustehen schien und nichts anderes dulden wollte als dieses klingende Ave.